GATE II

目錄

01 奴隸無階級

這灰色圍牆內小學大的營區，寢室加廁所只有兩個教室大。下單位的第一天，我跟長得很猥瑣的色凱、目光如豆的大叔、憂鬱小臉的江弘走到各自的床位，四人的床桿上已經貼好名條。空蕩的寢室，只有我們睡上鋪，四個大學畢業的Tamama二等兵。

「基隆補給分庫，二兵，補給兵？」我唸著上面的字：「補給兵專長是什麼啊？」

「我想想……喔！我知道了！是看一眼就知道有多少貨！」色凱左拳揍右掌。

「什麼貨？這是毒品交易才會用到的專長吧？」

「你們想得太美了，一直搬東西而已吧。」憂鬱弘搖搖頭，流露出剛被女友甩了的表情，明明就已經療傷兩個月了。

「安全士官廣播，安全士官廣播。」遠方傳來聲音，所有人停止動作看著彼此，如時間暫停。「打飯！」

我們戴上小帽移動，一打開紗門，中山室兼餐廳是一個近乎正方形的格局，天花板極高，前面是兩台平面電視，中間桌子兩兩並排而成四張正方形大桌。

我們忙著端菜，其他男人一個個從剛剛各自忙碌的崗位，一身迷彩服走進中山室，彷彿巴黎時裝週走秀。我則觀察著班長跟學長。

這個還可以、那個皮膚不行、這個腰圍不行。翔矢學長可愛帥帥，然後這個胖成這樣到底想幹嘛？至於學姐跟女班長誰在乎？當兵可不是為了接近女色！

「連長好。」大家悉悉簌簌。

「好。」一個肥胖的男人。

面對連長，我們四個人站得很挺，下巴幾乎要碰到喉結、雙手緊壓褲縫。

「輕鬆站。」肥胖男看著我們四人，下巴的肉晃動。而我們依然全身僵硬。

「你們這樣，我也很不自在欸，當自己家就好。」連長繼續說。

當自己家？開什麼玩笑，是陷阱吧？我持續站得跟雕像一樣。

「開動吧！」他下巴抖動。

整個中山室大概二十人，大家拿著碗排隊，盛裝自己想吃的菜。

等一下，這？居然不用餐盤？是自助餐嗎？不，自助餐還要拿盤子，這已經超越自助餐的等級，根本就是在阿嬤家吃飯。一格一格打飯用的配膳枱在最旁邊，像個沒在用的大型高級擺設。沒有打飯班、沒有排隊、沒有一個口令一個體位。

我們四人面面相覷不敢多問，拿起餐盤到一旁吃飯。看到學長站著吃的站著、撈湯泡飯的撈湯、對著電視轉台的轉台。

不，怎麼可能鬆散成這樣？這一定是陷阱，這絕對有陰謀！

所有人分成三桌：士官桌、志願役桌、義務役桌。第四桌放飯菜。

我驗算了一遍，這些男人除了教我們塞棉被的ＧＶ男優翔矢學長和一位白淨標緻學長，其他都完全無法讓人引起食慾。

而班長桌最優的男人，左臂別著黃色值星帶，戴眼鏡，兩側頭髮剃得很平，顯得頂上偏長，極瘦實的身材，微微的大小眼，讓我想起了余文樂。

就決定是你了！（決定什麼？）

「都吃飽了？」他站起身看看我們。「吃飽就收餐盤吧！」

「跟來吧！」一個戴牙套的學長，三個勾勾的上兵陪我們把菜渣集中，鍋碗瓢盆放在一起。經過行政會議室這排樓房，到了後面的洗手台。

三種等級逐漸明朗：上流社會的長官桌大概有七個人；中產階級志願役大概七個人以上；而義務役有五個人，吃屎階級。

「等你們等了三個月了。」這個大眼睛的牙套學長拿起碗，擠了一些洗碗精加水放一旁，指著藍色的桶子。「餿水就倒在那個桶子裡，然後洗完餐盤一個人去擦桌子，我等等會檢查。」學長說完就走了，留下我們洗全營區的碗。

突然，有三隻貓咪跑出來嚷嚷，一隻黃貓、一隻虎斑、一隻是白貓。

「喵嗚——」貓咪看起來很親人。

「這營區居然有貓？」我心頭一暖。

「喔，也太可愛了。」色凱蹲下來，把鍋子裡的一塊剩肉丟給貓。

「至少還有貓陪我們啊——有種溫馨的感覺。」我也丟了一塊碎肉。

貓叼了肉拔腿就跑，頭也不回的那種。

「喂！」我想摸摸牠們的手，停在半空中。

「你以為貓會想理我們這種菜鳥人類嗎？真是太天真了。」憂鬱弘斜著眼高傲地看著那幾隻貓，彷彿看著低等生物。

自己才是貓系男吧？自己才不想理人吧？

擦了桌子，我們剛走進寢室休息的瞬間，遠方傳來垃圾車的聲音。

「安全士官廣播，安全士官廣播，倒垃圾！」

「走！倒垃圾！」長得像巨嬰的學長操著台語，從床上彈起身，催趕我們。我們像逃難一樣往外面狂奔。

可惡，好想死。

提著一袋袋垃圾，營區門一打開，外面已有幾戶人家。我們惆悵地站在馬路上看著播放音樂的垃圾車接近。

「……外面的空氣很新鮮啊。」大叔說。

「真希望我是垃圾，喔呵呵？」色凱把垃圾丟上車。

「你？你還滿適合的啊。」憂鬱弘皺著眉，把黑色塑膠袋一丟。

「你說什麼噢呵呵呵！」色凱獰笑拉著憂鬱弘的領子，不斷甩動。

「你不要用你的髒手碰我！骯髒的人類。」他高傲地皺眉。

我望著垃圾車沿著馬路雙線道昏暗的路燈遠去。小宇，這個時候你也是當菜鳥在倒垃圾嗎？你又會說什麼呢？

轟轟轟轟。門推上，我們被關回地獄裡。

「不！」色凱趴在大鐵門上看著門縫，像是被關進雷峰塔的素素。長得像貪官的素素。

「幹什麼！」站哨的學長哼了一聲，把門關得死死。

原來當自己家，就是幫學長不斷做家事的意思啊。可是這個家，我似乎連打槍的地方都找不到。

會議室，坐著我們四個二等兵。心寬體胖的男人從連長室走出來，推了一下無框眼鏡，整張肥肥花瓶形狀的臉一路連到鎖骨沒有脖子，估計這人有一百公斤。

「你們用我的電話，打給家人吧。」他抖動下巴掏出手機，講的話聽起來怪怪的。

色凱接過手機，打回家寒暄了幾句，交還連長。

「是，陳媽媽你放心，我是陳春凱的連長。沒事！你小孩在我手上很安全。」

喂，這種說法超不安全的吧？根本是綁架的文法吧？

「黃曉飛，你爸爸也是職軍退休吧？」連長把手機拿給我。

「是。」我撥打電話，跟老爸寒暄幾句，還給連長。

「唉，我最怕遇到學長了。」連長接過電話，起身走到窗戶，深吸一口氣，露出補習班主任的微笑。「黃爸爸您好！是！我是曉飛的連長……是，學長好！……喔喔，我是ＸＸ期的，學長放心！」連長相當有禮貌：「是……是……學長你放心！」

果然，老爸一定又說他是幾期的，然後開始擺老。連長掛上電話，雙手扶在桌上彷彿經過一場戰役。「你爸真的是大學長啊……」

我們回到寢室。

「來，我教你們怎麼掃廁所。」戴牙套的大學長，擺動他高度不到一百七的肥胖身軀。

「是。」

大學長拿起菜瓜布站在廁所前露出邪笑：「刷這個大便斗，一定要用手才刷得到死角。」他親手抓著菜瓜布，伸進那個沾滿汙垢的蹲式馬桶深處，攪動、搓揉。我幾乎嘔出晚餐。「一人一間，剛好有四間，來。」學長把菜瓜布遞給我，我直覺用左手接過沾了屎垢的菜瓜布。我決定，從此我的人生要當作沒有這隻左手。

憂鬱弘面無表情地目送大學長離去。

「二號說，這個學長是存心找碴，幹。」他的眼中突然充滿怒火。

「二號？」

「噢，我有點輕度人格分裂，一號偏理性，二號偏感性。」憂鬱弘的眼神突然有神地解釋著，彷彿變了個人。

「你是認真的嗎？」

「騙你我有錢賺嗎？」憂鬱弘拿起菜瓜布，眼神突然又失去光彩。走進大便的隔間。「算了，抱怨也解決不了問題。」

「這到底是？」

「沒事啦，以後就會了解了。」他微笑，露出一貫高傲成熟的姿態。居然有這種鳥事。

消化憂鬱弘有人格分裂的同時，我還是把手伸進這個充滿泡沫的大便斗刷著屎垢，那是一股〇號便秘十天，卻還是被輪姦的味道。

「嘔嘔嘔嘔……」我全身雞皮疙瘩，胃裡的晚餐呼之欲出。我的人生，從此以後不知道什麼叫做髒。可能以後幹人的時候，對方也不用清了。

等一下！不行，還是清一下！

「可惡，我們根本就被壓榨啊……嘶——」色凱咬牙切齒。

「看到這個我就放心了，其實……」大叔突然說話：「我可能會被調走。」

「什麼意思？」

「因為本部有缺一個文書，所以我可能會過去，然後換一個人過來。」

「你居然！仗著自己高學歷！你太過分了吧！」色凱探出頭。

「沒辦法，我爸媽也贊成啊。」大叔無奈地瞇瞇眼。

「等一下，你不會是靠關係吧？」我想起大叔的家世——兩個報的總編輯什麼的，關係根本是要多少有多少。

大叔豆大的眼笑而不答。

「不——嘔！」色凱崩潰，沖了馬桶立刻離開隔間。

「嘖嘖……放我們三個人在這裡受苦。祝你一路順風喔。」憂鬱弘拉了馬桶的線，沖水。

我則是用肥皂瘋狂搓手，心疼刷馬桶的左手，一邊慶幸拿來放鬆小穴用的右手手指安然無恙。我望著香噴噴的雙手一愣：我已經單身了，是要放鬆誰？

把營區當成自己家，做了整晚家事，四人疲憊得幾乎是用爬的回到上鋪休息。我們被分配在不同的雙人床上，旁邊都是空的沒有床墊，下面兩兩睡滿學長。

下鋪的名條：

官上翔，一兵，駕駛兵

等一下，溫柔的G片翔矢學長，居然名字真有「翔」字？

世界上果然充滿巧合，就算是叫官上翔，還是G片男星的感覺啊。那種一號臉卻Always當〇號，完全就是加入書籤啊！（到底是多想聊G片。）

睡左邊的另一個上兵學長似乎在放假。

劉聰星，上兵，經理補給兵

拜託是帥哥，這樣他們睡在一起才會好看。我碰不到沒有關係，在上面看就也可以很幸福。處處留心皆G片，只要有愛幸福就在。

「你們洗好廁所了喔？」翔矢學長回到床邊，脫了褲子。

「嗯啊。」我在上鋪。

「辛苦你們了欸——」學長雙手交錯，把衣服往上一掀，只剩下廉價的格子內褲。

我的雙眼幾乎噴出十字光線。

人很好的翔矢學長，兩隻手臂延綿到胸口都是彩色的刺青，圖案有飛龍、花朵、魚、鳳凰，小而挺立的奶頭掩沒在刺青中。

「你們也應該可以洗澡了噢——」學長溫柔笑著說完，往浴室方向走去。

居然是溫柔的台客。

「噢，是。」

「欸，下來一下。」一臉黑豬肉的學長，從走廊一路走來把我們四個叫下床。

我們來到寢室角落唯一的兩張黑色破沙發旁邊。

「我跟你們講一下這裡的規則。」黑豬肉學長像開會一樣。

「第一，洗衣機是給學長用的。」他的臂章上是兩個勾，一兵志願役。

「第二，不管怎麼樣，廁所的垃圾桶就是不能滿，就算沒有滿你們早上也要倒一次，包括辦公室旁邊小寢的廁所也是，然後要去垃圾場分類垃圾。」黑豬肉學長，臉上的顏色很不均勻，像是廉價手工香腸。「第三，浴室前四間是學長洗的。」他說到這裡，二郎腿換腳。我突然聞到一股腥臭味，那種漁港才會聞到的味道，學長的鞋子居然可以這麼臭！

「這不是我說的，是一直以來都是這樣，到時候不是我電你們，是學長電你們，我是為了你們好。」黑豬肉的眼神很篤定，嚴肅得像是傳授什麼祕訣。「第四……你們一個月之後可以站哨就知道了，現在你們也沒什麼用，會讓你們把積假放一放。自己眼睛放亮一點，其實現在幾乎沒有學長學弟制了啦。」黑豬肉說完，揮揮手讓臭氣均勻分布，示意解散。

「咳咳咳！」我衝出寢室乾嘔，鼻腔裡滿是腐爛的秋刀魚味。戀足癖真的沒關係，但是戀這種會得肺癌的吧？

好不容易清空鼻腔回復神智，想起剛剛那些規則。沒有學長學弟制，那剛剛是什麼？奴隸制嗎？鞋襪ＳＭ制？

我們來到沒大人的吸菸區，就在寢室旁邊。

「沒關係啦，已經比新訓待遇好多了。」色凱說。

「新訓因為大家都要做，反而沒有心理不平衡的感覺。」我思考著令人不舒服的點在哪。

「這樣說也是啦……」色凱拿了零錢，走去投飲料。

「哪像我們有人就要落跑了，真好。」憂鬱弘瞪著大叔。

「我也沒辦法。」大叔笑笑。

色凱喝著飲料、拿起智障手機講電話。我們也打回家報了平安。手機沒有任何其他紀錄。這隻黑色的三星，是老爸沒有在用的門號。除了家人以外，沒有人聯絡得到我。斬斷那些前面的魂結是我一直以來的願望。明明才剛跟小俊分手，我卻沒有什麼時間可以胡思亂想，這就是團體生活。

看著手機，我反而想起了那天跟小宇道別的一刻。

「再見喔！記得打給我喔。」小宇拍拍我的背。

「好，掰啦！」我說。

對不起，我這支智障手機沒有存你的電話……

我看著它。

「等一下！」我自言自語，按起了號碼。

無意識地按出一串數字。這號碼居然在我腦中縈營了，是新訓那天不小心背下來的。

我按下「清除」，才發現忘記果然沒那麼容易。

要怎麼雲淡風輕？要怎麼適應。這鬼地方我連難過都得小心。我回到黑暗的寢室，爬進上鋪的蚊帳裡。

莊博宇，不是說好了只是跟你學習怎麼愛而已嗎？

窗外樹葉飄落，秋天的氣息微微出現。蚊帳裡，還是有什麼酸酸的感覺。

「現在時間，洞伍參洞，部隊起床。」

四個精銳奴隸起床折蚊帳、折棉被、倒垃圾。我又感到喉嚨微微疼痛。在這種熱天居然流鼻涕身子無力。我裝滿溫水，不太懂這是怎麼了。

值星官是戴眼鏡的文樂班長，有點帥卻一臉水腫說：「寢室前面的走廊，到軍官寢旁邊那裡楓葉林前面的落葉，掃乾淨，下去吧。」我們也按照指示去掃地，貫徹「拿掃把比拿槍久」的真理。

一位不高的軍裝女人，甩著一隻兔子玩偶，晃巨乳經過。

「學姐好!!」色凱開朗地打招呼，突然變得很陽光。

學姐一個轉頭微笑：「你們這樣叫我，我很開心。」然後她突然川劇變臉說：「但是我是班長！」

「喔喔喔喔喔！班長好！」我們迅速改口。

「嘿。」大奶班長抖動奶子離開。

「居然認錯，真糗。」憂鬱弘鄙視地看色凱，然後轉頭望著班長的身影。「那個奶子，怎麼可能記錯。」

「嗯，那個應該有F，我看人很準。」色凱跟著附和。

嘖，分清楚女人是誰是你們異性戀的責任啊。整個營區大概也只有四五個女人，你們就不能認真點？下次要好好記住罩杯知道嗎！

掃著落葉，擤了兩口鼻涕。

「為什麼只有我們掃地啊？」色凱問。

「因為其他學長都在站哨補休。」憂鬱弘答。

「喔呵呵，很會內。」

我抬頭，看著茂密樹葉之間密麻的藍色空隙。這時候小宇也在掃地嗎？可惡，明知道會失去，當初還是不由自主地投入了。這一覺，沒有得到應有的睡眠，反而多了一場感冒。短暫的依靠，過後又得感受一次離別。

「安全士官廣播，打飯。」

早餐時間，大家依然拿著碗當這裡是阿嬤家。我想這應該不是陰謀，而是真的很鬆散了。我們互相看一眼，放回餐盤。把爛爛的蛋、油油的火腿、吐司、炒麵撈進碗裡，這是我們第一次只用碗吃早餐，果然是家的感覺。

依然只有我們洗餐盤，我想學長姐們應該有很多重要的事要做吧？譬如忙著拿手機震動自己私處之類的？（太生氣開始亂寫。）

「現在時間洞捌洞洞，所有人員，至安官桌前集合。」

我們按照高矮排好，等帥帥的文樂班長分配工作。

「昨天在庫房的，舉手。」文樂班長俊俏的臉蛋，長那樣叫我去死也可以。

幾個學長舉手。

「忙完了嗎？」

「還沒。」

「好，你們先去。」

「丁佳晴。」

「有。」女兵的聲音。

「妳說要帶他們驗尿？」文樂班長，看了我們一眼。

「嗯……對。」

「帶下去。」

小寢的男生廁所，是個奇怪的開放式空間，沒有特別擋開外面的隔板。也就是說，只要經過那個走廊，就可以看到男生尿尿**的側面**，是個很棒沒有隱私的地方。

「學弟，你們有驗過尿嗎？」學姐問。

「有——丁……佳晴學姐？」色凱看著她胸前的名字。

「討厭！幹嘛偷看！」學姐遮住胸部。

「你沒遮到。」我冷冷地看著她。

「吼喲！」

學姐額頭齊瀏海小分岔被軍帽壓著，加上有點嬰兒肥的臉、大大的黑框眼鏡，我人生第一次看到有人真的長得像丁小雨[1]。

「你們……等等拿著這個……驗尿的……」學姐拿著塑膠小包裝，突然遮著胸口轉身。

「哎喲好害羞喔！」

我看了看色凱、憂鬱弘看了看大叔、大叔看了看我。

是幹嘛？手上拿的是保險套還是什麼嗎？到底在害羞個什麼？

「哎喲你們拿去，驗完在塑膠袋上面寫上名字跟日期！」學姐把小包裝一丟：「不要滴太多在驗尿盤上面，不然會……嗯哼!!」學姐整個臉漲紅嬌嗔。

不是要驗尿嗎？妳的表情是驗精液才需要到的程度吧？還是現在其實要驗精液了？

「那我在旁邊等你們……射完……不是……尿完。」學姐說完就站去了廁所門外。

親愛的文樂班長，隨便一個誰都可以，為什麼只有這個性解放的學姐？感覺在發春欸，這樣真的好嗎？

「嘖嘖嘖，不知道吃維他命有沒有影響。」我尿完，把試管滴在驗尿盤上，然後放進密封的塑膠袋裡。

「好了嗎？」學姐把塑膠袋拿走：「你們沒有誰幫誰偷尿吼？」

「沒有。」

「真的嗎？被抓到，以後就要親自看你們尿尿了，這樣就……哎喲好害羞！」學姐一邊捧著臉，一邊把袋子綁好。

1　丁小雨：日本漫畫《怪博士與機器娃娃》的主角。

班長！這邊！學姐一邊開黃腔一邊害羞，地方的學姐需要鞭刑。

驗完尿之後，文樂班長要我們去會議室。會議室大概只有十坪大，ㄈ字型的桌子旁，都是可以滑動的黑色靠背椅。我們四個坐直直，不知道在等誰。

「唰。」紗門一開，一個風姿綽約的男人。副連長。

「喲？」他甩了一下額頭前的斜瀏海，把手中一疊資料放在我們面前。「來，你們最愛的填資料時間。」

「好好──填。」他鳳眼仰角看著我們，雙手交叉胸前不忘翹起小指，尖尖的下巴指著我們：「慢慢兒──填。」

是女王。

「好！」我們拿過資料便振筆疾書。

「室內不戴帽，你有事嗎？」副連長指著色凱。

「喔喔呵呵呵！忘記了。」

「這麼醜。」他看著色凱。我們四個人全都為之一震。

喂，中尉就可以人身攻擊嗎？醜歸醜，可是他很善良啊！不要說出來啊！

「我說你的帽子，怎麼是舊式的？這麼醜，放假去換掉。」

「噢噢！是。呵呵呵！」色凱笑得無敵燦爛，我們才鬆一口氣。

副連皮笑肉不笑地坐在桌子上，身上吹來一股霸氣，感覺隨時都有皮鞭會抽來，一副小S

的姿態。

這絕對是Gay，這不是Gay就太沒天理了。可惜營區不能用Jack'd，真不知道哪天可以確認這件事啊。（確認要幹嘛）

「咳咳！」走出會議室，我按了按喉嚨。軍中果然是瘟疫培養皿，感冒根本不會停。

我們被指派去搬沙包擋住各庫房的門，聽說有颱風要來。

「I feel so sick.」我看著沙包上亂竄的螞蟻不斷爬到我手上。

「Me too, smells like shit.」色凱猙獰的臉。

發現志願役學長們幾乎沒人懂，我們開始用英文抱怨一切。

「菜鳥他媽的就是要做這些鳥事。」憂鬱弘也會英文，只是用到「Vegetable bird」這個字，代表了我們沒了手機，幾乎失去吸收新知的能力。

我們用帆布把某間超大鐵皮屋倉庫的貨物都蓋起來，搬完那二十幾公尺又厚又重四個人才抬得起來的帆布，食指指關節一股刺痛。我看著指背磨掉一層皮，滲出透明的組織液。當兵後最習慣的就是受傷，不論是心理還是生理。只好回寢室拿出小宇ＯＫ繃貼上。

小宇，你不是忘記我手好了，而是可以預見未來嗎？我看著這片白白的透氣ＯＫ繃，暗想要好好珍惜它們。

突然，傷口沒那麼痛了，跟心理學說的一樣，不看傷口就不會痛嗎？

每當我閉上眼，都會想到小宇充滿靈性的笑容。要是他在的話，是不是又要囉唆說這不能碰水呢？他既是我的藥，也是我的傷。

午休的寢室只有電風扇的呼呼聲。下鋪的另外一個學長出現，是個戴眼鏡的鵝蛋臉瀏海男，扁扁的聲音只講台語。

「幹，就Rua欸！」他脫了衣服，表示很熱。背上居然也有刺青，是惡魔路線的阿修羅，加上他的臉，整個人就是兇神惡煞的台客黑道。睡下鋪的兩個學長身上都是刺青，職業軍人刺青是可以打折嗎？

黑道學長完全不管其他人，霸道地把電扇一轉。我偷偷探出頭看著下鋪，他們棉被跟枕頭一點也沒挪動，兩個刺青裸男背對背擠在床剩下的小空間。他們背對著背擁抱，濫用沉默在咆哮，愛情來不及變老，葬送在烽火的玩笑。

等一下，黑道學長的奶頭怎麼回事？那不是普通的大啊？

如果你現在手邊有iPhone5的話，請拿起來看著home鍵，而他乳暈的寬度——就跟螢幕一樣大。乳暈這麼大到底想幹嘛？人類演化過程中，男人有必要乳暈這麼大嗎？整塊乳暈都是敏感的嗎？這樣子就算要舔也要舔很久、也太爽了吧？

果然如腳臭學長所說，沒站哨的我們明早就開始放積假了。回家途中會經過台北，我想似乎該跟小俊當面談一次，我們的距離，每次不是幾十公里，就是負十幾公分。

一整天搬著沉重的箱子，來到晚上的洗澡時間，還得等學長洗完才能洗。

「往好處想，有這個隔間我們就可以聊天了。」色凱樂觀地走進隔間，露出一顆頭。

「我為什麼要跟你聊天，你又沒有大奶子。」憂鬱弘摘下眼鏡。

「你現在是二號對不對？」我看到憂鬱弘端正的陳坤小黑臉。

「你怎麼知道？」他有點驚訝。

「因為二號很少笑，而且很沒禮貌。」

「嘖嘖，真是變態，居然可以看出來。」他的表情難以形容的微妙。

不得不說，這是一個很舒適的洗澡環境。從頭搖晃的角度，可以判斷別人正在沖洗哪個部位；往下看，則可以看到整隻小腿。

「江弘，你在幹嘛？」色凱的聲音。

「我在洗衣服，用熱水洗比較快。」對面浴室傳來臉盆摩擦地板的聲音。

「哇靠！很會內！」

我轉身一看，視線往門下一掃，是憂鬱弘背對著門蹲在地上，露出健康的屁股。

神啊，我有罪。

「真聰明，下次我也要。」色凱在隔壁讚嘆著。

「真的，很聰明。」我好不容易吐出一些附和。我傲慢嫉妒憤怒懶惰貪婪暴食還超色情。

小陳坤性感的屁股張開開，全身力量集中在搓揉臉盆裡的迷彩服，身體不斷前後晃動著。

然而此時，我掛著的髒內褲，突然掉到了地上。我彎腰撿起內褲——神，這是你的旨意吧？

從門下往對面一看，那兩股間粉紅色的小縫清晰可見，粉嫩的外圈還有一些毛，展示著緊實的小縫。完全開放的會陰下，懸著的陰囊前後晃。感謝學長學弟制，讓我們不能用洗衣機。男孩繼續開著熱水蓮蓬頭洗衣服，陰囊因為溫暖而整個放鬆垂掛，擋住了前面的龜頭。水沿著陰囊跟看不見的條狀物順流到地面。這個畫面就像一邊幹人，一邊尿尿。我站起身，覺得不能再看下去。

感謝宋應星的《天工開物》，感謝李自成攻陷北京，感謝吳三桂引清軍入關。

「距離離開營區的時間，扣掉吃飯睡覺整理行李，只剩下兩小時。」色凱關掉水龍頭。

「你這樣算也太美好。」大叔瞇著眼：「沒關係，我在這個營區的時間也不多了。」

「幹——」色凱的臉扭曲，握著拳頭。

02 分手砲是國際禮儀

今天放假，手機沒有小俊的回訊。之前傳簡訊給小俊告訴他這是我的新號碼，還有放假要去找他的事。我們四個人叫了阿伯的一百二十元計程車前往基隆車站，再轉火車到台北。

「掰啦！電話聯絡。」茫茫人海中，我跟四人幫道別後撥打了電話，接通。

「喂，你有空嗎？」

「嗯。」電話那頭，傳來小俊的聲音。

「大概再四十分鐘到你家喔。」

「喔，好。」他的口氣，表示家人不在。

走出捷運站，天空飄著幾乎感覺不到的雨點。這空白的世界，人們的臉都成了冷漠的風景。小俊家在一棟有管理室的二十層電梯大樓。這次見面本應選在公共場合，但是我很難約，他也很難約。

「嘿。」精瘦的他穿著背心拿著鑰匙，系上籃球隊活躍的他有著張永政的帥氣面孔，即便有點憔悴，依然是我的菜。

「嗯。」我跟在小俊身後。經過電梯的靜默，走進鐵門脫鞋。這習慣已久的好看背影不再屬於我。

「汪！汪！」一隻黃白相間的柯基，開心的在我身邊打轉，前腳撲在我腿上熱情舔著我。這是小俊姐姐的狗。

「嗯——啾啾要乖噢。」我摸摸柯基的頭，把早餐店的漢堡跟珍珠奶茶放到桌上，一如往常。小俊在沙發上看電視，我也坐下來，我們還是不知不覺靠在一起。

不知怎麼，我的臉緩緩地朝他的脖子移近。小俊身上的一切還是吸引著我，禁慾一個多星期的我，下體隨時都興奮著，我們無法控制地撫摸彼此。肥肥的柯基卻撲上來，不斷擠在我們中間想加入我們。小俊苦笑，我們到房間把啾啾擋在門外。

我把小俊壓在門上，舌頭深深地入侵他的唇。除了瘋狂，還有點憤怒跟不甘。

我們滾到床上，我穿著衣服，小俊卻已經被我扒光翻坐在我的小腹上，他的硬屌貼在腹肌上，他陰囊底下露出我的龜頭，全身線條一覽無遺。

「洗好了吧？過來給我舔。」我命令小俊。

小俊受不了，害羞地起身。

他陰囊貼在我臉上，散發著健康性感的體味。我雙手把小俊大腿往下一壓，舌頭直直戳進那柔嫩的屁眼裡。整個臉，悶進了男人最私密的地方。

「……啊……太色了啦……」小俊難受地叫著，雙手卻放在膝蓋上，一上一下。

我一邊脫掉褲子，摸到口袋裡的潤滑液，拿起倒上，屌像是裹了層冰涼的糖蜜。小俊期待地看著。

「你果然還是這麼想被我幹啊？」我用沾滿液體的手，摸了小俊的臉一把。

「咿……啊……」他起身，迫不及待地直接坐上我粗長的屌，溫暖悶緊的感覺慢慢籠罩。他的屌一邊晃著，一邊流出長長的絲沾上我的陰毛。如推針筒一般，後面有東西推進去，就會有東西從前面擠出來。

小俊開始前後擺動毫無脂肪的小腹，露出又爽又痛苦的帥氣表情。

「啊……哼……太大了啦……」他雙手撐在身後，棒狀物卻誠實地跟著上下不斷流出汁液，甩在我的腹肌上，像是在幫鬆餅擠果糖。我看著我的陰莖，一下整根沒入他的身體，一下整根近乎抽出，陣陣快感從下體傳來。肉棒跟屁眼粉嫩的肌膚，毫無縫隙地密合抽插。

我拿起小俊的手機，打開攝影。

「不要啦……啊……」小俊皺著濃眉無法自拔，害羞轉開頭。

說歸說，小俊卻越來越硬，整根通紅直直指著上方，從原本的甩動變成微微晃動。

「馬的，讓你看你現在有多爽啊。」我讓小俊全身跟帥臉一起入鏡，然後特寫肉棒插入身體的畫面。

「太變態了……啊……啊……」小俊說歸說，還是用手把陰囊罩住上提，讓我更清楚拍下我們光滑黏膩不斷進出的鏡頭，好幾條絲連接他的屁股跟我的大腿。

窗戶灑進來的光，照著他全身油亮的汗水，散發狂野性感的味道。

我把鏡頭朝向我的陰莖，抬起小俊的屁眼。一離開我的陰莖，小俊的穴就縮成一只粉嫩的小圈，跟我的龜頭彼此牽連著幾條絲。我的前列腺液混雜在其中。

然後再度緩緩插入、撐開他的體內。

「幹。」我抬起頭。

「啊……」小俊每一次上下，都把我的液體夾進他的身體。

「來，這樣你才看得到自己被幹的樣子。」我按下播放，把手機拿給小俊。

「不要……嗚……」小俊漲紅著臉看著，摀住嘴，看著我們的光滑粉嫩特寫後，小俊轉身向床尾背對我，雖然看不到表情，但我知道這個角度他會更爽。

「放你面前，你看看自己被插成怎樣。」我改成前置鏡，拿給小俊。

「你好壞……嗚……」小俊卻只是皺著眉，把他的手機放到床尾自己的面前。

小俊對著床尾的手機，被逼著看自己被幹的畫面，我則是規律地上下抽動。整個房間都是啪啪聲響，小俊近乎放浪地大聲呻吟。

「啊啊！不行……會射……不行……啊啊啊!!」

「我看。」我示意小俊把手機給我，重播剛剛的自拍畫面：「馬的，對著鏡頭看自己被插還這麼爽？」

我整根肉棒硬到不行，撐得更開。

「啊啊……又變大了！拜託……射進來……」小俊仰著頭。

「媽的！我要射了！」我抓住他的腰，示意停止。

「我要！射給我……拜託……啊！」小俊的穴不斷夾緊，自己動著。到臨界點的我則是快感爆發。

「不要！」但螢幕裡小俊的正面跟現場的背影都淫蕩地叫著，在這樣的雙重享受下我根本憋不住。

「啊！」我全身用力腹部一縮一鬆。原本小俊就已經緊到不行，又因為射精不斷收縮屁眼，我只感到快感綿綿不絕地傳來，延長了好久。一坨又一坨的大塊液體沿途刺激著尿道，幾乎維持有半分鐘，躺著更難射出來，我從來沒有射這麼久。

「操……」我抓著他的腰，小俊緩緩停止擺動。

一股熱流暖著我的卵蛋，小俊的精液總是很多。他緩緩起身，一手抽著衛生紙，一手接著他黝黑腹肌陰毛上一大灘純白的液體，不讓它繼續泛濫。

好久、好久沒有這麼爽了。但是，這習慣的事，好像少了什麼。

「我去洗澡吧……」小俊拿著沾滿液體的衛生紙，走向廁所。

「好的。」

是這樣的吧？

整個過程，我們都沒有再叫寶貝或是老公。

整個過程，我們都沒有說愛你。

整個過程，我們都沒有久久的看著彼此。

整個過程，我們都沒有叫對方的名字。

我們也沒有說，要一直這樣做下去。

我們的默契，就是做愛的時候沒有心情說謊。

物理的交流如火如荼地進行了，情感的交流卻嘎然而止。

門一打開，柯基啾啾就衝進房間，開心撲在我身上，完全不在乎液體的味道。

直到拉開距離，我們才會發現我們要的從來就不一樣。我要的是精神的同在，小俊要的是實際的陪伴。我已經不知道當兵到底是考驗，還是製造根本不應該發生的感情事變。

小俊洗完澡，我在床上發呆，他也坐到我對面。我們盤腿坐在床上。手機裡的影片已經刪除。當激情退潮，剩下的就是理性，我們需要的只有坦白。

「你是到底有什麼毛病？」小俊的雙眼，很誠懇的罵我。

「就是這兩個月，我跟你除了做，什麼都沒有。」我說。

「不然你還要什麼？你不是在當兵？」

「我在當兵，所以我只需要那一絲絲的聯絡，但是連這樣都沒有。」

「但是，那我們還可以像現在這樣嗎？」小俊面無表情卻眼眶發紅。

「我不是那種人。」

「不行啦。」小俊擤鼻涕的聲音。

「真的沒辦法，我很累。」我們靜靜地看著彼此。

他好看的倦容，臉頰畫下一行透明的線，我的視線也是一陣模糊。

「你不要哭，這樣害我也想哭啦。」我好心疼，整個臉發燙著。

看著對方流淚，想到很多安慰的話，卻不知道該用哪一句。捅彼此一刀就不該互相療傷，即便這很難。雖然我們還有愛，但是我們要的不一樣。你總是不知道我為什麼不爽，而我卻厭倦了教你怎麼談戀愛。

「連砲友都不行嗎？」

「我沒有砲友的需求。」我說。

再心軟的話，平日心痛又會是我。被冷落的一週年紀念日真的太傷。我從來都不是性愛分離的人，這方面我的確他媽的不像個男人。

擤……我們只是望著彼此不斷流淚，淚水答答地滴在盤腿坐的小腿上。哭得如此無力，如此的不知所已。腦中塞滿滿曾經幸福的畫面，這些回憶拚命碎裂割畫著我們的心。

按耐不住，我們擁抱發熱的彼此。

「嗚哼……」小俊終於哭出聲音，看不到表情。

我也用難看的表情，泣不成聲。

初次見到這個男孩，是一年多前，在K書中心，我看到了今生最美麗的風景。追你追了一個多月你都不答應。當時我是多麼驚豔，怎麼有這麼帥的男孩，又會運動，又念那會令長輩發春的名校。偶然發現我們身體上的契合，每每都是雷電交加。就算你不願讓我進入你的圈外人生。但在同志圈裡，我們看起來如此般配。

遠距離的部分，我們是徹底失敗了。距離一遠，你就忘了有我這個人。如果是在學生時期，那種因為換了位子不坐隔壁、就不一起聊天的同學，還能算是朋友嗎？

「你要找到一個……更好的，知道嗎？」我咬字不清地。

「又說這種漂亮話……你才不要一直看那種爛勵志書了。」

「好啦。」一分手了，我就可以說謊了。

我走到玄關。打開了這扇，已變成別人家的門，那隻別人家的柯基依然開心地在鐵門內對我搖尾巴，可是我沒有多做停留，把牠關在門內。

再可愛，也只是可愛而已。

你沒有不好，只是現在感情的品質太差了。走出電梯到寬敞的中庭，從前總有個男孩會送我搭公車，但這次我是一個人。寬敞的馬路旁停滿了LED閃爍的公車，那家便利商店，我們在裡面買過多少飲料。

公車門一開，我拿出悠遊卡。

嗶嗶。車子航上駛過無數次的路線。

看著擁擠的馬路，內心讓這城市變得真空，街道車水馬龍，我又能和誰相擁。

「台北車站。」

這胸口那麼痛，那快樂都雷同，這悲傷卻千萬種。

偶爾滑落的淚水，一擦就會被路人發現。

嗶嗶。月台。

嗶嗶。火車站。

嗶嗶。公車。

叮咚。

「哎喲！你回來啦！」媽在客廳躺著看電視，彈起身。

「妳根本是住在客廳吧？」我乾笑，卻欣慰家人始終都在。

「少囉唆。」老媽依然熱情地跑去廚房：「鄰居送我們大閘蟹。」

有些事情，明明知道會發生，但是發生後才能領悟「知道」並不會比較好過。

我回到房間，打開iPhone。Line上有一些未讀訊息，還有一個+999的群組，我打了聲招呼就退出了。這種時候，總會不自覺地切斷人際關係。

瞳孔閃過一個嘻哈男孩的大頭，小宇那張朦朧的ＤＪ照，旁邊有三句未讀訊息。日期是一天前。

博宇：Hello

博宇：I have a holiday.

博宇：☺

搞什麼。這是什麼機器人的敲人方式？我冷笑了一下。本人溫暖無比，文字居然冰冷成這樣。即便如此，還是先讓我一個人靜一靜吧。

我關掉Line，一靜就是四天。

03 嚐到甜頭的男人

收假的路上，買了一個三層有抽屜的收納櫃，學長們說可以擺放在內務櫃裡。在基隆車站。小陳坤、貪官、大叔跟我會合。

想想當初會跟小宇出遊還滿神奇的，一般人放假根本不會想跟同梯出來吧？每次看到同梯的臉就想到又要進去被學長電，根本是古典制約。

「我確定會調走了，大概一個星期之內。」大叔笑著說。

「可惡！不——不要離開我們！」色凱抓著大叔的領子前後搖晃。

「我們會想你的。」憂鬱弘停了幾秒：「剛剛那是一號說的，二號說你滾吧，搞不好會調過來一個很正的偽娘。」憂鬱弘再度展現人格分裂。

轟轟轟轟轟——下計程車，營門開啟。

「簽名。」巨嬰學長遞給我們人員進出管制簿，他圓圓的雙眼水汪汪地閃爍，厚厚的嘴唇像是吃著奶嘴，身形有點接近熊。「時間，七點五十分。」

「等等換裝之後，去四號庫幫忙間杰搬點東西。」戴眼鏡的文樂班長說。

這是我們第一次進四號庫。庫房一樣兩層樓高，堆滿了深綠色的三層料架，高度大概有四公尺，跟好市多一模一樣，只是貨品沒有任何顏色，全部都是紙箱，跟其他倉庫一樣。

「你們來啦？那我們開始吧。把這些全部搬到那邊去，跟著我走。」大學長歪嘴一笑，露出銀色的牙套，搬起長條形的大箱子。

我們跟著徒手搬運，形成一條來回運輸線，彎著腰走路搬。樂天派的我還是想找點樂子，搬著搬著瞬間停住，一個帥氣回眸，對小陳坤拋媚眼。

「我要吐了。」憂鬱弘苦笑皺眉。

「噢呵呵！幹，很會欸。」色凱笑開，也學我拿著箱子用力轉身一個性感微笑！

他面對著大學長，兩個人四目相對。

「噢噢噢學長！我錯了。」色凱的臉整個歪掉。大學長冷冷看著他。

媽的這個智障貪官，轉身前至少先了解一下後面是誰吧？

「太輕鬆，很好玩是吧？」大學長的語氣沒有起伏。

我們的小默契遊戲就這麼結束了。最後我們搬到十根手指作廢，即使眼前出現一枚洗好的小穴，我也懶得碰了。

「請問學長，我們這樣搬對新手來說，還可以嗎？」大叔問。

「很差。」

大學長拉下倉庫的鐵門，我們各自回寢室。

「我覺得他在整我們。」憂鬱弘偷偷說。

「怎麼說？」

「我剛剛看到旁邊明明就有推車。」小陳坤冰冷的眼神，掃過身後的四號庫。要適應這如死水一般的新環境，比已經習慣人來人往的新訓還痛苦。

「現在時間，洞陸洞洞，請未補休人員至安官桌前集合。」

折好蚊帳刷好牙，一天開始。早餐是由白淨標緻的學長開小卡車載進營區，他嬌小的身子跳下了車。

「愣在那幹嘛？幫忙搬啊！」他臉很稚氣，火氣卻很大。

「是。」

「哐啷啷啷——」他把鍋子往桌上一甩：「自動一點！」

又來，我們到處都被幹。

原本新訓只有幾個純Top班長會看到人就幹，但是下單位之後，每個學長都是純Top，每個瞬間都可能被幹，每個轉角都是Hotel鋪好的床。一天不到，我們已經被幹到放屁都只有呼呼的風聲。

早餐時間，我又仔細確認了一次：

頂級的翔矢學長，憨憨的、人又好，單眼皮跟修過的鬢角，溫柔的G片男星。

戴眼鏡的文樂班長，極度精瘦又總是捲起袖子，大方露出腋下的黑毛。

翹唇班長黑黑台台的，後頸露出一截梵文的刺青，看起來年紀比我們還小。

標緻學長白淨可愛，但是似乎脾氣不太好，一副高貴雞的姿態。

最後是坐在旁邊的小臉陳坤，人格分裂貓系男，憂鬱傾向。

沒了。

剩下來的不是胖子就是女人，長的醜的我更是看不見。當兵很忙，我真的沒空。

八點集合時間，文樂班長在隊伍前分配工作，對著色凱推了一下眼鏡：「你的帽子怎麼是舊式的？」

「是，放假會去換！」色凱回答。

「已經放過假了。」一個女班長在後面放箭。

「喔？呵呵呵？」色凱只是傻笑。有著幾顆痘痘的圓臉，不自覺露出牙齦的傻笑，完全吸收所有人的仇恨。

我想起小宇那天遠遠看著色凱說的：「**每個團體，都需要一個這種人。**」

原來是坦克嗎？吸收所有傷害的坦克啊……

「你完蛋了你。」班長轉向面對大家。「負責庫房的，到我右手邊。」文樂班長說完，一個長得像永澤的學長，還有一個癡肥的學長站出。其實兩個都癡肥，只是癡肥學長的癡肥更癡肥一點。（對不起，我個性偏差。）

「那個誰……」文樂班長叫不出我們的名字，只好用指的：「你們兩個跟在他們後面。」

「是。」我跟色凱排到癡肥學長後面。

「你們兩個，跟著他們。」班長繼續指揮憂鬱弘跟大叔。

就這樣，我們組隊在營區裡行走。走到營區最大的兩層樓的五號倉庫，鐵捲門嘎嘎拉起，映入眼簾的是左右高聳直入天花板的深綠料架，一棟棟整齊堆疊的綠色迷彩服黑壓壓地拔起，像是千本櫻景嚴（典出漫畫《Bleach》），迷彩版。

「這些都是堪品，等等會有單位來，你們看著辦就對了。」永澤學長圓圓的臉，體脂肪多到眼睛被擠壓。

一輛十噸半的大卡車開到倉庫前，幾個小兵像是忍者般跳下車，傳著一疊疊的衣服，要讓我們檢查衣服有沒有破損，卻搞得像是黑市交易。

「哈啾!!」有個小兵一進倉庫就開始打噴嚏，聲音帶點威武而沙啞。

他寬闊的肩膀背對著我，翹臀繃緊著迷彩褲的口袋，比例堪稱完美。只是這個完美好像有點眼熟。

「你去那個抽屜那，把口罩拿給需要的人吧。」永澤學長說。

「好。」我拿了幾個口罩，遞給這個單位的高壯小兵。

他轉身站起接過我的口罩，那陽光的眼神，我們四目相對，時間暫停。

「飛飛！你怎麼在這裡？」高壯男孩一臉驚訝。

「這是我的單位啊，你……是我們的受補單位？」我看一眼他們的衣服。

「你電話都不開機的欸！先說，你給我假電話我會揍你喔！」他衝過來用胳臂勒住我的脖子，拳頭不斷往我頭上鑽。

「痛痛痛痛……幹，我換成智障手機的門號啦。」我被強勁的二頭肌壓制著，一股薯條的味道傳來。

小宥勝秦天，居然就這樣莫名奇妙地出現了。

「最好是！」秦天抓著我不放，臉往自己的另一手一埋：「哈啾!!」

我看一下永澤學長的眼神，似乎在等我。

「你們繼續啦，我們下課再聊吼。」我遮上口罩，掙脫他的掌控。他好像變得更壯了。

「好！等等你要給我新的電話喔……哈啾！」秦天磨磨鼻子戴上口罩，只露出那雙小小電眼和兩道直直的濃眉。

「好啦。」我揮揮手，跟著永澤學長離開。原本被學長們電到燒焦的心情也稍稍平復。我從來沒有想過擺在家的iPhone，那幾個不知名的未接來電，居然是秦天。對，我他媽根本沒有存他電話。有男友的人我都不敢想了，更別提有女友的。

「這五號庫，一樓放的就是一些堪品，還有工兵器具……」永澤學長帶我們上二樓了解環境：「還有這些羊毛軍毯、滅火器、圓鍬、軍便服這些，哎反正都看得到。你們把二樓掃一下，等一下我會過來檢查。」

我跟色凱過著一小時肺結核的打掃人生。想著樓下的秦天真是一點都沒變的陽光大男孩，還是那樣的野性。掃完檢查過後，回到樓下。

「安全士官廣播，下課。」

「終於啊。」一色凱自己跟自己擊掌，往外頭奔去。

底下機步連所有小兵重獲身體的掌控權陸續起身活動，像是恢復靈魂。各自詢問吸菸區、飲料機、廁所的方位，大家走向門外的陽光，一刻都不想留在這塵蟎之地。

「飛飛，你給我過來！」秦天直直走過來，拿下白色口罩。

「幹嘛啊！」我被他的氣勢嚇到，後退往樓梯上跑。

「不要跑！」

「那你不要追啊!!」我跑上二樓，是我剛剛摸透的一排排料架。

我衣服卻從後面被一把抓住。

「哈哈哈！後勤果然跑比較慢？」秦天的臉很得意。

「屁咧，才剛下單位最好有差。」

「這裡會有人嗎？」他左右看看排排的架子，上面都是紙箱。

這倉庫，安靜到只有樓下門口有人走動的聲音。

「沒有吧……這邊……」我轉頭看向秦天，他單眼皮的銳利眼神、小麥色的宥勝臉還有酒窩，什麼也沒說，只是笑著看著我。舌頭舔了右邊唇角一圈，像是電影裡壞透了的角色。

「靠，你要幹嘛？」我想往樓梯走又被拉住。

「借我抱一下咩。」

「不好吧……」我用氣音說著。不經意看了看附近，沒有攝影機。

「不管！」秦天從後面直接抱住我，臉頰貼住我的脖子，吸了一口我領口的味道。

「喂，不要在這裡！」拿他沒轍，我只好被秦天拉著衣服往裡面走，轉進最裡面的走道。這裡偏僻陰森，左邊是一些封死的十字鎬、圓鍬，右邊是一堆看不懂的箱子，看起來都是最不常用到的東西。

「這裡……應該……」我剛轉身，就感到一股暖風，帶有秦天獨特的肉香味。他的脖子在我的眼下，把我抱得好緊。

「飛飛……」秦天把我的手擺到他的腰上。

「好啦，你乖吼。」我拿下他的帽子摸摸那平頭，後腦勺短短的頭髮有了一點點造型。秦天穿著綠色寬鬆T-shirt，慢慢把頭埋進我的脖子，我感覺到一股濕熱，然後是濕涼。

「鹹鹹的欸。」秦天看著我的臉，挑了挑眉。

「你吼……」

「……好像還想要欸。」

「想要什麼啊……」我居然沒辦法拒絕他那野蠻的行徑。被開啟了什麼開關，只能走一步算一步，看不到盡頭。

「想要你的感覺……」秦天把我壓在牆上，開始解我的釦子，接著用力掀起我的綠色內衣，衣服被他的蠻力扯得啪啪作響，那帥臉往我的左胸旁一湊。

「幹……」我乳頭一陣敏感溫熱，往下看著秦天那張陽光乾淨的帥臉，貪婪舔吸著。我只能摸著他短短的頭髮，餵食著這頭解禁的野獸。

秦天舔著我的胸口，迷濛地看了看我，一路往下親著我的腹肌。我硬到不行，近乎難受。這次反而是我被控制了。秦天挺起身在我耳邊輕聲說著：

「飛飛，再問我一次那個……好不好？」

「你說……教你的那個？」我也在他耳邊說話。

「對……」

我手伸進秦天微汗的衣服裡，輕輕搓著他大塊胸肌上濕濕顆粒的乳頭。另一手往迷彩褲襠一摸，還是一驚。那根粗大到不行的東西，一時還摸不清頭緒。

「在這裡。」他挪動我的手，往大腿上第二口袋的位置，這才摸到了他的冠狀物體，那硬著的大龜頭。居然可以這麼大？

「你會……會想吃嗎？」我在他耳朵上，呼出熱氣。

「呼……哼……」秦天只是喘氣，散發著薯條香的體味。

喀。我的塑膠皮帶扣被解開。

「你……?!」

「想……」秦天的帥臉上，氣音呢喃著。

我瞇起眼，看不懂這個男人。

「拜託，試一次就好？」秦天鬆開我褲子釦子，我居然無法抵抗。

他緩緩拉開我的拉鏈，迷彩褲直接掉到靴子上。然後蹲下。我看著這頭野獸，此刻居然變得如此溫馴。他緩緩拉下我的內褲。

「飛飛毛好多喔……」秦天色色笑著，開始用臉磨蹭我的陰毛，他的濃眉在我的黑色森林裡摩擦著，鼻子吸著我下體的空氣，舌頭沙沙地舔著。

「你好像寵物噢……喜歡嗎？」我摸摸他的頭。

「就……很喜歡咩。」他往下吸著我內褲裡私處的空氣，用臉隔著內褲的布料摩擦我的肉棒：「主人。」

「……你剛剛叫我什麼？」

新訓那個萬眾矚目的授槍代表，居然在聞我的味道？他拉下我的內褲，我的龜頭慢慢露出。陰毛跟馬眼之間，還有一條透明的牽絲。

太難為情了，在營區，我從來沒有在別人面前露出硬屌。這感覺太詭異。

「我說主人，可以嗎？」秦天抬頭看著我，一張陽剛的臉跟小酒窩。

我摸著他的臉，點點頭：「好，小寵物要乖乖喔。」

他試探性舔舔我的馬眼。

「第一次這麼近看，超變態的欸。」他用手緊握住我的根部，令我腫脹青筋暴露，又笑著往外擠出我的前列腺液。還是那樣不正經。然後他含住了我的龜頭。

「啊……不要用牙齒……」我一陣刺癢。

「喔，這樣嗎？」他改用抿的，張嘴努力含入我的龜頭。

「幹……」我低頭看著小宥勝正吃著陰莖。我手往下，伸進他的衣服裡，搓揉他的乳頭。秦天鬆口，把衣服直接掀起，放到脖子後卡住，露出他大塊方形的胸肌、無可挑替的八塊肌。他身體的顏色依然比手肘白一點。

「姆姆……」他繼續皺眉含著，被我弄著乳頭發出很爽的喘息。

雖然最多只能含到一半，但就很棒了。舒服最重要，含到底掙扎的表情也會令我難受。

「我第一次知道這看起來……這麼色欸。」秦天觀賞著我濕亮的屌，上面都是他的口水。

「你都軍校念三年了，怎麼會不知道……」

「不行了。」他拉開拉鏈，努力從褲子裡掏出他的東西。棒上脈絡分明的青筋，光滑的大龜頭，毫不真實的肉砲管直直地指著我。秦天起身，我自動幫他套弄起來。這粗度太……好像握著誰的手腕，拇指剛剛好碰到中指。

「主人你剛剛……好像有流出來。」他面對我擠擠眼，色瞇瞇地。

「幹，真的假的？」我看了一下我的硬物。

「有點甜甜的。」秦天的臉貼近，我吞了口口水。他的唇貼上我，舌頭按摩著彼此濕潤柔軟的唇。鼻腔果然有一點豆漿的微腥，而且有點甜，原來是我精液的味道？

第一次接吻就有洨味，從本壘往一壘倒著跑嗎？

「對不起啦，我真的沒有這樣過。」我無地自容。

「不難吃啊，你是飛飛主人欸，怎樣都好啊。」他雙手摸摸我的臉，剛正的臉上眼神迷濛。

「好，小寵物說了算。」我看了看他粉嫩的大屌，整根連帶龜頭都被撐得滿是光澤，吞了吞口水。我大概只能含到前端吧。

我蹲下，他半脫的褲子果然只有三角地帶有一撮陰毛，陰囊跟胯下之間完全是光滑的肌肉線條，根本不用修剪。我握著粗物，看著這充血的龜頭、濕潤的馬眼，好像一顆有縫的粉紅色饅頭。

「安全士官廣播！」

我們嚇得全身一彈。

「安全士官廣播，上課！」

「靠！十分鐘也太快了吧！」他轉身向窗外聲音的來處，大肉棒卻打了我一巴掌。

「感覺才過了一分鐘。」我摸著臉看向窗外：「不行，太危險了。」

秦天無奈地拉著我站起：「你都不阻止我，害我吃太久了，根本欠揍。」

「怪我囉。」

「啪！」秦天揍了一拳在我的上臂，超用力。

「噢！痛欸！」我餘光卻看到他硬著的大香腸，跟著晃動。

「我沒想到是甜的欸。」他歪著頭把上衣拉回胸前，遮住那八塊肌。

「好了，不要說了。」

「怎麼辦，好像有點上癮了欸。」他痞痞的樣子。

「停！之後再說。」我們全速穿上褲子扣起釦子。秦天也努力把屌塞進褲子裡，但是一整根綠色迷彩山脈還是綿延至他的大腿近乎一半。我才發現大也有大的煩惱，根本超明顯。

稀疏的腳步聲從樓下傳來，我看了一眼旁邊擺放的東西，很多白色的柱狀瓷器，寫著三個字：遺骨罐。

「天啊。」我趕緊穿好衣服往樓下走去。「你先下去好了。」我在樓梯口，上演鐵達尼號的劇情。

「好。」秦天面對著我，嘴巴鼓鼓地吹氣。

居然。是要親親嗎？

我上前親了一口濕軟的唇，他才挑了眉，心滿意足地下樓梯。我又聞到自己的洨味，加上他的鼻息，這……居……居然有點好聞。

「哇靠！你剛剛下課在哪啊？」色凱一臉驚訝：「到處都找不到你欸。」

「沒啊，剛剛去大便。」我一見色凱的醜臉便瞬間性慾全無，就像打手槍時老媽狂敲房間的門一樣。

「廁所沒有人啊！」

「我去小寢上的啦。」

只看到秦天走過來，拿著筆跟小本本。

「飛飛，新電話給我。」

「好啦。」我如實寫下智障手機的電話。

「再不接，你就死定了喔。」

「知道了啦。」

「晚上再打給你，呼！」他陽光地笑笑，故意往我臉上吹出洨味，然後揍了我肩膀一拳離開。我居然以為他說的「抱一下」就是抱一下，根本是口「爆」一下吧？

「哎喲？你們認識喔？」色凱驚訝。

「嗯，新訓時候同連的同梯。」

「很壯內，這個人不能被我女朋友看到。」色凱看了看秦天的背影：「不然我女友就知道我身材很差了喔呵呵……」

秦天跟他的班長有說有笑地戴上口罩，繼續挑衣服作業。烙印在我腦中的再也不是那根永恆之槍的巨砲，而是他努力吃屌的帥臉、酒窩，還有胸腹肌。我像味覺退化，越吃越重鹹。

晚上就寢前，手機果然響了，我去外頭接起。

「喂？」

「終於！飛飛主人終於接了！」秦天沙啞低沉的嗓音在一頭慶祝。

「什麼啦！」我被噁心的話逗笑。「你不是有女朋友了，少在那邊。」

「蛤？我女朋友知道你啊。」

「為什麼？」我瞪大雙眼看著牆上。

「我跟她說我在軍中遇到一個很性感的男人，問她要不要一起。」

「什麼？一起什麼啦！」

「欸我女友很正好嗎？那我跟她講你不要喔。」

「你到底跟她講了什麼！」我在吸菸區開始崩潰，當然不要啊。「為什麼要一起？」

「喔，我們之前討論過要不要找女生3P，但是她很容易吃醋，所以後來就沒下文了。」

「所以你就改找男的嗎？」

「講這樣，我是找你！」

我想像了一下3P的畫面——無法！

我不要玩女人啊！我連駱駝蹄都不想看到啊啊！女生我有在看的只有T-ara跟小S而已，比較熟的舞姿也只有Roly Poly而已。

但是可愛壞壞的宥勝臉跟薯條肉香，又好像彌補了什麼。

「不好啦，我不喜歡碰別人的女朋友。」我邊講邊躲到曬衣場，很怕被人聽到。

「蛤，這樣更好欸，我果然是找對人了。」

「不行啦。」我頭有點暈。

「你不要有壓力啦，你不一定要跟我女友做啊，跟我也可以啊。」

「好⋯⋯好，了解了，謝謝您。」

「不要敷衍我！」

「好啦大寵物讓我想一想，好嗎？」我開始安撫他。

「耶——拜託了，跟熟人比較不會奇怪嘛！」

「好！」掛上電話，我跌坐在木板凳上。

跟熟人才奇怪吧？異性戀你還好嗎？不對，這個是雙性戀。我不懂，不懂這對情侶是在什麼境界，需要找別的男人來滋潤。這個人的極限到底在哪裡？

04 小宇歸來

早上的集合場，氣氛壯士一去兮不復返。

「洪任真，你先去整內務吧，晚點指揮部就有人來接你了。」文樂班長揮揮手，露出捲起袖子那腋下的毛。

「是。」大叔一個敬禮，帶著奸笑跑回寢室。

「真是個Bitch。」憂鬱弘一記冷箭，大聲到連學長都聽到偷笑。小陳坤只是皺眉一閃：「不要看我，這是二號說的。」

班長你看他，說溜嘴就說是二號，嗆別人就說是二號，什麼都怪二號就飽了啊。

「今天要連主檢，等等智霖教他們怎麼陳列裝備。」連長說完，我們跟著標緻學長回到寢室，有樣學樣地把水壺、水壺套、鋼盔S腰帶都放在床上展示。

「連主檢是什麼啊？」色凱問。

「照著做就對了。」標緻學長只是忙著。

我跟色凱對看一眼，這學長壓根把我們當沾了精液的衛生紙。而隔壁床的大叔，內務櫃前放的黃埔包整理得差不多，準備要去當爽爽文書。我不禁感嘆，爸媽不夠力，真的不能怪別人。（這不是在怪爸媽？）

指揮部的車出現，安官桌的警鈴響，這是督導來的警報。督導即將順便把大叔載走，道別的時光並不太感傷。

「你要走就走吧，我不會攔你的。」憂鬱弘皺眉。

「有不錯的阿姨，記得介紹給我啊，噢呵呵呵。」色凱露出淫穢的表情。

「祝你考上研究所啊——」難得遇到跟我一樣愛看書的人。

「我會記得你們的。」他瞇瞇眼笑著，上車。

「掰掰！加油啦——」

小轎車發動，往營區門口駛離。

「長官好！」哨所敬禮一吼，這一去，下次見面可能就是退伍講習什麼的了吧？

「嘖嘖。真是個Bitch——」憂鬱弘冷冷地。

「唉，真好。」色凱淫笑嘆口氣。

大辦公室走廊後面有個小辦公室，裡頭多半是女性班長，大約有六七張桌子。我們要把軍證交給一個女班長，就坐在進門的位置。

「終於拿來了，你們的新朋友很快就要來了。」上士人事班長嘴唇極厚，像是穿著軍裝的Nicki Minaj。

「真的假的？正嗎？」色凱馬上問。

厚唇班長翻了白眼，瞪了瞪色凱說：「真是不好意思喔，義務役沒有女的。」

「那會有偽娘嗎？」憂鬱弘跟著問。

「你們還有什麼事嗎？」女士官長坐在最裡面拍桌，臉很黑很臭。

「報告沒有！」色凱立刻立正，然後逃出小辦公室。

這整個營區都想把我們殺死，連女人都是黝黑純Top。

晚上七點三十二分，寢室紗門拉開的聲音。

「學長好！」一個熟悉雄厚的聲音傳來，我腦中卻閃出喉結滾動的畫面。

一個挺立的身影出現在寢室，一身嘻哈的便服跟棉褲，抱著大大的綠色黃埔包。稜線分明的下巴，陽光柔和的笑容，俐落的髮線多了一小撮往前翹的瀏海。

「哇賽！學弟你穿這樣害我好想回去跳舞，我以前身材也跟你一樣，Yo！」B-boy學長在一邊跳起舞來。

「啪。」我手上的《多益7000單字本》，從上鋪緩緩摔到地上。

瞳孔放大，寢室頓時清晰了許多。

這個人，微笑著仰望在上鋪的我，一邊走近搖頭。

是做夢嗎？

「怎麼——？」小宇尾音拉長，張開雙手趴在上鋪床沿，鼓起那鎧甲一般的肩膀，護甲一般的三頭肌。我只能嘴巴微張，整個人動彈不得。

「你都不用開機的？嗯？」小宇似笑非笑。

「呃……」太多話擠在喉嚨，舌頭亂七八糟地全都打結。

「對欸？是之前的帥哥欸。」色凱在床上，一臉醜樣。不，只要上一眼是小宇端正的五官，下一眼不論是誰都顯得難看。

小宇撿起單字本，拍一拍放到我的床上。我跳下床跟他面對面，迎面而來是麝香般體味。

「你……從蘇澳調過來？」我說。

「對啊，怎麼樣，有想我嗎？」小宇柔和的眼神在笑。

「有……有吧。」

「真的嗎——？」低沉懷疑的聲音：「那為什麼都不開機？」

「我……換電話了。」

「是嗎——？」

「對啊，你看。」我拿起智障手機：「重點是，你怎麼會過來？那裡不好嗎？」

「那裡喔，那裡真的太誇張，搭到蘇澳已經三個多小時，再搭車還要半小時。」小宇眼睛微微上吊。能聽到他抱怨，代表真的很鳥。

「所以你一直反應，就可以換了嗎？」

「Come on！一定要的啊。」

「幹——我發現曉飛認識很多人欸。」色凱在一旁一直冒出畫外音。

「對了你記得吧，這是春凱，叫他淫蕩男就可以了。」我隨便地介紹。

「我知道啊，這是我們的核心人物啊。」小宇笑著看了看色凱。

「很會說話內。」色凱抱著棉被一副很爽的樣子。

不，你誤會了，他的意思是搞笑界的核心人物，吸收傷害的坦克。

「這個要黏哪裡啊？」小宇拿起一張有他名字的卡片，看著鋁床前的橫桿。

「看你睡哪就貼哪啊。」

「哼，就是這了！」他把卡片往我的床位旁一貼。上面明明就沒有床墊。

「那裡啦！我們一人睡一張床，你應該睡那裡。」我指向隔壁床上的墊子。

「不管！」小宇轉身找起可以用的內務櫃。

「笨蛋喔！到時候學長開會完回來會生氣，他們都很難搞。」我繼續指著隔壁床，視線移到我的食指尖上。

「真的嗎……」小宇向我的眼神確認。最後嘆了口氣，把床前的名牌撕下，走到有床墊的隔壁床貼上。

可惡，我多麼想把自己的食指折斷。

「欸欸——所以你跳舞嗎？Yo！」明翰學長又在原地跳舞，展現他熱舞社的態度。

「沒有啊，怎麼怎麼？我看起來像是跳什麼舞嗎？」小宇停下整理行李的動作。

「不！你欺騙我的感情！你穿這樣看起來就是超強啊。」

「沒有啦！」

直到愛跳舞的B-boy學長離開，小宇才開始做起自己的事。我發現那是一種尊重每個找他聊天的人的態度，是我看過最高品質的家教。

萬萬沒想到，調走一個大叔，調過來的竟是小宇。本來還覺得大叔離開有點可惜，畢竟同為愛看書的人，可以一起組讀書會。現在才知道，你去吧！走得遠遠的！去當你的指揮部文書！去當你的國防部長！I don't fucking care!

小宇脫掉上衣，露出肋骨旁邊一條條的肌肉線條，粉紅色的乳頭、丰字腹肌、方形的胸肌。這瞬間，整個寢室的等級拉高兩個層次。

「哇靠，這個有練過欸。」連色凱都張開嘴，在上鋪目不轉睛地盯著。

「還好啦。」小宇挺胸褪下綠衣，一瞬間就穿好衣服。

「要是我喜歡男的，一定是立馬撲上去內！」色凱知道自己講出很噁的話，立刻看著我淫笑：「噢呵呵呵……」

你也知道拎北的辛苦啊。

小宇問趴在床上用著智障手機的男人：「廁所是走到底嗎？」

「是。」憂鬱弘頭都沒轉，對男人完全毫無興趣。

我帶著小宇介紹周遭環境，講解腳臭學長所說的那些奴隸制規則：「我們可以用的，只有脫水機。」

「沒關係！我也不喜歡在營區洗衣服！」小宇一臉正氣。

「可是這裡滿偏僻，班長都盡量讓我們的假合併放，可能十天才放一次，一次五天。」

「噢？是這樣嗎？不行！我喜歡回家洗衣服！」

怎麼回事，怎麼越來越任性了？你不能不洗衣服啊！這樣身上會太香。

「這是脫水機。」我走到曬衣場：「那邊是垃圾分類區、然後我們講電話通常都在吸菸區……噢幹噗！」我的臉迎面撞上一件很濕的衣服。

「你還好嗎？」小宇笑著。

「沒事啊。」我把臉擦乾。

「那最近……你還好嗎？」小宇的臉在微弱的燈光下看著我，旁邊幾件迷彩服隨風搖曳。

「喔喔，我很好啊！咳咳。」

「你感冒了？」

「沒什麼啦！」

「然後這又是什麼？」小宇抓起了我的右手，食指背上貼著他的白色ＯＫ繃。

「搬東西的小傷，一直受傷也習慣了。」

「不行，不要再碰水了喔。」

「好啦。」

「我說真的，要我幫你洗衣服嗎？」

「你太誇張了，你乾脆幫我洗澡算了。」我拿開他的手。

「怎麼，這麼嚴重嗎？」小宇瞪大眼睛：「我可以幫你洗啊。」

「笨喔，鬧你的，回去了啦！」我才沒差呢，只要你回來了就好了，怎樣都好。

這天晚上，看著隔壁床蚊帳裡的男人。尚未進入夢鄉，每分每秒都像是在做夢。

這個討人喜歡的雞婆鬼，真的回來了。

「部隊起床……」有氣無力的廣播聲，是翔矢學長。

嘖，起床還是很痛苦。我爬下床，抱著咳嗽的喉嚨。

「博宇，起床囉，咳。」我戳了一下他的腳。

小宇緩緩坐起，點點頭，呆呆地看著我。那濃濃的眉峰，對世間充滿迷惑的眼神，臉腫腫卻還是帥帥的。

咚。他一頭埋進棉被裡。

「喂。」我笑了。

小宇居然愛賴床，好像什麼打瞌睡的可愛小動物。如果可以，我以後都要提早半小時起床，為了看這張愛睏的臉。四個沒站哨的菜鳥盥洗完，帶著水壺集合，依舊是無止盡地掃落葉。落葉就像某種液體一樣，不管怎麼清，幾天後又是一堆。

「這裡要掃的地方比較多欸。」小宇眼神慢慢恢復清明。

「真的嗎？所以蘇澳的單位比較小？」

「差不多啦。」

掃完地給文樂班長檢查，班長也睡眼惺忪地回應。他提醒我們可以去看九月的新假表，我們近乎奔跑地來到安官桌，在本本上抄寫假表。看到我的名字在密密麻麻的班表上，從九月初開始就是一排字一星期：支援支援支援支援支援支援支援支援。

還有另外也有一個人跟我一樣。

支援支援支援支援支援支援。

「學長，支援是什麼意思？」小宇問坐在安官桌的癡肥學長。

「這什麼廢話，就是去別的單位支援啊。」

「只有兩個人？」我看著假表。

「不然咧？你看到上面還有別人嗎？」癡肥學長踐踐地笑著。

「要去哪裡支援啊？要幹嘛？」

「你問我，我問誰？」癡肥學長像銀行大媽櫃員，頭微低、眼神從眼鏡的縫隙看著我們。

「沒關係，想必是覺得我們很有用，就要派我們去吧！」小宇眼神發亮，一手搭著牆。

「你想太美了，是因為你們很閒。」

「可惡，感覺好像很有趣欸！」色凱兩手拳頭揍布，一臉猙獰樣。

「所以都不知道要做什麼嗎？」小宇問。

「剛到部，你自己說你們倆還能做什麼？」學長說。

我跟帥帥的小宇互看了一眼，他笑著壓下半邊眉毛。

拜託，做什麼都可以！

早上操課時間，我們四人幫被分配跟著長得很標緻的學長，來到軍綠色庫房外。拿出一桶油漆跟刷子還有大量的松香油，互相攪拌之後，墊了報紙就開始刷油漆。

刷油漆？

「平常就做這些事嗎？」小宇拿著漆刷。

「沒有，這是第一次。」我刷著。

「感覺刷完整棟建築要很久欸。」色凱在一旁叨叨唸著。

「其實今天我生日。」一個聲音。

我們三個人往憂鬱弘方向望去。

「什麼啦！真的假的!!」

「好啊，不相信就算了。」小陳坤皺眉。

「哇靠！犧牲很大內，居然在軍中過生日！」色凱淫笑。

「你這樣我們怎麼可能來得及買禮物？」

「不用了，我看透你們了。」憂鬱弘說。

看透個屁啦，除了那個厚唇Nicky Minaj人事，誰會知道你生日？

「那我們晚上來開同樂會！」小宇點點頭，伸出食指一比。

「又沒有女人。」憂鬱弘搖頭。

「不行！好兄弟一定要慶祝一下。」小宇搭上憂鬱弘的肩膀，一臉堅持。

「好吧……」

遠遠地我看到一個像是自來也蟾蜍[2]的綠色身影接近：「連長來了。」

我們連忙「更」認真刷起來。

連長抖動下巴高傲地叉著腰說：「有慢慢抓到訣竅了嗎？這就是當兵最重要的能力之一，刷油漆！」

「有——！」色凱超做作高聲回答。

「其實油漆要刷得美，方法就是先直刷一次，然後再橫刷一次，這樣就會看起來很平滑。」連長搶過一支刷子，緩慢地一橫一直示範給我們看。

「你看，這樣就很美，來你試試。」連長下巴抖動，把刷子還給色凱。

「真的欸。」我讚嘆著連長的油漆功夫。

2 自來也蟾蜍：日本動漫《火影忍者》中的人物，主角漩渦鳴人的導師。

美你個懶毛，倉庫牆壁坑坑洞洞都沒有補土了，誰還會在乎牆上那超不明顯的平滑？就像如果臉上都是超大膿皰痘痘，你在那邊去鼻頭粉刺有個屁用？

連長挺著大肚腩離開，我們恢復原本的速度。

「到現在，我還不知道補給兵是什麼。」我搖搖頭。

「好像真的就是搬東西而已。」

「還有漆油漆。」

「沒關係！ＯＫ的！還有三天！」小宇充滿期待地看著我。

「幹——只有你們去吼！」色凱憤憤不平。

我看著小宇——等一下，你是期待離開這裡，還是期待兩個人去支援？我看了看錶上面的日期，三天之後，就是我們兩人離開營區出征的日子，兩個ＳＵＰ^{3}走下路。

莒光課，副連把大兵手記發下來。營區的輔導長似乎還沒有來，要多廢有多廢。小小隻的標緻學長，平常一副很幹練的跩樣，一拿起筆就開始發呆。腳臭學長跟黑道學長也不遑多讓，字跟字之間分得極開，熊熊一看是直書，就算仔細看，一排也只有七個字像寫詩。我在作文那幾頁振筆疾書後，開始在日記區畫起了漫畫。

突然，腳步聲叩叩傳來。軍靴居然可以穿出高跟鞋的質感。副連長居高臨下看著我們，甩了一下瀏海。

「這個人的資料，你們拿下去校正一下，有問題的用筆直接改在旁邊。」他放下一張紙，翻了一個白眼：「我已經很忙了，還有人一直寫錯，你們這些小妖精！」

不知道營區是多有空看《康熙》。我拿起那張紙，上面寫著營區所有小兵的個人資料。

「等一下……學長年齡好像都比我們小……？」我瞪大雙眼。

「喔？好像是真的喔？」小宇湊近我旁邊，看著每個人的生日。

「幹！」我大吼一聲，站起身看著對面的色凱。

「幹嘛幹嘛？」小宇被我嚇一跳。

「你生日二月五日？」我手拿著這張紙對著色凱發抖。

「對啊？怎麼了？」色凱的貪官圓臉微微露出牙齦。

「我跟你同年同月同日生……」

「哇靠！真的假的？」色凱也立刻起身湊到我身旁。但是那汗臭實在不是很好聞，我趕忙伸長手，把紙直接拿給他。

唐立淇妳好，星座命盤什麼的，我他媽是再也不會信了。

「你是我人生中第一個遇到同一天生日的男性……」我說。

「百年修得同船渡，千年修得共枕眠啊！你幾點生的？」色凱問。

「我下午三點吧……你呢？」

3　SUP：遊戲《英雄聯盟》中負責捨棄自己幫助隊友的角色。

「我不知道啊，喔呵呵呵。」色凱又淫笑。

「那你問屁。」

「搞不好生日那天可以一起慶祝欸，啊呵呵——我們一定有很多很像的地方。」

「應該沒有喔，而且誰會想在營區過生日。」我看著那張資料，想把紙撕爛。

重點是，今天生日的憂鬱弘，我們並沒有討論到。果然每個團體都要有一個邊緣人、醜男、帥哥跟書生。

晚上，我們請明翰學長送便當給鄰居阿伯時，順便從附近雜貨店買了蝦味仙跟洋芋片。四個人在吸菸區，一邊吃蝦味仙一邊你來我往地聊天，開起同樂會。

「可惡，好多蚊子！」色凱抖了抖腳。這是我這輩子遇過最哀傷的生日派對。就好像情人節，男朋友只傳來「情人節快樂」的訊息一樣。當然，再怎麼樣也比交往一週年，你好不容易放假，男友卻跟你朋友去海邊衝浪好多了。

經過這次，發現小宇很喜歡呼朋引伴，不管什麼事情都堅持要四個人一起，小我一歲卻是不折不扣的小領導。如果要組什麼偶像團體，他也一定是團長的角色吧？

05 同居跟支援都是愛情的墳墓

大辦公室左右各四張辦公桌，六七架跟桌子一樣高的保險櫃。不是緊鄰桌子就是疊兩層高，擺設是傳統的左右對齊，跟懶叫子宮一樣。大奶預財士的位子在最旁邊，跟金正恩士官長一起出現。

「來，我跟你們講解車費要怎麼報帳喔——」大奶班長圓圓的小白臉，抖動奶子拿起一份文件。「你們來回的火車票都要留著喔，然後要記得蓋章，像這樣！」

「那我們要怎麼去基隆火車站？」

「凌晨我會載你們過去，坐五點四十的火車，到新竹那邊九點，我們都幫你查好了。」金正恩把時間都算得剛剛好，不讓我們在旅途中有任何時間遊蕩，全面嚴禁跑線。

「你們誰有手機？」

「我。」我說。

「這個上尉的電話你們記一下，如果不會搭公車，到那邊跟他聯絡，記得要有禮貌。」士官長拿出手機，秀出一個號碼。

「是。」

「人家是副連長噢。」大奶班長提醒我們。

凌晨四點天空就快亮起來，學長拿著手電筒衝進寢室，把我跟小宇叫起。我們拎起長條形黑色初心者包包，裝滿衣服、衣架、沐浴乳，坐上士官長的車前往基隆車站。天還沒亮，小宇睡眼惺忪地打著呵欠，點頭度咕著。清晨被叫起床的熬夜感，讓我想起大學的期末考週。

「我去買票喔，你顧一下東西。」到火車站，我請小宇坐好。

「不一起去嗎？」小宇想跟。

「你乖乖坐好吼。」我拿著防水袋，到窗口買了基隆到新竹的區間車票，回到位子上。

「買好了？」小宇身著胖胖的白色板鞋、灰色棉褲、黑色上衣，頭上頂著黑色帽子。他挪開身邊的兩大袋黑色行李，倦意笑容面對我，拍拍旁邊的位子：「坐啊！」

這樣的配置幾乎令我忘了目的地，兩人背一大包買車票，像是跟男友出遊。明明就知道了好幾天，但這幸福來得太快我依然招架不來。

火車上，清晨的乘客都在靜坐。區間車的座位中間沒有把手，並坐的我們大腿外側貼在一起，手臂的溫度直接從皮膚傳來。這一種曖昧，似乎真的存在。

「想睡的話就睡吧。」我看著他。

「真的嗎？你不會無聊？」

「我哪會無聊啦。」

「那到了叫我噢？」

「好，根本還早。」

小宇雙手交叉在胸前，擠出連寬鬆T-shirt都能看到的胸肌。雙腳往外一踏，全身向下縮，黑色帽子自動滑到了我的肩膀旁邊。

「那個……可以靠嗎？」小宇累累的臉就在我的右下角。

「可以啊。」我挪了挪身子。

小宇笑笑，頭靠上了我的肩膀。調整了幾下，最後他脫下有點硬的帽子，幾根刺刺的頭髮直接碰到我的脖子，同時傳來一股香香的暖氣。

支援果然就是要睡不飽的時候出門啊！謝謝國防部長，感謝金正恩士官長想要出兵南韓、感謝愛新覺羅努爾哈赤定八旗制、感謝日本豐臣秀吉出兵朝鮮！

車廂的乘客彌留搖晃著。小宇的體溫很高，我也全身發燙看著對面車窗外的風景。七點後，開始有大量的學生上車，幾個女同學灼熱的眼神不時射向我跟小宇，沒有智慧手機可以滑的我只能裝睡。

「竹北站，到了。竹北Station。」車廂傳來廣播。

「起床囉。」我戳戳肩膀上沉睡的臉。

小宇緩緩睜開眼坐正，光滑的臉頰被肩膀縫線壓出一條痕跡。

「咚——」他臉埋回我的肩膀上，立體的五官轉換成了觸覺。

「喂！不要賴床！」我拍拍他的臉。

「嗯……好！」他再度坐正，努力甦醒著。

下了火車，小宇伸了一個大大的懶腰，從我手上接過他的行李。

「哎喲？我們真的出來了喔！」他突然炯炯有神地看著火車站，那落地玻璃外的風景。看了看手腕的黑色ＣＫ手錶，回頭等我跟上他。「現在才九點，還有時間，我們吃早餐！」

「好啦。」我看著這個笨蛋，完全不知道我剛在火車上承受了百萬個目光，每個眼神都充滿了羨慕嫉妒恨。但是滿滿的幸福感卻凌駕一切知覺。

問了路人，才分清楚前站和後站。我們到附近的早餐店買了廉價的三明治跟豆漿。手機震動，是負責聯繫我們的孫上尉。

「喂？」

「喂，是基隆分庫的嗎？」話筒傳來的聲音，出乎意料的乾淨而粗獷。

「是，孫上尉嗎？是，我們剛到。」對面的小宇嘴裡塞著食物。

「你們知道怎麼搭車嗎？走到那個交叉路，左轉一直走，右轉，看到金石堂對面有個公車站牌，然後搭……」上尉講話居然連珠砲。我拿著筆記本瘋狂抄寫，背著大包小包一邊問路一邊行走。

「應該就是這裡了！」小宇自信地看著公車站牌，但是上面根本找不到上尉說的公車號碼。沒有了智慧型手機，我跟小宇就是路癡雙人組，穿梭在銀河的火箭隊。

「好吧，你們原地待在市場那，我去接你們，真的是吼。」上尉無奈的聲音從電話傳來。

過不久，一輛白色的豐田汽車出現，叭了一聲搖下車窗。我的手機開始震動，同時車裡一個不到三十歲的男人對我們揮揮手。

這是？怎麼有一種見網友的感覺？

「不好意思，我們找了很久。」我跟小宇上車，我坐前座。

「喔？是你們啊？不會啦，本來就要走一段路，不是很好找。」上尉打了方向燈，輕踩油門。

我看著這個男人的側臉：有點寬的臉、濃寬的眉毛、不高的額頭，性感的嘴唇……讓我想起某個桌球選手，好像有打過奧運，常常留小鬍子的那個……

莊智淵？

「你就是剛剛跟我講電話的嗎？」他看看我。

「對啊。」

「你聲音還不錯啊，有沒有考慮做廣播節目？」

「謝謝副連長，沒有啦。」我害羞起來。

「你客氣什麼啊，我敢說就是你有那個潛力。」居然是個性挺開朗的鄰家多話熟男。車子經過嚴格的衛哨檢查開進了營區，四處都是極新的建築，還畫上好幾種活潑顏色的線條像是大學校舍。跟這個營區相比，我們基隆的營區簡直是公廁。

「嘖嘖嘖。」小宇搖搖頭，看著外面的小兵跟設備。

「我知道。」我們總有心電感應。

停好車，智淵副連就把我們放給一個班長。面對著一座極大的倉庫，三面大鐵門有三層樓高，堪比一座造船廠，比我們單位任何一個倉庫都大。

「加油啊——有問題再跟我說。」智淵副連對我跟小宇點個頭，便走向其他班長。

「你們跟著做就是。」一個老臉的班長，指著遠方的小兵。

堆積如山的箱子，有的在床架上，有的是在料架上。我跟小宇把行李放一邊、迷彩服一脫，加入塵土飛揚的搬運行列。

「這些全部都要搬走？」我一邊搬，看著這有如超大好市多的倉庫。

「對，本來這邊是補給庫的倉庫，現在要換地方的樣子。」一位粗壯的黑上兵，下巴戽斗。經過飛沙走石、揮汗如雨、人間冷暖、慘絕人寰，下課時間黑上兵帶我們把東西放到寢室。

「欸？你們基隆分庫，長相是挑過才來嗎？」黑上兵盯著放東西的我們。

「拜託！怎麼這樣說？你也不錯啊！」小宇笑著回應。

「對啊！黝黑壯漢欸。」我看著他那張長方臉，在黑猩猩中應該算帥的。

「你們少在那邊演相聲了。」

寢室在一樓，房間相當寬敞住著各單位來支援的弟兄，而且每張床都用衣櫃隔開成為獨立包廂，比大通鋪注重隱私許多。我跟小宇拿了極新的白色床墊套上藍色床單、枕頭。

「嗯……」黑上兵只是坐在對面的床鋪，帽子放在大腿上，手指在帽子裡上下滑動。我敢打賭，帽子裡面的如果不是智慧型手機，我表演吃自己雞雞。

「你要睡裡面還外面？」小宇抱著床墊。

「靠近內務櫃是裡面嗎？那你想睡哪？」

「我都可以啊，看你。」

「哈，那我要靠近內務櫃。」

你要睡裡面還外面？通常這句話說完之後，下一句就是：「好爽……」「你想要射哪裡？」

「衛生紙要沖馬桶。」

有時候覺得問小宇問題沒什麼用，他什麼都回答「都可以」，連單獨約他出去也「都可以」，我幾乎不知道這男人的底線在哪裡。

「對了，你剛剛有看到有人怎麼搬東西嗎？哼？」小宇發出介於哼跟哈的中間狀聲詞。

「怎麼了？」

「我們剛剛一群人搬那個超重木架的時候，他這樣，」小宇假裝床桿是橫架，兩手假裝有碰到，但其實只是輕輕扶著。

「我知道你說誰，那個戴眼鏡的？」我想起那個飄男。

「真是……」小宇做事情很認真，似乎看不慣明目張膽偷懶的人。

「等等就要吃午餐了噢。」

「喔？可以期待一下了——吼吼！」小宇發出雄厚的歡呼。除了搬東西以外，我們好像是來參加五天四夜的畢業旅行。

二十多人兩兩排隊，被老臉班長極度散漫地帶來到餐廳。這餐廳至少可以容納好幾百人，如果我們基隆營區的中山室是歌友會，那麼這裡就是小巨蛋。到處都有小兵在打餐盤，沒辦法當自己家想吃什麼就夾什麼。

有點挑食的小宇坐我旁邊，望著餐盤裡的螞蟻上樹跟涼涼的菜說：「只好靠滷汁了。」「幹嘛這樣。」我拍拍他的腿，不太懂這男人一直吃白飯還身材這麼好，到底是怎麼辦到的。一放假就狂吃牛排嗎？

「取板凳！」

「移位！」

「坐下！」

餐廳的另一半是一堆小和尚，此起彼落地發號口令跟體位。每個姿勢都很講究：大腿不能遮住重要部位，臉的表情也要帶到，最好射的時候還要不同角度重複播放，最後還要把東西抹在嘴裡。（到底在寫什麼？）

原來這個單位有新訓中心。看著他們，我突然覺得自己很幸福。雖然在基隆到處被學長幹，但是學長至少還會溫柔地幹。這些和尚時期的〇號，完全不能聊天看著前方，班長就在後面拿著皮鞭隨時抽打，這感覺更討厭。

吃飯、撈湯、倒噴、排隊洗餐盤。

「這邊吃是這樣啊……」小宇坐在我的床上。我們有一個半小時的午休。

「蛤，你的意思是說我們那裡比較好嗎？」我拿起書坐上床。

「拜託──環境跟人當然是這裡比較好，我可以在這裡待到退伍都沒問題。」

「你太誇張，欸要不要打給色凱問他們在幹嘛？」

「喔？好啊好啊，你有他電話吼。」

我聽著我黑色的智障手機，鈴到一半掛掉。我又打一次，一樣掛掉。

「沒接。」

「這個春凱居然這麼大牌。」小宇哼了一聲。

放棄聯絡同梯之後，我們拿著書在床上耍廢（完全忘記還有憂鬱弘）。我靠牆讀著心理勵志書，小宇則是坐在我的床旁邊，翻著《商業周刊》。似乎是因為他的床邊光線不足。

他緊身的綠色尼龍透氣汗衫，連坐著都幾乎要露出內褲頭，這倒三角的側身彷彿健身教練。更別提那個側臉跟二頭肌，每一秒都在拉扯我的目光。

「你不躺著看嗎？」我有點無法專心。

「我躺著會睡著。怎麼怎麼，會干擾到你嗎？」他看著我笑著。

「不會。」我決定躺下來睡覺。

下午依然是搬運的地獄，一車一車十噸半的空卡車開來裝貨，我們持續幫整座倉庫搬家。運動時間大家都累得在寢室躺著，比莒光課還廢。支援就是沒大人，支援就是目無王法，一堆學長趴在床頭，手指靈活地滑動。熊熊一看我還以為床頭有古箏咧。

「果然還是很多人帶啊。」小宇眼神盯著那幾個學長。

「是啊，我們這邊不知道什麼時候才可以帶。」

「明翰學長說潛規則是一兵啦，不然就是帶可以，不要被發現。」

這學長是在說什麼廢話？殺人可以，不要被判刑；內射可以，不要中鏢這樣嗎？

「滋——」我的手機震動。

是智淵上尉的簡訊。你們有什麼問題記得跟我說，注意安全。by岡

這竹北是什麼天堂，未免也他媽太幸福了吧？營區全名到底叫什麼？愛的世界營？向日葵營？

「嗯？誰的簡訊——春凱嗎？」小宇轉頭問。

「呃，是那個莊……孫宇岡上尉。」我差點講成莊智淵。

「載我們的那個？他說什麼？」

我給小宇看了這則簡訊。

「哼。」小宇看著上方，把手機還給我。

什麼，居然是哼？

「你沒有帶手機啊，不能怪他吼，你辦一隻他也會傳給你吧？」

「不用，我等到可以帶**那個**再說。」小宇轉身，拿起床頭壓著的旅遊雜誌。

「幹嘛啦？」

「沒事啊。」小宇在他的床上，背對我。

這近乎同居的生活，好難有祕密。

吃完晚飯，我慵懶地躺在床上。畢竟累了一天。

「你要洗澡了嗎？」小宇放下雜誌。

「等一下吧。」

「不行！聽說太晚可能會沒熱水。」

「那你先去洗吧？」

「不行——！要一起！」小宇的聲音越靠越近。

我抬頭看著小宇，他肩膀上掛著毛巾叉著腰，變成任性的公子哥。

喂，你不是「都可以」先生嗎？怎麼現在又都不行了？

「好啦，等我一下。」我從內務櫃拿出沐浴乳跟毛巾，跟小宇一起來到二樓浴室。

沒有所謂兩人一間鴛鴦浴的命令，當然是一人一間。小宇也滿黏人的，做什麼都不喜歡一個人。但要是跟他來支援的不是我，他也會呼朋引伴一起吧？

走到浴室，小宇的隔間，突然響起清澈的歌聲。

「傻傻兩個人，許過一個願。當時星星眨著眼，看起來並不遠……」

「好熟喔……」我聽著。

「……春天散步夏天看海秋天數落葉——我們一直沒有煩惱，一直沒有爭吵，讓每天像糖一樣甜——」小宇的聲音在有迴音的浴室裡，聽起來像是聖歌。

「〈兩隻戀人〉？」

「一起啊。」

「……我是棉被溫暖你的夜，一直在你身邊，一直在愛到永遠，你就負責靠著我的肩。」我跟著唱。

「一直在你身邊，一直愛到永遠！」小宇的聲音既是合音、又是重奏：「世界是很複雜的，要靠我近一點。但願你每天，幸福又安全。」

這四面密閉的藍色隔間，只有我跟隔壁間小宇的蒸氣直沖往天花板。突然全身雞皮疙瘩狂起，兩耳一紅，那股揪心的感覺，原以為是冷了，卻發現空氣跟水都很熱。這首溫暖的歌，聽了心卻刺痛著，我咬著牙閉上眼，享受著這令人懷念的感覺。

「叩。」我額頭靠上小宇那面隔板。

「欸你們很屌欸。」一個聲音傳來。

「幹，你是誰！」我緊張到不自覺遮住下體。

「我才你們是誰咧，很好聽啊。」一個開門出去的聲音。原來其中一間有人。

該死，為什麼會有偷情被發現的感覺。

一陣安靜，基本的默契。

「哈囉，有人嗎？」我小心地說著。

「哼，管他。」小宇繼續唱，但我怕太假掰沒有跟著唱。我從浴室走出來刷牙，看著幾個同袍來到洗衣機旁，拿出自己的衣服。

「居然可以用洗衣機欸，你要洗嗎？」我拿著換下的內褲。

「好啊，你先幫我丟進去？」小宇還在隔間裡慢活洗澡：「那有洗衣粉嗎？」

「我看看。」

小宇拿起掛在門上的內褲，像是吊在驢子前的蘿蔔。我接過他藍黑色的ＣＫ內褲，往洗衣機一看。

「幹，我看錯了，這是脫水機。」

「喔？那你幫我保管一下，我快洗好了。」

保管？有人原味內褲請人幫忙保管的嗎？這可是跟至尊魔戒同等級的至尊內褲啊！我聞到了手上那帶有麝香的體味跟汗味，還有像水果店般甜甜的清香。

「拿去啦！自己洗！」我急忙把內褲掛回門上。

「喔好吧，謝啦！」

我的腦差點開發到百分之百，消失在時空連續體裡。

回到寢室，聊天的面對面、自主訓練的光著身子、床頭彈古箏的安靜著。沒有人掛蚊帳、沒有床點。沒有最廢，只有更廢。

「唉，今天真是累慘了。」小宇趴在床上，一身的體香暫時被洗澡沖去。居然有人洗完澡之後變得比較不香。

「真的，好像才完成三分之一吧。」我躺在床上，拿起單字本。

小宇側躺著，摸摸我的頭說：「喔？你頭髮沒有擦乾？」

「有啦。」

「嗯？」

這回應太安靜，我轉頭看了看小宇。他只是用那炯炯有神的電眼盯著我，然後又搖頭。

「好啦。」我起身拿毛巾用力地擦。

小宇左手抓住我的右手，看了看我的食指的疤，又搖頭。

「吼又洗內褲一定會碰水吧？」

「傻子，我說過我可以幫你洗的。」

「哪有人幫忙洗內褲的啦？」我看著他的臉，他點點頭。

我只能轉頭不理他。

同居果然是愛情的墳墓啊，連我洗內褲也要管嗎？

「我剛剛才知道這裡有營站，我們明天去逛吧？」小宇撐著頭，湊過來看我的單字本。

「喔喔，對吼！」我想到營站，軍人的新光三越，不，軍人的西門町商圈。

「十點了，關燈囉？」一個小兵的聲音。

「不要！」一陣哀嚎。

咔咔咔按鍵聲響後，寢室一片黑暗，寢室只剩樹在窗外的剪影跟小兵吼吼的哀嚎。

「明天要幾點起床啊？」黑暗中，我打開智障手機。

「不知道，聽說不用升旗，直接吃早餐。」小宇的聲音。

「那我……你幹嘛?!」我的眼睛突然被手掌蓋住。

「這樣傷眼睛。」

愛情的墳墓，萬丈高樓平地起。他手錶帶上的汗香覆蓋在我面前，香郁的汗味隨溫暖的體熱留在我的腦海。濃縮後的費洛蒙。

「我在調鬧鐘吼。」我無奈地掙扎，小宇才把手放開。我把手機放到枕頭旁，我倆的中間。

「你有擦香水的習慣嗎？」我問。

「沒有啊，怎麼怎麼？很臭嗎？」

「沒有。晚安。」我轉身，背對著小宇，我們之間只有一個翻身的距離。

過了一分鐘，感覺到有人慢慢幫我把棉被向上拉往肩膀，把我手臂露出來的部分遮好。又是一陣手錶的香味。

墳墓也好、飛蛾撲火也罷，我已經無法討厭這個囉唆的男人。睡在男人身旁本會有的心癢難搔，此時剩下安心的感覺。不知道是太累還是特別安心，我立刻失去了意識。

滋——我關掉鬧鐘，起身，太陽光燙在背上。

「——威武！嚴肅！剛直！安……」

「Damn……」小宇跟著起身盤腿坐，抱著薄薄的棉被，眼睛幾乎沒有張開。

咚。

他一頭栽入棉被，暖香擴散，讓我想起什麼「愛賴床的人值得交往」的英國研究，實在是太可愛。

「喂，起床了。」我順手按了按他筋絡分明的頸部。

「Oh……Awesome……」他眉頭一揪，很享受的樣子。

「好了，起來就好。」我拍了拍他的肩膀。

小宇看看手錶，在床上盤腿坐起，緩慢地折起棉被。

我們折超爛，什麼邊啊線的都不存在，遵循「大自然本身就沒有直線」的規則。

「沒問題！反正根本沒有人理我們。」小宇自信地拿起牙刷。

「滋——」我的手機收到一則簡訊。

你們想一起買外面早餐可以跟我說，可以幫你們買在一起。By岡。

我把簡訊拿給小宇看。

「哼，不用。」小宇刷著牙，眼睛微微上吊。

我們吃餐廳就可以了，謝謝副連。我回覆。

回到寢室，手機再度震動。

如果你們洗澡沒有熱水的話，副連長室可以借你們，你們也可以一起洗。By岡。

殺小，是有什麼問題嗎，每則簡訊都一**起**一**起**的是哪招？明明就不像Gay，還在那邊，是腐男嗎？男子桌球雙打的腐男嗎？

我們目前沒有問題，謝謝副連。我再度按出傳送。

06 笨笨東東

一箱箱壓死人的鋼杯水壺、無窮盡的床墊棉被、飄來飄去的無恥小兵。下課時志願役就在角落，手指在帽子裡面彈著超小型古箏，整個倉庫頓時變成國立台灣戲曲學院。

「營站聽說中午就開了，我們今天一定要好好Shopping一下囉！」小宇握拳看著遠方。

「那今天不去吃午餐了嗎？」

「不吃！」

昨天開始就已經有兵從餐廳消失，等我們吃完飯回到寢室裡面，發現垃圾桶裡無數個吃過的泡麵碗，無恥程度直逼春吶滿地用過的保險套。

中午十二點，聖鐘響起。

「走！」小宇大步前往營站，我也無奈地跟著。

營站其實就離我們寢室幾步路的距離。走進乾淨的走廊，營站的玻璃門裡竟沒有半個人影。門把被鎖鏈纏繞著，可以直接看到裡面的零食跟透明冰箱。

「什麼？」小宇手摸著玻璃，整個臉貼在上面：「No way！」

「算了啦。」我拉拉他的衣服。

小宇開始在營站的四周尋找入口，好像要從鐵達尼號中逃生。

「不行！一定有什麼地方可以進去，一定有。」他認真地繞到了外面。

「好了！冷靜！」我拉住小宇，我們已經繞了一圈。就算找到入口，也沒有醜阿姨結帳啊。（已經知道是醜的嗎？）

「營業時間……十二點二十分。」我看著門上貼著小小的字，看了看錶。「現在才十二點五分。」

「好！那我們就在這等！」小宇一屁股坐在樓梯上。

「喂！不要任性，還要等這麼久，我們回去了。」我伸出手。

「好吧。」小宇抓住我的手，起身。

十五分鐘後，營站開啟，瞬間擠滿男人。

我在文具區找到了成功筆記本，一本才八塊錢，我一次買了十本。什麼？買太多？你以為你現在看的變態日記是不用寫的嗎？

「……可是它現在是軟的。」小宇的聲音。

一轉頭，小宇在人潮中跟櫃枱的暴牙阿姨爭論。

「那是因為現在天氣太熱，你到傍晚就會硬了。」阿姨不耐煩地講著色情的話。

「真的嗎？」小宇英挺的臉滿是疑惑，拿著一包巧克力夾心的新貴派。

「真的啦！」

走出營站，我們手裡有好幾包泡麵，小宇拿著一盒新貴派，我口袋中有一疊筆記本，整個人異常興奮。終於又有了長長的日記等著我去填滿它，在被全世界發現以前先愉快裝傻。一到寢室，小宇直接把新貴派放到內務櫃深處。

「你不吃？」

「不吃，我要等到變硬再吃！」他濃濃的眉毛，筆直壓著眼睛。

「喔……好，你加油。」我撕開泡麵蓋。身為唯物論者的我無法理解。

不管硬的軟的，組成物都一樣啊，雖然有些東西一定要硬的才進得去，但是七成硬才能含住整根，有時軟的被吹硬也很有成就感啊！（又在寫什麼？）

「不過你這麼喜歡吃這些，怎麼身材還這麼好？」

「會好嗎？可能我放假都會去游泳吧，而且也只是偶爾吃啦。」小宇也掀開泡麵碗，拍拍我的背：「你要的話，下次我們可以一起去游泳？」

「好啊有空的話。」

今天整個下午都在解體料架，每個料架都有十幾二十幾組螺絲。最惱人的是徒手搬運拖板車（可以載重兩千公斤的推車，有兩根叉子形狀的那種）上二樓，那玩意兒重又沒有施力點，每個男孩都邊搬一邊振奮淫叫露出射精表情。當然長相還是很重要的。

晚飯後回到寢室，看到小宇一個人坐在我的床上。手裡捧著那盒新貴派，其中有一包被拿出來，卻沒有撕開。

「**曉飛，它還是軟的，阿姨是騙子。**」小宇看看我，又看回手中的新貴派，雙眼瞳孔放大。這是我第一次看到他這麼不開心。就算不斷搬東西、被指使、被飛揚的塵土弄髒臉，小宇都只是笑笑的哼一聲。但是這一次，他好看的眉宇深深地被怨念籠罩，那內心的黑暗簡直令人無法直視。

「傻子，你放到冰箱就好了啊。」我摸摸他的頭。

「阿姨……**是騙子**。」

「好了啦！不要再看了！」我沒收他的新貴派，放回他的內務櫃。

小宇抬起頭看著我。這柔和的王陽明楚楚可憐，被阿姨騙得不能再慘。我只是摸摸他刺刺短短的頭髮，努力的聊別的事。沒想到總是陽光的他，除了怕黑以外還怕軟的巧克力。

暴牙阿姨！為什麼要這樣！就算在營區裡面妳是女王，也不可以昧著良心做生意啊。說什麼到了傍晚就會變硬，結果根本沒有！妳要怎麼賠償我的男人？

洗完澡，寢室來到耍廢時間。我只是拿著筆記本，記錄今天發生的事情，包括小宇對新貴派的堅持。

「啊啊啊啊，不要！啊！」小兵彼此按摩，昨天的延遲痠痛終於開始。

「你好緊喔。」

「對啊……啊……輕一點——」一個男孩坐在床上縮著身子。

「幹，被弄鬆感覺好爽噢哈哈。」那幾床人馬按著肩膀，完全不管別人受不受得了。

「你會想按嗎？」小宇轉頭問我。

「呃還好，你呢？」

「我都可以啊，看你。」

「我先幫你好了。」我停止推拖。對於按摩，我多少跟幾個學過的朋友取過經。

「可以嗎？我有榮幸給飛哥按嗎？」他的笑臉，像忘了新貴派的陰霾。

「來，你乖乖坐好。」我繞到小宇的身後。

我跪在床上，小宇盤腿坐。我找了一下點，把手肘壓在小宇的頸部，開始畫圈按壓。似乎是游泳的關係，小宇的肩膀比一般人還要寬，肌肉也更修長。

「啊……」小宇一手往後，扶著我的大腿。

「怎麼了？會痛嗎？」

「不會……不知道會這麼酸……」

我一路從脖子把被分成兩塊的斜方肌、鎧甲肩膀的後三角肌、腰中間如翅膀的背闊肌，毫不客氣地推過。其實只是看到哪裡有肌肉，就順著按摩。

「啊……嗯……」小宇喘氣，身上慢慢散發出一股香香的暖氣。

「十點囉，要關燈了。」又是那個很想睡覺的小兵。

「不——」

咔咔咔咔，又是一片黑暗。

窗外一點點的光線，我只能看到小宇的脖子跟肩膀。

「你還要繼續嗎？」我小聲靠在他耳朵旁。

「可以嗎？」他的臉那隱約的輪廓，好近。

「當然啊。」

「要我趴著嗎？感覺你比較好施力。」小宇抓著我的手，我正按到腰的位置。

「你吼……」我用悄悄話，卻不知道該說什麼。

「哎又，ＯＫ的啦。」

微弱的光線中，小宇正面朝下趴著。我直接跨過他的身體，坐在他結實的屁股上。在黑暗中，什麼羞恥的感覺都沒了，觸覺跟聽覺跟著被放大。

「啊……So good。」小宇的聲音，低沉而性感。

新訓那人人嘴裡的完美帥哥56號，在床上呻吟出男人的氣息。我只想認真的按摩，卻被這景象弄到微硬。

「你這裡也要按嗎？」我比了一下屁股兩側跟大腿，發現下體開始有點失去控制。

「都可以。」小宇眼神迷濛地看著左方。

趁他不注意，我手快速伸進褲襠裡，把微硬的東西調整成朝上擺放，深怕它被感覺到。

「會酸嗎？」我按壓他的兩股。

「嗯……」

隔著兩層布料，我還是可以摸到小宇的屁股挺而結實。如果可以，我多麼想把褲子扯下，咬咬看是什麼口感；我多麼想埋入他的腋下，大口大口吸取這禁慾男人的精華，但是我不行。

「好了噢。」推完大腿，我微微起身。再按下去我就要去尻槍了。

「好！」小宇翻身。

「怎麼沒有說謝謝？」我瞳孔已經放大，可以從黑暗中看著他的雙手枕在頭後。

「喔？正面不用嗎？」

「笨喔，哪有人在按正面的。」我悄悄話大聲地說。

「什麼笨，不行！」

我離開他身上，到我床上按著手機。

「不行！你不能說我笨。」小宇搖搖頭坐起身，臉色很認真。

「那不然？笨笨？」

他想了想，笑著點點頭。

「笨笨？」

「怎麼了？」小宇英挺的臉看著我。

What

The

Fuck

開玩笑吧？笨不行，笨笨就可以？

「硍……」我轉身蜷縮在床上背對著他，忍住這無法承受的語言，像是吃了整罐的糖蜜。

怎麼可以這麼爽？沒理由啊！

「嗯？你還好嗎？」他戳戳我。

不好，要不是你在旁邊，我早就翻滾二十圈了。

哪有人叫同梯笨笨的啦！

「東東怎麼了？」小宇。

「什麼東東？」

「Because you are a **Don** key。（因為你是笨驢）」他說。

「屁咧，你快點睡啦。」不用看都可以想像他臉上嘲諷的微笑。

「你不要我幫你按嗎？」小宇又戳戳我。

「不用，我感覺超好。」我背對他，表情還因為蛀牙而掙扎著。

「對了，你筆記本都寫些什麼啊？」

「沒什麼，就記錄一些屁事，像是記帳買了些什麼啊之類的。」

「是嗎？可是你剛剛寫的表情很開心欸。」

「我只是喜歡寫字而已。」

「……真的嗎？」

「嗯。」

對不起，不可能跟你說內容的，因為全部都是笨笨。某些事情都可以，某些事情又都不行的笨笨。

07 新貴派一定要吃硬的

咚。

小宇把頭埋在棉被裡的早晨。

「又賴床，是多喜歡撞棉被？真的是笨笨欸。」我拍了拍他的頭，拿了牙刷去刷牙。說了這麼甜的話，刷起牙來不自覺特別起勁。

昨天倉庫的進度剩下三分之一，跟小宇的兩人獨處時光，估計也剩下沒幾天了。回到寢室，看到他一個人坐在床緣，大腿上放著一盒桃色沒吃過的新貴派。

「**軟的**……」他雙眼空洞，手捏著其中一小包巧克力餅乾。

居然起床第一件事，就是檢查巧克力有沒有變硬？

「這個阿姨……is a fucking liar……」他把一包餅乾舉到與鼻尖同高，彷彿是世界上僅剩的一塊餅乾。

「你太誇張了，趕快吃掉吧。」

「不行……新貴派要吃硬的！」

「現在已經是最硬的時候了！」我的意思是，因為溫度最低。

「不行不行！」小宇把那整盒包裝又收起來。

我居然開始佩服他的意志力。已經放了快二十小時的巧克力餅乾，連一包都沒有吃。讓我想起什麼「先別急著吃棉花糖」的實驗，小宇出社會後一定會是什麼成功人士吧？棉花糖只要是軟的，他一輩子都不會吃喔。

今天的任務是把所有放貨物的鋁床全部拆掉。我才知道鋁床的組成只是兩個外框、四根L型棒棒、十六到二十四顆螺絲加上四塊木板。

一個鄰家熟男穿著軍服，在我們搬運的地方。

「哈囉！一切都還順利嗎？都還習慣？」鄰家熟男智淵副連。（名號也太長。）

「還不錯，這裡真的超新。」

「這裡是新營區啊，廢話——」智淵副連笑咪咪的沒有架子。「對了你們可能再待兩天就會提早結束，因為進度比想像中的快。然後你們單位說，這裡支援完可以直接讓你們放假。」

「真的假的！」

「你們兩個有要幫忙的儘管說！你們真的太客氣了。」智淵也瞥一下在遠方忙碌的小宇。

「那……可以請你幫一個小忙嗎？」我看著遠方的小宇。

「嗯？」

下課時間，二樓某間軍官寢室。

「你很好笑欸，什麼不吃軟的新貴派啊？」智淵關起冰箱，眼神鄙視著我。

「拜託啦，幫我冰一下，吃軟的我會吐，噢幹，想到我就很想吐……」我皺起眉頭。

「嘖，你要拿之前打給我吧，這真是我遇過最蠢的要求了，你們這些人……」智淵搖搖頭把房門關上，我也溜回工作崗位。

「Oh!!! 耶!!!」中午，小宇在寢室欣喜若狂，恢復成那個太陽神的樣貌。「飛哥！它們變硬了！」

「真的假的？」我努力壓抑想上揚的嘴角。

「看來，內務櫃裡還是有機會的！」小宇立刻撕開包裝，開心地咬了一口。

「姆!! Awesome !!」他睜大雙眼看著我，咀嚼肌不斷用力像是拍巧克力廣告。事實上以帥度來說，早就跟廣告一樣。

笨笨就是笨笨，想也知道怎麼可能憑空變這麼涼嘛！

「東東，你要不要吃一口？」小宇把他手上咬過的遞給我。

「呃，不用了。」

「還是你會在乎口水？那這個給你！」小宇拿給我一包新的。

「真的不用了，你吃就好。」笨蛋，沒有口水怎麼吃。

「不行！東東一定要吃吃看！」小宇硬塞給我。

沒想到看小宇開心，我會感到如此幸福。原來對一個人好不一定要讓對方知道。不管我們會不會有結果，這樣就好了。反正你怎麼樣也不肯從我人生中離去，而我也沒有把你趕走的理由。看了看食指背上的新疤，幾近痊癒了。你的ＯＫ繃仍躺在我的黃埔包裡。

下午的倉庫，進入了最後階段，我們拆床拆到了下課鐘響。小宇跟黑上兵在另外一頭的床架忙著，我這邊結束，就直接靠坐在柱子後面休息。

「天啊……好累喔——」黑上兵起身按摩自己的腰：「我需要女醫官!!」

「你有找過女醫官？」小宇的聲音。

「哼，我當兵四年，別說是女醫官了，我連女Poa[4]也沒看過！莒光園地都嘛騙人，根本就沒有女輔導長這種生物！」

「真的嗎？聽說我們單位也會有輔導長要來。」

「要是是女Poa的話，你們就爽死了！」

「喔？正妹輔導長是吧？」小宇雙手抱胸笑著，認真地想像：「聽起來很不錯，希望是這樣囉！」

「喔——輔導長！我今天身體不太舒服——」黑上兵露出難受的模樣。

女輔導長是吧？

聽起來很不錯喔。

希望是這樣囉。

心中突然有個什麼東西應聲破裂。看著黑上兵跟小宇的笑容，我感覺到一股熟悉的失落。是啊，就算你真的是無性戀，也犯不著與全世界為敵，跟一個男人在一起。這個男人只是個會寫日記的同梯，也不是說多帥多有錢。他只會以朋友自居，以為可以度過一段不負責任的時光。

我拿出口袋裡的新貴派撕開，餅乾周遭的巧克力早被體溫融得亂七八糟。想留下這完整的快樂，果然還是沒辦法吧？

我咬了一口巧克力餅乾。

好甜……

好鹹……

你一直以為我交的是女友，也沒有任何表示。這不是早就知道的事情嗎？

新竹的風，呼呼的吹著，到處都是誇張搖晃的樹影。

眼眶發燙、視線模糊、嘴裡是苦澀的新貴派，雞皮疙瘩覆蓋全身的肌膚。我笑自己：都幾歲了還這麼天真。當個兵還奢望什麼幸福？

丟臉死了，什麼笨笨東東的、什麼兩隻戀人、老是什麼一起一起的喊著。我躺在柏油路上，望著天空。

4 Poa：國軍弟兄常用語，指「輔導長」。取自「輔仔」的台語諧音。

丟臉死了，以為可以擁有幸福的我，還寫了滿滿的兩本日記，還買了十本以為寫得完，真是不要臉……

轟轟轟轟轟轟轟轟

「碰！」一陣暈眩，眼前一黑。

好痛。

算了。

「你沒事吧!!」小宇的表情很緊張。背景是天空，還有幾個小兵好奇地慢慢湊過來。

「怎麼？我睡著了？」頭很痛。

「你不知道？剛剛那個水桶被風吹，一路滾過去撞到你了！」

我看了看旁邊比艘水桶還高的藍色桶子，上面寫著「消防水桶」。我們剛剛才把水倒掉。

「我躺很久？」

「沒有，十秒左右，你不會失憶吧！還記得東東嗎？」小宇很緊張。

又來了。

我坐起身。

「麻煩，不要叫我東東。」我說。

「蛤？」小宇瞪大眼睛，一貫的微笑很僵硬。

「我休息一下就好。」

「OK，OK，他沒事……」小宇把我扶起，但我只是坐著。

對，不需要，這消防水桶終於敲醒了我。

他跑向班長說了些什麼，班長指著某方向，對他說了幾句話。而我只覺得這裡好危險，耳朵嗡嗡作響。

「走！我們去醫護所！」小宇抓住我。

「我自己休息就好。」

「東東……你這樣……」

「媽的！就跟你說不要叫我東東了！」我大吼。

整座倉庫迴盪著我的聲音。

所有小兵看著我們兩個。丟臉什麼的，我已經沒有心思管了，現在最不需要的，就是小宇的關心。與我雙眼交會的幾秒，小宇深鎖眉頭。

「是我？」他瞇上眼，不是因為強風。

「什麼東西。」

「是我讓你生氣了？」

「不是，沒你的事。」我轉身。不願意再多的眼神接觸，讓小宇有機會知道我在想什麼。那模樣太過耀眼，掀起我天生的自卑。我只是往前走，想離開這樣的距離。

痛死了，我摸摸額頭右邊上的一個點，確認有沒有流血。小宇則像隻挨了罵的小狗，那無辜的眼神，好可憐、好難過。我真的有必要對他這麼兇嗎……
小宇走到我身旁。「班長要我帶你去醫護所冰敷，那裡才有冰塊，走這邊。」
我沒有回答，只是靜靜地跟著。這一路，我們的沉默吵得我煩躁。
「對不起，我狀況不太好。」我看著地上。
「OK的。」小宇的側臉沒有表情。
向小兵拿了冰枕，回到倉庫我把冰枕按在頭上。腫腫的額頭得到了冰涼的緩解，而我們的關係也降到了冰點。直到傍晚的運動時間，我都用冰枕按住額頭，就算冰枕已經不涼，卻總覺得有那麼一點點的作用。
一陣麝香飄來。
「來囉，二十四小時以前都要冰敷。」小宇手上拿著兩個冰枕。
「你也拿太多了！用不完吧？」
「沒問題的！」小宇笑笑，把兩顆藍色長條的冰枕放在我的腿上。
「你是要把我冷死嗎？」明明碰到冰冰的東西，心卻有點暖。就算剛被敲醒過，還是得回報一下。我起身站在小宇的內務櫃前：「餅乾借我一下？」
「好啊，怎麼了？你要衛生紙？」
我搖搖頭，從小宇的櫃子上層拿出一盒新貴派，倒出裡面僅剩的巧克力放在冰枕上，然後用毛巾包起來，冰敷。

「等一下再吃吧。」我說。

「喔？」小宇眼神發亮，拍拍我的背。「看來我以後的生活就靠你了喔。」

「就因為會冰敷餅乾？算了吧。」我把新的冰枕按在頭上，躺平。

我不再叫你笨笨，你也不敢再叫我東東，我們能逞的口舌之快，就這麼幾小時。

晚飯，輪到我跟小宇抬餐盤回寢室，路上遇到智淵副連，他剛跟老臉班長講過話。

「副連好！」「副連好！」我們各自喊著。

「好，告訴你們一個消息，支援就到明天喔，你們單位確定讓你們在這邊放假，記得寫一下假單。」

「真的假的？我們可以直接放假？」我跟小宇互看，嘴角都興奮到抽搐。

「啊對了，今天有人忘記開熱水器，如果覺得水不夠熱，你們洗澡可以到樓上空的排長室。」智淵寬方的臉還挺耐看，毛髮也極濃黑。他看了看我們兩個，笑著拍拍我的肩膀說：「可以一起洗就一起洗比較快，裡面是獨立衛浴，記得要做好安全措施欸。」說完就利落轉身消失在轉角。

什麼意思？

獨立衛浴干安全措施什麼屁關係？就算有馬桶也沒有小兵會在那邊清後面吧。等一下，好像不是沒有可能？

「他什麼意思？」小宇嘴巴微張，整個傻眼。

「我不知道。」

「那等等上去看看嗎？」他拇指比了樓梯的方向。

「可以吧，我也有點好奇。」

08 失控鴛鴦浴

拿了盥洗用具來到二樓的排長室，裡面空蕩蕩的沒有任何傢俱，浴室裡就只有一座馬桶、洗手台跟鏡子，和乾濕分離的浴簾。裡面還有未散的蒸氣，似乎剛有人用過的樣子。

「走啊。」小宇笑著推我。

「你先洗好了，他說說而已的。」

「一起啦！」小宇堅持把我推進浴室。

「你有跟你女友洗過澡嗎？」我試圖聊些爛問題化解尷尬。

小宇卻看著我搖搖頭。

「你們忙完沒有一起洗澡?!」我放好毛巾。

他搖頭，直直地看著我：「我們沒有忙過。」小宇是那種一聊天，就會停下手邊動作的人。根本無法化解尷尬。

「什麼啊！你不會，是處男？」

「怎麼？你很有經驗喔？」

「我不重要啦……」我覺得不能再聊下去，轉身脫起衣服。一陣高濃度費洛蒙傳來，小宇雙手高舉，頭被衣服卡住，正努力脫下他緊身的衣服。他厚實的胸肌跟腋下兩邊濃密的腋毛散發著體香，讓我下體一麻。

「笨喔，幹嘛穿這麼緊的衣服。」我幫小宇往上扯掉衣服，卻只想著把臉埋入他的腋下。

「不行，這種東西要穿合身！」他把衣服掛倒在橫桿上，然後把短褲跟內褲直接脫下。軍服就要合身，便服你就超嘻哈，到底什麼道理。

小宇背對著我，從後面可以看到那屁股結實又翹。脫褲子的瞬間，兩顆肉色大蛋蛋在大腿之間搖晃著。眼前幾乎沒有毛的軟囊，就是不斷製造那男性荷爾蒙的工廠嗎？我也脫下了衣服，內褲跟小宇一起掛上了橫桿。

該死，這精瘦無比的救生員，就算在G片中也是頂級的，射了還是會想把片子看完。

小宇轉到正面，我不敢多看，一把抓起熱呼呼的內褲，決定先洗衣服！

「有熱水喔，欸？曉飛在幹嘛？」小宇打開了蓮蓬頭。

我擠了一點沐浴乳在內褲上面，在洗手台搓了起來。雖然我不懂為什麼我要裸體洗衣服，讓微硬的懶趴跟著晃啊晃的。

「我先洗衣服。」我死硬盯住小宇的臉，盡力撇開餘光下面濕濕黑黑的部分。

小宇眼神往下一瞬間，瞪大眼看著我。

「嗯——不錯喔？跟你在一起應該滿性福的？」他緩慢點點頭，一邊揚起嘴角。

「看很爽嘛。」我跟著不小心看了一眼小宇人魚線的延伸，那一絲不掛的模樣。

「哎又，兄弟嘛，了解一下很正常啊。」他皺眉，但臉上還是有股奇怪的笑容。

小宇濃密的陰毛，向上直直延伸肚臍，往下則沒有任何東西擋住。

那根膚色的陰莖，最下面已經露出稚嫩粉紅色的龜頭，那包皮也擋不住的冠狀物。就在這瞬間，他胯下的睪丸似乎還在微微收縮。這尺寸絕對是偏大的。

幹。

好想吃。

我吞了吞口水，各種誘惑的味道，從他內褲和胯下不斷傳來。這令男人喪心病狂、女人淫蕩的氣氛，讓整個浴室和腦中都充滿性味。我感覺到陰莖一股酥麻，我知道我正在變硬。

小宇看我瞄過他的陰莖，笑著點了點頭。

點頭？為什麼要點頭？

我轉身背對小宇，雙手把衣服擰乾。

「我想去尿尿一下。」我看著自己快要整根脹起的陰莖。

「什麼什麼？你在這裡尿就好了啊。」

「不行。」同梯的情誼，包括看彼此尿尿？那是別的情誼吧？

我直接穿上短褲，把陰莖用力一塞，開始拿起衣物毛巾。

「我開門囉？」說完準備開門。

「蛤，那我在這裡等你？」背後的聲音。

「不用，我去樓下洗就好了。」我頭也沒回，喀一聲把門帶上。

「什麼什麼？」

在浴室門外排長室裡，我裸著上身，一身張開的毛孔流著汗。靠著牆坐下，通紅的脹硬的龜頭，從短褲內側探出頭來露出潤澤的紅光，嘲笑著我無能的自制力。一股尿意通過我的尿道。我摸了一下，手指上一條透明的牽絲。

果然沒有那麼容易控制啊……

上次跟小宇洗澡，離別的感傷讓我無法多想。但這次不小心看到可口的模樣，浴室太大反而更容易瞄到。我起身穿上衣服，等下體消腫就到小兵區洗澡，用那非常沒有溫度的冷水。

這個人，整天就是點頭搖頭的，無性戀處男真是夠了。

小宇比我還晚十分鐘回到寢室，他洗澡總是很悠哉。

「不好意思，突然想尿尿哈哈。」我尷尬地說。

「沒關係，要是我的話也不想被看到，那是很私人的時刻。」小宇拍拍我的背。

「啊！穿這樣去隔壁棟裝水會不會太糟糕？」是那個長得很像拓也哥的上兵。他穿著藍白拖跟運動褲，手裡一只水壺。

「班長不是說去別棟要穿整齊服裝嗎？」我看著他。

「你還是換一下吧？」小宇瞪大眼。

「好吧。」拓也哥回去。

三十秒之後，叩叩叩的腳步聲來到我們床邊。

「這下子安全多了。」他拿著水壺驕傲地說。

他一樣穿短褲、短上衣，只是鞋子換成軍靴。這輩子第一次看過有人體育服跟軍靴混搭。

「你這樣混著穿不好吧？」安全多了的部分是?保護腳指頭嗎？

「不會啊，至少我很有誠意啦！」

你現在看起來就像是在二二八公園，對著門外翹著屁股的肉便器啊!有誠意的討幹吧？

但是拓也哥說完就走了，背影簡直像是穿著馬靴的北一女高中生。小宇搖搖頭，我也跟著搖搖頭。看來上兵志願役裡面也有天兵。

「喔？我們剛剛聊到哪裡？」小宇回過神。

「忘記了。」

我跟小宇躺回床上，就這樣耍著廢，等待時間過去。當兵至此，人生無憾。

一個小兵自動咔咔咔關了燈。

眼前一黑，小宇忽然抓往我的手。

「Sorry.」小宇這才慢慢地把我的手放開。

「我知道你怕黑。」

「喂，也講一聲叭。」有人在黑暗中叫囂。

對啊，嚇到我的小宇了。不，已經不是我的了。在微光中，我們兩人剩下呼吸聲。我決定硬著頭皮，問一些我不想知道的問題。

「博宇？」

「怎麼了？」

「你跟前女友交往多久啊。」

「怎麼突然問這個？」

「好兄弟當然要了解一下啊。」我搬出他的理論。

「嗯……差不多半年吧。」

「大概什麼時候的事？」

「一年前吧！已經過去了，那你呢？都還好嗎？」小宇指我分手的事。

「我還好，比我想像的還要平靜。」我發現當兵根本沒有時間亂想。

「那陣子你不太回訊息。」

「可能是每次回家看到手機都很久之前的，我就沒回了。」

「嗯。這樣不行喔。」

「好啦，所以你跟前女友分手的原因，真的是因為那個嗎？」

「算是吧，最後居然是在床上吵架，她沒辦法接受，唉。」小宇枕頭發出沙沙聲，我知道他轉過了頭。

「在最不容易吵架的時候嗎？」我也轉頭看向小宇。

昏暗光線中，小宇帥氣的輪廓，柔的眼神裡有幾點光的反射，是一個很適合親吻的光線。

「是啊。」他看著我。

「好啦。」我轉身。

知道你曾經有個交往半年的女友，這就夠了。

「都一年了，你趕快找個女友吧。」我到底在說什麼？

「你這樣覺得嗎？」

「是啊，要趕快努力才行。」

「你確定？」

「確定。」我背對著他，把棉被蓋到肩膀上。

雖然喜歡你，但是我們都該往前吧？

09 皮卡丘的相遇

黑暗冰冷的海面上漂浮著軍人的屍體。我冷得發抖，在刺骨的水中載浮載沉。

不行，我不想死。

「曉飛，你還好嗎？」小宇划過來一艘小船，把手伸向我。

「好……冷……」我全身無法動彈。

「沒問題的!!」他伸長手。

「小宇，我好冷……救我。」我用全力舉起右手，試圖抓住小宇。手卻硬生生落了空，全身掉進冰水裡。

「喂，你還好嗎？」小宇的表情緊張。

我的右手舉在半空中，朝著上鋪的床板。這才是真實世界。

「呼我還以為我要冷死了！」我顫抖一下，發現其實並不冷。

「你說這個嗎？」小宇陽光一笑，從我額頭上拿起一個藍色冰枕。

「幹，我在睡覺你在冰敷？哪生出來的啦！」

「厲害吧，我去冰箱拿的啊。」

「你不是都要賴床的嗎……」我起身看著這該死的冰枕，把它往旁邊一丟。

「不行！你這還有點腫腫的。」小宇把冰枕放回我額頭。

「冰個鬼，我差點要死在海上了。」

「蛤？」

「沒事啦。」我摸著冰冰的額頭，真的比昨天好多了。

今天是度假支援的最後一天。整個倉庫空曠，連保密防諜標語中間的隔門都被我們拆光。老臉班長已經讓我們寫了出營區的單子，等下就可以放假回家兩天。當初就是因為我跟小宇家離新竹最近，所以才派我們支援。

智淵副連在中午的時候出現。

「你們接下來就要靠自己啦，我有事沒辦法送你們回車站。」智淵笑笑，三十歲左右的眼角，有條成熟男人的魚尾紋。

「沒問題。」小宇看看我。

「好好珍惜緣分啊，營區會越來越開放的。」智淵副連目送我們離去。這是我目前為止遇過最親切的長官，可能是因為沒有利害關係吧？

「喔呵呵？」我苦笑，超敷衍的那種，不懂他到底誤會了什麼。

「謝謝副連！」小宇揮手。我們背著包包拿著單子，走向衛哨簽名。回頭看了看這坦克車排排停靠的營區，才真的意識到要離開這個愛的世界。我轉頭看向背著綠色黃埔大包包、穿著嘻哈便服的小宇，短短一個星期的蜜月讓我們靠得好近，卻也讓我發現我們之間，存在著一個無限延伸的平面。

「走！」小宇的眼神發光。

「嗯！」

公車遠離夢幻營區，我們走路經過一家娃娃店，玻璃窗裡擠滿了各式各樣的填充玩偶，他們可愛歸可愛，卻是等待被領養的哀傷寵物。突然，我視線停留在一隻黃色的球。

「等一下，我看到一隻好肥的東西。」我停住。

「要看一看？」

「好啊。」

兩個現役軍人毫不猶豫地走進娃娃店。什麼雄壯威武嚴肅剛直，我就是要拍拍噗吒溫柔優美；什麼安靜堅強確實速決，我就是要波波利那貝貝魯多。

「哈哈這果然是皮卡丘欸，也太肥了。」我拿起一隻皮卡丘，大小大概跟保齡球一樣。

「你喜歡皮卡丘？」小宇拿起另外一隻。

「還不錯啊，覺得他不把自己當神奇寶貝這點很可愛，都在跟人類混，一個脫離舒適圈的概念？」我端詳了一下這隻胖胖皮卡丘，跟我們連長一樣沒有脖子。

「是嗎？那你要買嗎？」

「可是它很容易放在床頭積灰塵啊。」

「Follow your heart.」小宇搭上我的肩，按著我的胸口，像在演《阿凡達》。

「No need.」我看了看牌子，把皮卡丘放回去。

「你確定？」

小時候因為老弟會過敏，我的玩偶都是被塑膠袋套上的。久而久之習慣了沒有娃娃的童年。不能觸碰的娃娃就別買了，要套套子就乾脆別弄了。（喂）

「對，走吧。」我走向玻璃門。

小宇搖搖頭，拍了皮卡丘的頭。因為彈力，它跳起來一下。小宇又把它放進去一點，防止它掉落。我不自覺地跟著笑了，小宇將來會是個好爸爸吧？無性戀應該也有當爸爸的吧？

回桃園的火車上，小宇在中壢站下車。

「你沒事也可以找我啊！再約集合時間囉？」小宇拍拍我的背。

「再看看！掰掰。」我目送火車門關上。

小宇稜角分明的帥臉，就在外面跟我對看，隨著火車駛離，從窗戶邊緣消失。

我多想立刻跳車陪你走回家，但我的身分只能笑著揮揮手。翻開筆記本，計畫這兩天要完成哪些從耳聞或新聞中知道的電影、想聽的歌、想看的書、跟朋友吃飯的行程，把時間塞滿。

回到家一開iPhone，排山倒海的訊息讓不斷震動的手機可以當跳蛋用。看了看未接來電，還是順手把秦天的電話存了起來，以免下次見到被他木吃臭罵一頓。

10 處女哨

收假當天，我們用手機聯絡。

博宇：我在第五節車廂，see you then.

飛：好。

在全面禁止使用智慧手機的營區，原本想說把手機交給副連（女王）保管也就算了，至少剛出營區就可以呼吸到現代科技的空氣。但是經過這次支援看到每個人都滑古箏，我跟小宇膽子都大了起來。

我們在基隆火車站前的便利商店。

「雖然可以寄放在副連那裡，但你有想過要帶進去嗎？」我問。

「你帶我就帶，我看你。」小宇展現最強輔助的姿態。

「好，有什麼想法嗎？」

「我觀察過營區，我們可以帶的方式，一個是從水溝那邊塞進來，那邊外面攝影機拍不到。」小宇開始討論戰術，展現大學生的智力。

「還有一個方法：經過衛哨到安官桌這段路，有一個花圃，我們可以包成一包先丟到那，接受完安全檢查再來拿。」我想到這最簡單的一招。

「你說那裡啊……有點風險，那不然乾脆就丟廁所吧？」

「好主意，以防萬一，先包在飲料罐裡面好了。」

「Good！」小宇眼神發亮。

「Go！」我們擊掌。

於是買了一罐六百毫升純喫綠茶，店員遞給我發票和吸管。

「要兩根吸管嗎？」我轉頭問小宇。

「不用吸管啦！浪費。」

「蛤？」

我只好撕開利樂屋的飲料開口。輪流灌飲料時，小宇毫不猶豫地用唇碰上去，心情有點罪惡。這笨蛋一定不知道我多開心吧？喝光後，我把紙盒打開來清洗裡面，乾淨到手指怎麼摳都不會有汙垢、伸進去非常舒服為止。然後放進兩隻手機跟充電器，為了防止震動還塞滿衛生紙。最後跟店員借釘書機封死外盒，拿起來就跟真的純喫茶一樣。

「沒弄好，被發現就是禁假啊……」我突然有點緊張。

「沒問題的！安全第一就好了！」小宇很有自信。

轟轟轟轟轟。營區的地獄之門再度開啟。這黑暗的營區裡充滿了Top女班長，Top男班長，

Top志願役，還有色凱跟憂鬱弘兩個被幹的。我們就是，〇號四人幫！（驕傲的點在？）

「終於回來啦，等你們很久了內！喔呵呵！」站哨的是色凱。

「怎麼樣？營區這星期有什麼新鮮事嗎？」我問。

「就很累啊，啊靠！你前幾天打過來的時候，我剛好在衛哨交接！直接手機大響！翹唇班長說第二次就要禁我假。」色凱全副武裝，抓著我的領子。

「博宇說可以打給你的喔，不能怪我。」我拍掉他的手。

「什麼什麼，你把手機帶到哨上？」小宇故作驚訝地笑著。

「媽的——你們等一下就要站哨了，士官長沒有要讓放假的人好過的意思，等一下在安官那邊看哨表吧，喔呵呵。」

「沒關係！再難熬也只剩下五天就放假了！」小宇雙手握拳，充滿正面能量。

這正面能量好像哪裡不對勁啊？人生痛苦的時候就說「沒關係，再難熬也只剩下五十年，之後就死了」，這樣好嗎？

「Go！」我們前往安官桌。

到門口的瞬間，我先快走到隔壁廁所，把那一袋我們剛吃過的晚餐盒子跟裝了iPhone的純喫茶丟進垃圾桶裡。這樣就算把整個垃圾桶翻出來，看起來也只是普通的垃圾。

「啊另外一個咧？」厚唇班長的聲音光聽就能想起她的臉有多臭。

「班長好！」我立刻登場，完成一連串帶毒品過海關的動作。

厚唇女班長手拿著一根巨大按摩棒臭著臉：「自己把包包翻開來。」我想如果是男生對女生說：「把鮑鮑自己翻開來。」應該可以告他性騷擾吧？

「逼——逼——」棒子輕撫我倆的身體時，偶爾會有一些零錢觸怒按摩棒，但是我們完全不心虛。一分鐘後棒棒弄得盡興，班長叫我們自己去看貼在公布欄的哨表。

晚上十一點到一點、早上七點到九點、晚上七點到九點。

「這是三班哨的意思？」我感到不可思議。

而小宇是我的下一班，也就是晚上一點到三點，依此類推。

「不是說一開始先從一班開始，然後習慣之後慢慢增加嗎？」小宇說出我的疑惑。

「誰跟你說的？」班長說。

當然是那些學長說的啊，這些人都是騙子嗎？

「沒有，可能我們聽錯，謝謝班長！」我們記好站哨時間，也不想跟班長多聊。

在這裡驚訝什麼的一切都是演戲，我們滿腦子都是手機手機手機手機手機。離開安官桌，我立刻去廁所打開那包假垃圾，把純喫茶拿出來。價值大約五萬塊的純喫茶。

走回寢室，我跟小宇交換一個神祕眼神，偷渡成功的亢奮讓我們緊抓著彼此。

「嘖嘖，你們這兩個『必取』終於回來了。」憂鬱弘皺眉又不斷搖頭。「你都不知道我跟色凱過著怎麼樣的生活。」

「你們也要開始站哨了齁——」腳臭學長在床上，硬要插話。

「是啊。」我說。

「先放你那。」小宇用唇語對我說。

我比了OK的手勢，開始換衣服。

轉身離開，你有話說不出來。我們手機黏在一起，訊息卻從不坦白。

晚上十點三十分，我戴上鋼盔、紮上久違的S腰帶，全副武裝走到安官桌，拿著自備真鍋鋼鐵水壺。離開新訓單位之後，腰帶上的水壺就從來沒有裝過水。

「你來啦！第一次吼。」站安全的是翔矢學長，鄰家男孩的他戴上小帽。「沒關係，我會很溫柔的。」

人生第一次站哨，就給了翔矢。要站的只有一個大門哨、一個安全。

聽說我們單位去年還是聯勤，併入陸軍開始後會越來越硬。但是誰在乎？大家都嘛覺得越硬越好啊，最好一頂就有嘔吐的感覺啊！（哈囉？）

「你會用巡簽棒嗎？」學長指著一支像流線型電動刮鬍刀的黑色棒子。

「不會欸。」

「來，這個按一下，然後拿起來。」翔矢學長帶著我，繞營區一圈，用那支棒狀的悠遊卡四處去嗶營區。「如果你會怕，可以請安全陪你走幾次。」學長在偏僻黑壓壓的破房子旁邊，顯得格外可靠。

從哨上走下來的，是憂鬱弘。

「嘖嘖嘖，看到你我真開心。」他黑黑臉上的笑容，寫著「腹黑」二字。

「你是開心我入坑了吧？」

「噓，不要講話！」翔矢學長在本本上寫字。

「口哨交接！」憂鬱弘把自己身上的口哨給我。「口令交接！」他又湊到我耳朵旁，但是沒說話。「任務交接！」我們又各往前跨一步，他又沒講半個字。「電擊棒交接！」

憂鬱弘把一支更粗長的黑色電擊大棒棒拿給我，讓我掛在腰上，貼著大腿。

不知道為什麼，我想起了秦天的東西。

「電擊棒測試！」我拿起棒子按了按鈕。

啪啪啪！這根粗大的黑銀棒棒，噴出白色激光圍著棒子竄動，電流在空中啪啪作響，簡直是好腰力。要是被這超高壓的電擊棒戳到的話……不肛裂屁眼也鬆了吧！（是電暈！）

「衛哨交接！」「向後轉！」「敬禮！」翔矢學長喊完，在本子上簽名。

「起步，走。」我走上哨所。

九月的秋風，輕輕掃著落葉。我一個人，在哨所好幾個本子上簽名。

這位在正門旁的長方形哨所台大概一公尺高，大小大概是兩個機車格並排，還有屋簷避雨。想到這兩個小時我都只能站在這裡面，只好拿出右邊口袋的單字本開始看起來。

「嘟嚕嚕——」我接起牆上的電話，翔矢學長溫柔的聲音從話筒傳來：「哨所的燈不要開太久喔，班長看到會罵人。除非你在背衛哨守則，一開始可以。」

「謝謝學長。」我說完便掛上話筒。

可惡，居然連單字本都不能看太久。

於是我關了燈。（堅持不背衛哨守則？）

全面的黑暗，全面的寂寞，我每一秒都想回家。想家的程度差不多就像是見網友的時候，對方一直開交友軟體、講電話，一邊用海豚音抱怨人生，然後還長得不怎麼樣。（喂）

我時不時偷偷打開一下哨所的燈，偷看一下單字。

「Pubic hair，陰毛。」然後關燈。

一分鐘後，開燈。

「Testicle，睪丸。」

關燈。

我跟自我抗戰著，告訴自己不能向無聊低頭！絕對不能！開燈！Prostate！前列腺的！（這單字本是怎麼回事？）

兩小時後，遠遠看到小宇挺著胸膛戴著鋼盔，跟黑道學長走來。

「衛哨交接。」

「衛哨交接……」小宇睡眼惺忪的模樣，明早八成要賴床。

夜黑風高，我拿著手電筒走到破舊的庫房旁，使用棒狀悠遊卡，下哨巡邏營區一圈。

「嗶。」

手電筒的光每每照到黑暗的窗戶上，越看越覺得有什麼東西在裡面，每嗶一聲，我的懶趴就縮進去一公分，這六個點，讓我懶趴只剩下十一公分。（喂）

把巡邏好的單子貼在本本上，我就爬上床睡了。

站夜哨之後，每一天跟每一天的界限變得模糊。因為睡眠頻頻中斷，會很難覺得「哇，今天是全新的開始」，反而覺得是「嘖，才睡著一下，怎麼就天亮了？」這種感覺，類似大學的期末考週，或許習慣在半夜約砲的人也懂？

11 體測最難受的是撞牆期

一早的集合場上，金正恩士官長站在隊伍前。

「量體溫吧！」

大奶班長從安官桌拿出額溫槍。

「34。」「33。」「34。」……

大奶班長拿著粉紅色的小玩意兒，朝我開了一槍。

「33度……」

然後她認真地量了色凱。

「32度。應該沒有人發燒。」大奶班長喊完，收起粉紅色迷你槍。

殺小？這機器根本就不準吧？還一直大聲喊數字都不心虛嗎？每個人都說他有16/5你也信？一摸到都不禁冷笑，這是從肛門開始量吧。（又在偷渡什麼觀念？）

「今天下午你們要體測，新到部的注意一下，要合格才能放ㄙ捌。」金正恩不斷玩弄他的戒指，整個營區都是黑社會Top。

「我記得，新到部的要跑十五分鐘吧？是不是？」金正恩詢問班長。

「差不多。」

搬東西搬東西呀，吃飯呀站哨，搬東西呀搬東西。

「安全士官廣播，換裝！」

Make —— Up!!!（粉紅色緞帶包覆全身。）

所有小兵就像時裝秀的後台，不斷轉圈，換上運動服裝!!（亂寫。）

我們穿著短褲短袖到集合場前集合，準備體能測驗。公布欄上面明明寫的是入伍三個月內三千公尺十八分鐘合格，金正恩卻說十五分鐘根本是找碴。看看他那個大肚腩，我從來沒看過他跑步過。

所有小兵帶隊拉筋後跑起來。繞著建築必須要跑十二圈半。一開始是年輕台台的翹唇班長帶隊，沒過幾秒小兵開始各自超車，胖子開始脫隊，是充滿個人主義英式的跑法啊，這樣真的好嗎？

不過，我們四人幫總是默默跑在一起。

「加油！加油！」小宇不忘打氣。

長跑的訣竅，從來不是什麼兩吸一吐、分配速度，或是跟前面的人步伐一致什麼鬼。所有問題，都是人的問題！長跑的訣竅，就是在那個地方！

這個神祕的地方，一個男人們的快樂天堂：小宇的身後。

還有一定要在色凱的前面！有臭有香，當然也會有悲傷。這就是長跑的訣竅。

畢竟是英式跑法，無論色凱怎麼露出牙齦咬牙切齒，一樣開始脫隊。新訓的時候我就體會到了，人類是有極限的，就像最多只能進去兩支一樣。（聽說有三支的？）

小宇性感的背影在前方畫出一道男人的氣場，我閉上眼依然跑起來如沐春風。只要照這樣跑下去就可以輕易的通過體測了。

要是之前的我，肯定是這麼想的。

但我趁著還沒喘，往前幾步跟小宇並排問他：「最近有什麼對象嗎。」

「我回家有試啦……你知道小蜜蜂嗎？」小宇的側臉都是汗。

「小蜜蜂？」我們上下腳步，看著前方喘著氣。

「是一個叫Beetalk的APP。」

剛剛那一瞬間，我本以為是Hornet，原來是異性戀的交友軟體。

「那好好找啊。」我深吸一口氣，一個咬牙使電流直達肌肉，從右側超過了小宇。

「呼，加油加油！」小宇雄厚的聲音從正後方傳來。

如果說長跑是意志力的考驗，更難的就是遠離喜歡的人。跟著小宇很舒服，但是我不能停在這。

我們原本的速度已經僅次於跑超快的奇行種巨嬰學長。這速度讓我好想死，每個跳過水溝的動作都令我腳底發麻，每個吞口水閉氣的瞬間都覺得心臟爆裂。

「嘿！」小宇跟上，在我右邊並排，認真跑著沒有表情。煩。

我蹲下，鬆開鞋帶。

「!!」小宇錯愕地回頭，在前頭原地跑步。

「你先走吧。」我感覺心臟已快跳出，想起跑步突然停下而暴斃的事件。

「快快！等你。」他濕亮的臉。

「我……呼，累了。」我悠哉地綁起鞋帶，看都不看他。

「真的嗎……好吧……Go go！」小宇的腳步聲慢慢離去。

我這才重新跑起來。氧氣不足，也無法做更多的思考。如果無法超越你，我寧願落後在你看不見的地方。

「啊啊——喔喔……嘶……嗯哼——！喔喔喔喔喔喔！」後面突然傳來一串淫叫聲。刷一聲一個綠色身影超越我，身後一股亂七八糟的氣息像推進器般胡亂噴發。

是色凱。

進擊的色凱！

「啊啊嗯——啊啊啊——喔喔喔喔——」我們到了終點線。除了幾個胖子志願役，大家都有達到么捌榮譽假的標準。

「你有事嗎？」副連雙手抱胸，看著大字型躺在地上的色凱。「你知道剛剛整個營區都是你的淫叫？」

「對啊，你剛剛……跑成這樣……很噁心。」我靠著牆喘氣，感覺吸到穢氣。

色凱臉色慘白地說：「因為……我剛剛……是想著女朋友在跑……要是沒榮譽提早假……我就會少跟她相處十四小時……」

原來跑三千是在比誰愛得洶湧愛得深嗎？是愛的推進器，難怪速度超越之前待撥時的任何水準！而我才跟前任分手，現在又決定放棄小宇。要是開啟愛的推進器，應該只會直接跑進廁所哭吧？

我看著在旁邊的小宇，臉上都是汗光的他，對我比了比大拇指。

就算是夢醒了擱淺了沉默了揮手了，卻還是回不了神。

晚餐後的志願役開會時間，寢室只剩下四人幫，明翰學長在放假。這是我們一整天最放蕩的時光，就像大學在宿舍其他室友都去上課，就可以用音響大看G片一樣。我和小宇躲到一坪大的行李間大方彈古箏，色凱跟憂鬱弘則是在一旁看著，他們畢竟少了我跟小宇那一股叛逆的衝動。（偷帶還很驕傲？）

「嘖嘖嘖……」憂鬱弘一邊搖頭，一邊點開小宇手機上一個黃色的圖案。

「滋……滋……滋……滋……」小宇的手機震動。

「這是？」

「你不知道？」憂鬱弘疑惑地看著我。

我看到軟體裡面出現很多女生的大頭照，心頭一酸。

「喔……知道了。」

「媽——的！」憂鬱弘滑著亮亮的畫面。「敲你的訊息多到滑不完是怎麼回事？居然連女生都這麼主動？」

「真的假的……」色凱湊過去看。

「這個奶子！我可以。」憂鬱弘點開一個女孩的檔案。

「不錯內——感覺有D！」

小宇只是在一旁看著，沒有說話。

「我看看——」我靠過去滑起那個從來沒碰過的黃色介面，上百個訊息。手指一邊往上滑，心一邊往下沉。拉到最下面的第一個訊息，日期是九月十二日。這是前天，我們放假的那一天。

「你前天才裝的？」我瞇眼。

小宇點點頭。我點開小宇的個人檔案，只有一張掛著耳機的照片。

我想起那天我對小宇說的話。

「都一年了，你趕快找個女友吧。」

「你這樣覺得……嗎？」

「是啊，要趕快努力才行。」

「你確定？」

「確定。」

我當時，只想抽身。

我把小宇的手機還給他們。

又來了。

「這個姍姍很可愛內——你怎麼沒回？」色凱看著一個嘟嘴女孩的照片。

又來了。

「這個！這個小薇很不錯啊？你不要給我。」憂鬱弘點開一個乳溝。

又來了。

我最痛恨自己是同性戀的時刻。

我手指移到ＡＰＰ上，長按，跑出對話框：刪除Jack'd也會刪除其所有資料。

「曉飛，你那裡有妹嗎？」憂鬱弘果然問我。

「蛤？我沒有裝交友軟體欸。」

「怎麼可能，我看。」憂鬱弘伸手。

我亮起畫面，把主頁面左右滑給憂鬱弘看。沒有那種軟體。

我恨的不是自己愛的是男生，而是在不確定以前，要一直不斷地說謊、隱瞞感情要好的朋友，那些我的真實人生。

「嘖嘖嘖，真是看錯你了。」憂鬱弘放過我，看回小宇的手機。

不小心，跟小宇互望。那柔和深邃的眼神、兩道濃濃的眉毛、一直線的鼻梁，沒有表情。好像是在說：「這就是你要的嗎？」

「我去尿尿。」我打開木門，走出擁擠的行李間，關上門。

「咳咳！咳！咳！咳!!咳!!」呼吸都可以被口水嗆到。

網路流量有限，沒有安裝APP的打算，我只是在浴室漫無目的滑著訊息。拿起智障手機，赫然發現一個幾星期前的訊息，是直到我存了秦天的電話，才知道這原來不是廣告。

「哈囉！幾個星期後我就是龍騎士了！單位調動，八月底我要去受訓了，飛飛有想我嗎？」

我笑了。要是沒有存電話，這開頭絕對是廣告啊。就算不是遊戲廣告，寫什麼也完全看不懂啊。這麼久的訊息了，我就別回了吧？

晚上的夜哨，一隻黑黃相間的虎斑貓爬上了哨所，在我矗立不動的兩腿之間磨蹭，我不自覺開始跟牠說話。

「你也很無聊嗎？」

「喵——咕嗚嗚嗚嗚——」貓咪發出低沉的聲音，聽說那是開心的意思。

他跳上資料櫃，任由我撫摸，我也不知道哪裡可以摸哪裡不行。

「你叫小虎吧？」

「咕——」

「要是沒有蚊子就好了。」

牠沒有回答。月亮、貓咪、夏天的風。站哨就像靜坐，動作越平靜，內心的動能就越加豐沛，我滿腦子都在畫著未來地圖。我想出國打工度假，我想搭車環島，我好想一個人到處走走。

12 貪吃龍騎士

下午的站哨，原本一輛督導車通過，結果第二輛緊接上來。

「長官好！」一個長官跟我點頭，我問沒幾句就開門檢查行李。憑直覺按下督導的警鈴，打開大門。

「是誰？」女士官長衝到哨上。

「呃……不知道。」

「你白癡嗎？你不知道是誰你開門？不用跟安全說？」女士官長叉著腰，一臉想砍死我的樣子：「所以你只是覺得他很像督導？」

「嗯。」

「你有病嗎？你死定了。」女士官長飆了好幾句才走人，留下焦黑的我。

運氣好，這人的確是督導，只是我程序不對。午餐的時候班長看我的眼神就像看一個弱智新兵。雖然看起來沒有要懲處的樣子，但是衛哨勤務因為我又要練習一次。

對，我黑了。黑的意思，就是成為長官的眼中釘。

軍中，沒有人在乎你優不優秀，只在乎你出不出包。

「噢呵呵呵，放心啦，我們都挺你。」色凱很有義氣的嚼著飯。

「哎又，放心，沒事的。」小宇拍拍我的肩膀，然後在白飯上淋滷汁。

電視播放著情侶殺人未遂的新聞，什麼女友交往幾年劈腿的愛情故事。

「太誇張！」班長桌有人爆氣。

「對了，你說你跟女友交往半年，是在哪？」我問小宇。

「那時候喔……」小宇看著天花板：「一半時間在台灣，一半在國外。」

「你之前不是說美國沒有嗎？」我記得很清楚。

「喔……我以為你是問在哪裡認識的，我當時是跟對方一起去美國的。」小宇直直地看著我：「怎麼怎麼了？」

「沒事，真好。」我眼光移回電視。

兩個人過著國外遊學的日子嗎？真是刺耳啊。

一起出國遊學，比單純在國內或是國外交往，更需要下定決心吧？之前我們在轉角的樓梯，那希望的火苗本來就如風中殘燭，現在終於灰飛煙滅。

「下午的主運……」女士官長跟文樂班長講著話。

「主運是什麼？」色凱問旁邊的學姐。

「主動運補，就是一直搬東西啊，哎喲我不會講啦！反正就是很累，我也比你們早來七個月而已。」丁小雨嬌嗔。

「七個月很久了……」憂鬱弘冷冷地補一句。

「討厭！」

午覺之後，我們依然漆著油漆，直到聽見廣播請所有人員安官桌前集合。我們才趕緊穿好衣服，跟著一輛不知道哪個營區的卡車到了三號庫旁，打開倉庫。

我這輩子沒看過這麼多糧食。

一整面疊得比人還高的沙拉油牆、一棧板一棧板的米袋，還有罐頭紙箱堆成的兩大面牆。

「衣服脫下，水放這邊。」文樂班長指了沙拉油的方向。

「嗶！嗶！嗶！」一輛十噸半卡車倒車停好。

一個小兵停好車，從高高的駕駛座上跳下來，帥帥的小白臉比我還高壯。

「碰。」他關上門，原地跳兩下看到我。

這個單眼皮男孩，笑著用袋鼠打拳的姿勢對我揮兩拳。我只能睜大雙眼，整個下顎合不攏嘴。秦天稜角分明的臉對著我，舔了一下嘴唇。

什麼！簡訊說去受訓，是這個意思嗎？可惜所有兵跟班長都在倉庫，我們不方便交談。

「米，四十二包。」文樂班長一下令，我們就要把大量三十公斤的米搬上車。先用板車拉到卡車屁股，再完全用人力搬上車，所有小兵靠的是意志力，一包一包的傳遞著。「豬肉罐頭……二十……牛肉十八箱又十個……沙拉油……二十五桶。」

我們彎腰傳遞著沙拉油，每桶十八公斤，施力點只有一根塑膠槓，根本是在考驗誰的手指先斷掉。我想補給兵的退休出路，不是大潤發物流人員，就是「手（指）天使」[5]。

所有人氣喘吁吁汗流浹背，秦天卻只是在旁邊笑嘻嘻地看著我。駕駛果然是個爽差，不知道他又動用了什麼關係。

「安全士官廣播，下課。」神聖的天籟之音。

「呼，我的腰……」小兵們雙手撐著腰往倉庫外走，班長跟學長也都很想離開這個地獄。

我跟秦天在人群最後面碰了面。

「你怎麼會開卡車？」我看著高壯的秦天，這根本不合理。

「靠，我之前就傳簡訊跟你說我去受訓，你電話不接，連簡訊都不看噢？」秦天說著已搭上我的肩膀。

「你說什麼龍騎士什麼的……」我這才領會過來：「你受的是駕駛訓？」

「你現在才懂喔！枉費我一番苦心。」秦天把我推開，揍了我肩膀一拳。

「重點是為什麼會派你？才兩個星期就變成貨車駕駛？」

「喔，因為我本來就有大卡車駕照吧——我就跟連上長官吵著我要去啊。」他左臉上有一個小酒窩。

接著他舔了舔嘴唇，看了看周遭環境。

「那個……所以今天可以嗎？」

又來。

「這裡不好吧……」我看了看前面走出門的班長，這個倉庫只有一樓，太危險。可是眼前眼神清澈的大男孩，根本像是吃了春藥。

「不管啦。」秦天把我拉到箱子堆之間的細縫走道裡，好像比我還要了解地形。裡面大概只有一公尺寬。

「你還跟女朋友說那什麼……？」

「好咩……飛飛主人我太貪心了。」秦天把臉埋進我胸口，把我緊緊抱住磨蹭。

「不准撒嬌，我很臭……」

話還沒說完，一股濕熱滑過我脖子。我聞到秦天身上炸薯條的肉味。

「鹹鹹的，你會想給我吃嗎？」秦天在我耳邊吹氣，手指已經伸進我濕濕的衣服內，熱氣弄得我無法自拔。

「你……學我？」我乳頭一陣酥麻。搬東西脫得只剩下汗衫，他則穿著迷彩服，我不由自主硬到不行。

「我這樣會不會太色啊？」他蹲下，專心地拉開我的拉鏈。

5 手天使：2013年於台灣成立的義工組織，主要服務重度身障者親密與性的需要。網址：www.handjobtw.org

「你知道後面都是花生牛奶罐頭嗎？」

「不管啦！上次沒吃完。」

吃完？

我看著自己鹹汗黏膩的屌被秦天從內褲裡硬生生掏出，脹紅著頭，整根紅青筋誠實爬布。他銳利的雙眼只盯著前端深紅的縫，然後伸出舌頭一舔。一條透明的細線，在我的馬眼與他的舌尖之間牽連。

他食指碰觸我的馬眼，將液體截成透明的一條線，測試可以拉多長再往嘴裡塞，像是在吃透明的拉麵。

「幹……你不要這樣玩啦……」我眼看著液體被吃掉，下體又是一陣快感。

「好變態喔……為什麼遇到你我就變這樣……」秦天又用手指接住透明的線，再舔手指。

好像小熊維尼在吃蜂蜜一樣地，吃著我的前列腺液。

我真的徹底輸了。我好硬，我好想，我只能不自覺地摸著他的平頭：「寵物好乖喔。」

他笑著，臉埋進我的睪丸底下，埋在內褲上吸氣。

「幹不要……」我試著推開他的頭。

「主人的味道好棒……幹。」秦天說完，又埋進我肉棒根底部處磨蹭，我可以直接感受到他鼻子頂著睪丸。他吸一大口我工作半天的悶氣，那涼涼的感覺。我什麼都不能做，只能撫摸著他的臉，任由他享用我私處的一切。最後，他才用他的小唇含住龜頭，用手握住我的根部。

與其說是餵食，不如說是單方面強取。

我看著秦天的大腿內側，整座山脈突起緊繃，幾乎快要爆開。「你不打嗎？」

秦天嘴離開頭，一手持續套弄我的屌，臉上露出一股邪笑：「我學乖了，只有十分鐘，我這次一定要吃到！」

「……你要吃……我的？」我不可思議看著他。

秦天帥氣的臉，微笑舔了一下嘴唇，挑了一下眉毛。

難怪這次完全沒有脫我衣服舔我的前戲，直接就是掏出性器官，原來是在趕進度。

「幹。」我的大腦已經快要爆開。「不好吧，又不是說……」

「帥主人……拜託。」秦天側臉望著我，舌尖直直伸進我龜頭中間的縫，我又是一股尿意。

雖然無法抗拒，我卻不喜歡單方面享受。

「那……小寵物也要射喔！」

「你說的噢。」秦天立刻起身，解開褲子脫到膝蓋以下，繼續跪著尻槍。

居然大到要把褲子脫掉才能拿出來。

光滑偏白的粗壯大腿中間，沒有毛的陰囊朝地面垂掛著，手上套弄起那柄和折傘一樣粗大的肉槍。他只套弄著前面三分之一節。我稍微彎腰就摸到他滑而黏膩的大龜頭。

「不行……會射……」秦天眉頭一皺往後躲。筆直的兩槓眉毛皺在一起，嘴巴微張仰起頭，雙眼幾乎要瞇起，套弄我的動作也暫停。我第一次看到秦天這個表情，好性感。

「飛飛……光想到你要給我吃……我就不行了……」他似乎很痛苦的樣子。

「這麼想吃？」我接手尻起了槍，把褲襠解開。

「嗯……哼哼……」他放開粗長的大砲，皺著眉滿臉汗，忍耐不射的樣子簡直是野獸。

「幫我舔會比較快。」我想說。乳頭是我的敏感帶。

「好……」

正當我要掀起上衣，秦天的臉卻往我的睪丸底下一埋，舌頭直接頂上了我的會陰，那最多毛的地帶。把我的肉棒在他額頭上搓柔著。

不對！

「等一下！不是……啊幹……」我手要推開秦天的頭，他臉卻依然埋在我的蛋蛋底下，用力地舔著我的胯下。一陣前所未有的快感油然而生，他舌尖的力道竟然足以按摩到那正上方的前列腺。我心想到的第一點卻是，還好今天太熱、我們中午有沖澡。我居然放棄推開他了。

一層層的快感，依然無止境地疊加，讓我瀕臨崩潰，累積三天的精液在我體內滿溢。

「我……快射了……」

秦天立刻抽身，盯著我的龜頭、同時尻著兩隻槍。我再也忍耐不住，眼看著快感爆炸的龜頭，對著他的帥臉皺眉期待的樣子。

「幹。」

第一道白液，射在他薄薄的舌頭跟微張的嘴唇上。

第二道，他含住我的龜頭，我右手掌摸著他微方的下巴，指尖摸到他的喉節，爆炸般的快感讓我的全世界只有這張帥臉。

液體不斷從我的下體射出，而我的指尖，感覺到秦天的喉結不斷上下滾動。

幹，真的喝？

「等一下！」我立刻往後抽身。

秦天只是用嘴接著我的屌，絲毫沒有要退讓。

「不要……」我閉著眼敏感地把他頭往後扳，卻繼續射著精。

他一手緊抓我的肉棒，一手壓著我的屁股。

無力的我雙腳一軟，根本鬥不過他。任由他像擠牙膏，榨出肉棒最後一滴液體。

「呼……呼……」我喘著氣，靠著後面的牛奶花生箱子。

低頭一看，秦天的屌低頭抖動著，噴得水泥地上都是濕濕的深色潑墨，有些地方很濃，但是大多很稀。而我的黑色軍靴上，好幾條白色濃稀相間的精液，簡直是黑巧克力蛋糕加煉乳。

「你射哪裡啦？」我用氣音大聲說，抬起腳卻為時已晚。

「我……我已經用力往下壓了，不然應該在你褲子上……」秦天害羞地擦擦嘴，起身前還把龜頭上的精液用手指抹掉。「你有衛生紙嗎？」

我搖搖頭。

他看著我，一手指尖相互牽絲的精液左右張望著，最後看著紙箱說：「我擦了喔？」

「唉，不然怎麼辦？」我無奈地穿起褲子。

小宥勝把手往紙箱上一抹，牛奶花生的箱子上一條又深又白的粗線。

我也把沾滿精液的靴子往箱子上一踢，一大灘深色的濕域直接潑在上面，又磨了幾下鞋，確保服裝整齊配件光亮。

「怎麼會這樣啊……？」秦天回過神來，一副若有所思的樣子。

「怎樣？」

「我為什麼會有這種奇怪的嗜好？」他摸著油亮的嘴唇，上面的洨早已被他自己舔乾淨。

「你是說……」

「我這樣吃，是不是不太好啊……」

「我有阻止你了，你完全不受控制喔！」

穿好衣服走出箱子間的狹縫，這次他媽超趕進度。

「我好像……第一次這樣吃欸。」他摸著喉嚨：「有種卡卡的感覺？」

「對不起啦，實在太失控，漱口吐掉吧。」我遞給他我的水壺。

「不要。」

「蛤？」

「不用咩！」

「為什麼？」我手舉在空中。

「說實在的，沒有這麼難吃啊，有點甜甜的。」秦天抹一下嘴唇，聞了聞：「都是飛飛的味道。」

「喂，你真的很煩。」

「怎麼辦，所以我很變態嗎？」

「還好吧……」我安慰著他。

我似乎喚醒了一頭野獸。既沒有很愛吃肉棒，也沒有很愛我吹他，只是單純喜歡吃現噴的精液？

不可能，一定是哪裡出了問題。

我跟秦天往有陽光跟卡車屁股的倉庫門口走去，卻聽到一陣歌聲接近。

「你守護我穿過黑夜，我願意這……？」小宇停在門口，看著我跟秦天。

我們也停住，三公尺的距離。冰凍三尺。

他在倉庫外，我們在裡面，此時只聽得見別人的腳步聲。

「安全士官廣播，安全士官廣播，上課！」遠方的廣播聲打破了沉默。

「喔？」小宇露出非常淡的笑。「是傳說中的22號嗎？」

「我記得你是，傳說中的56號？」秦天也笑笑。

「哇靠，是猛男駕駛內——？」色凱也出現，不知道自己進入了北極半徑。

「你們在敘舊嗎？」小宇問。

「嘿啊，在這裡聊天……」我說。

「真的嗎——？」小宇對著我瞪大眼，尾音上揚。

「那不然呢？飛飛我先去尿尿噢？」秦天笑著走出倉庫。

「今罵喜安怎？多到一節課搬不完。」翹唇班長走向倉庫。陸陸續續小兵也集合，等著管庫儲作業的文樂班長發號施令。

「好，剩下牛奶花生了！」文樂班長捲起袖子，拍拍手。

看著小宇站到了一旁，為什麼我會如此心虛？明明就沒有誰過給誰像樣的承諾。

「欸，你剛剛去哪了？」色凱偷偷問我。

「沒去哪啊。」

「我們剛剛在討論放假的事情，你有沒有看到假表改了？」

「沒有，怎麼了？」我看著小宇跟憂鬱弘站在一邊。

「你跟博宇要分開放假了欸。」

「不要聊天了！」班長抬起東西，露出腋毛開始工作。

搬東西時，學長跟班長都緊盯著我們的屁眼，沒有任何可以聊天的縫隙。直到結束我才跟秦天道別。

「再打給你喔！」他一邊笑得燦爛，一邊在駕駛座上蠕動。

「好啦。」

「下次來先跟你說？」

「不用跟我說啦。」

「到時候你給我量不夠，我會生氣喔。」秦天舔了嘴角，跟長官駛著卡車轟轟聲離開。

我看著他滿載而歸的卡車，還有被掏空一部分的倉庫。跟我的一樣。

「今天那個猛男，不是上次那個戴口罩的嗎？」色凱跟我在洗手台洗手。

「對啊，新訓時候認識的。」

「原來他是駕駛喔？」

「不知道為什麼就變駕駛了。」我擠了洗手乳，搓掉一手的灰塵：「你剛剛說假表改了？」

「噢對啊，士官長改成你跟我放，博宇跟江弘一起放。」

「這樣啊……」我看著鏡子裡的自己：「這樣也好。」

「你跟博宇不是很好嗎，怎麼會也好？」

「唉，那也沒辦法吧……」

13 遊戲是軍人的天職

繞著建築物跑步。遠遠看到一個三七身完美比例的男孩，昂首站在哨所的最邊緣，一動也不動地盯著營區外。我站哨會瞄單字本、色凱會嬉皮笑臉倚靠牆、憂鬱弘則是靈活地偷懶而不會被發現，小宇，卻如雕像一般地站著。

「博宇真的很認真欸。」色凱跑著。

「你還敢說，就你最廢啊。」憂鬱弘皺眉。

「哇靠！這樣講很傷人內。」

憲兵姿態的小宇，沒有理會跑步經過的我們，眼神灰暗的樣子罕見而熟悉。

我想起來了，那是看著軟掉新貴派的樣子。

非常失望的樣子。

晚上的行李間，小宇的手機對色凱跟憂鬱弘而言，是連往外面世界的唯一通道。

「哇賽！你也太挑。這個看起來很矜持欸，我可以。」明明就死會的色凱。

「這個奶子感覺有點外擴。」憂鬱弘很重視哺乳。

好吧，不是什麼通往世界的通道，他們想通的只有陰道而已。但是不方便在他們面前用超Gay的臉書，也不能用軟體，我只能滑起「神魔之塔」，過過每天都要打的輪迴。

「居然只回一個在多倫多的！會不會太遠？」憂鬱弘的聲音。

「No.」小宇的回話。

「嘖嘖嘖，你這樣放假也用不到啊！」

「OK的！」

「我先出去一下。」我聽不下去，走出行李間塞起耳塞爬上床看書。不久學長們開完會陸續回來，翔矢學長微方的臉，一點點的鬢角，看不出來年紀比我還小。

「飛兒，你好愛看書喔——真是乖孩子！」他脫下衣服準備去洗澡。

「還好啦。」

「幹你媽雞巴！根本打不贏！幹！」黑道學長一吼，把他的HTC往床上一丟，螢幕是「神魔之塔」的死亡黑屏。志願役用手機是不需要隱藏的，這也是奇怪的福利之一。

「自己弱怎麼可以怪別人呢——」翔矢學長笑笑。

「學長，是神魔嗎？」我看著手機。

「你也有玩喔？」黑道學長。

「嗯，還玩滿久的。」

「你幾等啦？」

「我很宅，進營區就沒完了，不要問啦！」

「你給我說噢！」黑道學長揪住我的領子。

「195……吧？」我說，在這個還沒有任何一張卡潛能解放的時代，我在同儕中也是接近神的等級。學長果然放開了我。

我從他們發愣的雙眼，看到了敬畏的神情。真的不要小看大學生，空閒時間跟西門町的Gay一樣多。

「幹，你可以幫我打嗎？」黑道學長睜著大大的雙眼，拿起手機捧在我面前。

「我第一次看到你求人欸，我也很會啊。」翔矢學長在一旁。

我看了看遊戲後面的背景，是很前面的三封王。奧丁。

「你這個不能用木遊俠，要強化石。」我配個隊伍，坐在床上開始轉珠。

「為什麼看飛兒轉珠感覺好像可以轉很久啊……」翔矢學長穿著內褲在我左邊。手指一個斜瞬步、兩個斜瞬步。

「等一下，為什麼可以斜的滑！」黑道學長也只穿內褲，在我右邊跪著。技能的解說，關掉，早就全部背下來了。

「幹！你娘咧！怎麼可以這麼強？」黑道學長拿回破關畫面手機，原本看我如垃圾的眼神，變成在看偉人。

「就只是比較宅而已。」我輕描淡寫地笑笑，手摸了一下口袋裡的手機。

不對，時機還沒到。

「不行，太歡喜了，我要來去抽菸。」黑道學長穿起衣服。「曉飛你要不要一起？」我看一眼早已從行李間走出來、在旁邊聊天的三缺一四人幫，是小宇被色凱逼問感情觀的戲碼。

「你可以接受遠距離不打砲？這麼重精神？」憂鬱弘正在問小宇。

「可以吧。」我跟黑道學長說完，跟著去抽菸。

在七坪大位於寢室旁的吸菸區，我接過學長的菸。我太久沒抽，好暈。

「哇靠——曉飛?!——」色凱出來裝水，看到我抽菸的模樣。

我朝旁邊吐一口菸說：「怎麼樣？」

「曉飛居然在抽菸……好像在做夢喔！」色凱揉揉眼睛。

「只有心情不好的時候才會抽啦。」我說，是真的要非常非常不好的時候。

一個深邃輪廓的身影跟在色凱身後，小宇拿著水壺瞪大眼看著我。不喜歡菸味的他，嘴角卻只是卡卡地僵笑，非常緩慢地搖頭。眼神中，剩下一點微弱的光。

「很少抽，沒有說不抽。」我彈了一下菸，微弱的火星在空中成為灰燼。

小宇走到飲水機前，按下熱水，再按溫水，回寢室前轉頭看了我最後一眼。

連夏天都喝溫水養身啊？可惜我已經懶得再為了你當個乖孩子。

「學長，你這個是多少的，好濃欸。」我看向學長，避開小宇的眼神。

「我不知道欸，你幫我看一下。」學長把菸盒丟給我，我低頭看了一下。一抬頭，小宇已經消失。我對著沒有人影的轉角發愣，只有搖曳的樹，幾片落葉飄下。

沒問題的，當你走向異性戀之路，我的任務就到此為止了。謝謝你，我已經知道你的愛是怎麼回事了。

回到寢室，我正式跟下鋪兩個刺龍刺鳳的學長熟了起來。

「飛兒，你幫我看一下我的隊伍好不好？」翔矢學長一直很溫和，呆呆單眼皮看著我。

「沒問題啊。」我接過學長的超大螢幕的三星手機，噢不，我是說三星古箏。（現在改口有個屁用？）

「你就快點把水遊俠進化啊，他推圖很好用。」我說。

「喔喔，真的啊？那我們飛哥還有什麼建議嗎？」翔矢學長豆大的眼，臉臉湊到我身後，開始幫我按摩，而我講解著遊戲。

「是！飛哥說的是！」學長邊聽邊頻頻點頭。

我轉頭，看到後面躺著休息的黑道學長，身上刺著修羅惡魔標記，只穿著寬鬆內褲睡著了。他左手伸進內褲裡，從褲管可以直接看到他左手抓著膚色的東西，指縫中間明顯是軟囊。

「是什麼保護寶貝的機制嗎？」我問。

「噢，他都習慣這樣握著懶趴睡啊，好像是比較有安全感。」翔矢學長瞄了一眼。

安全感？但是手又把內褲撐更高，讓懶蛋暴露，其實更不安全吧？

「我也不懂，習慣就好了啦！」翔矢學長掀起黑道學長的內褲管，讓黑道學長的下體整個暴露。這個台客不知怎麼下意識揉捏了幾下軟囊，右邊睪丸從指縫中呼之欲出的緊繃，像是握豆皮壽司。

感謝盧梭的天賦人權、感謝伏爾泰的言論自由、感謝孟德斯鳩的三權分立，三人合稱法國啟蒙運動三劍客！

「好啦，你幫我打一下輪迴好不好？我都卡二十四層。」翔矢把黑道學長的內褲蓋上，言歸正傳。

「ＯＫ啊。」

一個晚上，小小的營區就傳開我是「神魔之神」的事。

14 雄壯威武輔導長

「連長好！」早晨集合，十幾個人立正。

「請稍息。我們請我們新到部的輔導長。」連長的下巴抖動。

一個黑壯的陌生男子從班長的位子跑出，瞇成一線的眼睛，還有兩邊完全剃掉的頭髮，看起來有點，可愛？

一個俐落的向右轉，啪的一聲併腿幾乎一陣風吹來；一個敬禮，就是一個手刀瞬切到眉間。這純正的軍人，一身壯碩虎虎生風。

「大家好，我是郭立輔，以後生活上遇到什麼問題可以跟我反應。」

看到他的正臉我才看懂，那兩條瞇瞇眼、尾端微微下壓的眉毛、跟幾乎要剃光的兩邊頭髮……是BIG BANG的TaeYang太陽！！（臉比較圓的戴眼鏡可愛版。）

「呃……當然太低等級的問題請自行處理謝謝。」他小小的瞇瞇眼，根本不知道在看哪裡，而且輔導長名字裡面有個輔字也是挺認命的。

女士官長分發工作——又是漆油漆。

就在經過辦公室的瞬間，白淨的標緻學長把我跟色凱叫住。

「欸幫我算一下，12乘以7等於多少。」標緻學長拿著一疊紙，面對影印機。

「84。」經濟系的色凱。

「這樣印太多了，那一半好了，6乘7等於多少。」

「42。」色凱回答。

我跟色凱的臉同時順轉，對看。

是不是哪裡怪怪的？居然問我們6乘7等於多少？

臭臉男你還好嗎？這是傳說中的建構式數學嗎？

這能建構出來的只有不斷依賴隊友而建立起來的友誼吧？

我們單位因為沒有開伙，總是要開小（卡）車去載菜。每次載菜的志願役，都會挑一個小兵當副駕駛。

「飛兒，你要陪我去載菜嗎？」中午十一點半，翔矢學長跑來我們油漆的牆壁。

「好啊。」我放下漆刷。

「幹！你憑什麼動我的人！」上兵黑道學長吼。

「學長，這個借我用一下咩！」一兵翔矢學長答。

「好啦拿去用。」

我們四人幫互看了一下，覺得自己被嚴重物化。

「走吧——」翔矢學長帶領我走向中山室，已經有一輛白色本田轎車停在門口。

「今天小車去載東西，我只好開自己的車，飛兒將就一下喔。」

「我沒差啊。」我寧願在小客車裡面哭泣，也不要面對著牆吸甲苯廢氣。

把長方形的、圓形的、超大鍋子放到行李廂後，我坐上翔矢學長車的前座，一種被包養的感覺。車上竟放滿了娃娃，還有一股薰衣草味。

「這是？」我看到兔子抱枕、大眼怪還有哈姆太郎。

「我女朋友的啦，她說要放車上我也沒辦法。」學長無奈地聳肩，啟動車子，一副好男人的模樣。

「你幫我打一下輪迴好不好？」翔矢學長一出營區就把手機遞給我，畫面是北歐光隊。

「好啊。」果然天下沒有白吃的爽差，我就在副駕駛座滑古箏。（這梗要用多久？）

到了工兵連的營區，好多小兵背重裝備經過，站哨也有兩個人以上。地上有刺刺的鏈條，這人多的單位看起來頗坎坷。

走進別人家寬敞的廚房，好多小兵穿著白色圍裙，戴著帽子倒著剛煮好的菜。一個黑黑小小隻的男孩一轉身，熟悉的小眼睛跟削瘦骨架萌萌的。

「小狼？」我不敢確定，因為他戴著口罩。

那隻黑色博美一抬頭看到我，立刻大叫。

「啊啊啊啊啊是曉飛欸！」他隨即發現太大聲，立刻捂上嘴。

「哇賽！你過得怎麼樣？食勤兵？」

「對啊，還不錯啊。」

「你不是修機車的，怎麼會煮菜？」

「不會啊，就學嘛。」

我回頭看著那好幾鍋準備拿走的食物，心中升起一股悲愴。為什麼我要吃修機車的人煮出來的東西啊？為什麼我要看異性戀拍的G片啊？不對，異男拍G片超好看，這個例子不好。

「留個電話吧！沒想到你在隔壁營區。」我拿起筆記本。

「在隔壁營區才留的意思嗎？智障手機的話……0916……」小狼沒好氣地唸出號碼。

啊不然咧，誰叫當初你想動我家小宇。雖然現在已經不是我家的了。

「親愛的飛兒，你在偷懶嗎——」翔矢學長一手提著鍋子，等著我。

「來了！」我拍拍小狼：「好啦，有好消息再跟我說。」

「我已經有好消息了啊，有個班長常常會上我欸……」他一副心滿意足的模樣。

「我先走了……什麼？媽的……下次再說！」我卻只能抬起鍋子，跟著學長離開。

我一定聽錯了什麼，什麼上你？班長是什麼鬼魂要上別人身嗎？這個淫蕩吉娃娃，吃這麼好卻煮這種東西給我們！

想著想著，我一腳踩在泥巴上、一個滑步，大鍋子裡的湯灑出了一點點，高溫油湯直接潑在抓著把手的右手大拇指。

「嘶嘶嘶嘶……啊啊啊啊！」我盯著刺痛的大拇指大吼，臉都皺在一起。

「怎麼這麼不小心！」翔矢學長跑過來。

「幹，又不能放手，我快死了!!」鍋子的重量讓我無法舉到足以舔到拇指的位置。

「拿好。」學長的臉，低頭湊在我的拇指上，嘴唇含住我翹起的拇指大半。他的鬢角修得乾淨俐落、小小柔軟的嘴唇。一股濕濕的感覺籠罩我的手指。

學長的唇慢慢離開我的手指，上面濕濕亮亮，也涼涼的。

「……」

「嗯，是雞湯欸。」學長抬起頭，雙手用力接過大鍋子：「給我吧，你到時候被燙傷，我又要負責吼。」說完，到水溝旁直接把湯直接倒掉一大半。

「這樣好嗎？」

學長把湯放到後座說：「這湯我們單位每次都喝不完，放在車上晃也只是灑出來而已。」

「不是啦，我是說你剛剛……」我腦中，還停留在學長含著我大拇指的畫面。

「啊，我是看你想舔又舔不到很痛苦我才……放心啦，我沒有那種癖好。」學長笑笑關上後車門：「你去廚房沖一下，給你三十秒——」

「謝謝學長。」我走回廚房，看到小狼還在那邊放雞腿。

「曉飛！又出現了！」

「水借我沖一下喔。」我打開水龍頭。

「我跟你說，那個班長真的很過分，他第一次只用口水就進……」

「嗚咧嗚咧嗚咧嗚咧嗚咧嗚嗚——」我亂喊著開水龍頭沖水，根本就不想聽。（其實是因為聽一半更難受。）

「好吧……電話再跟你說啦。」他一直很想分享自己的八卦，也不管別人受不受得了。

「好，我先走囉。」

居然用口水。

還給我直接進去。

「真是的，你的手指對我來說很重要欸，要小心啦。」回營區路上，翔矢學長開著車。

不愧是練光隊的男人，講起話來都這麼療癒，明明就只是要我代打而已。

仔細想想，軍旅生涯才幾個月，右手一直受到各種皮肉傷，可以「逆風如解意，容易莫摧殘」嗎？只是這一次，不再是小宇幫忙療癒了。

「哇——是雞湯欸！」色凱打開鍋蓋。

「看來，兵工連偶爾還是會加菜喔？」小宇在一旁，眼睛一亮。

等連長到一開動，大家立刻搶著舀那鍋雞湯。

「噢噢噢！味道好香濃甜——」色凱一副主持美食節目的樣子。

「真的夠喝嗎？」我看翔矢學長。

「放心啦，哈哈哈。」學長一副老神在在。

「這……大家小心！」腳臭學長左手拿著碗，右手掌舉在空中，大家都望向他。

「這整鍋都是味精!!」他雙眼瞪大，大家也爭相啜飲幾口。

「幹真的欸，喝一口就好渴。」「根本是味精湯！！」「嗯。」大奶班長立刻去飲水機裝溫水。

翔矢學長在旁邊笑笑：「你看，一定喝不完的。」

「你怎麼知道啊？」

「因為我們載菜的時候，我舔那幾口就知道啊，拇指不會這麼甜……」

「學長……」

「哎喲我是說……那個……」學長看著我的拇指。

「很厲害啦。」我打破尷尬。

「我只是比較喜歡做菜而已啦。」學長摸摸鼻子。果然是居家好男人啊。

打掃時間，我被隨機分配跟小宇一起掃小寢廁所。

「你要大便斗還是小便斗？」我問。

「我都可以。」小宇看著我。

「那我小便斗。」我想小便斗雖然比較多，但是比起來我更討厭屎。

「ＯＫ！」

「新輔導長看到你的大兵手記，今天在辦公室很緊張。」小宇開啟話題。

「真的假的？」我停下來。

「你有寫你分手的事吧。」

「噢對啊，他說什麼。」

「就……說什麼很怕遇到這種事，我覺得他今天會來找你。」小宇看著我點點頭。

「隨便吧。」

可愛的太陽輔導長，在我們一打掃完就出現在寢室，這是我第一次在這裡看到軍官。

15 噗欸中二病

「輔導長好。」

「安安。」有點帥的Taeyang臉看著我，沒有戴帽子的髮型也跟太陽一樣，好像隨時都會滑起步伐跳街舞。

「你日記裡寫的害我很緊張，我沒想到這麼快就遇到有人被女友兵變耶。」他坐在寢室的書桌上，雙腳懸空晃啊晃的，毫無早上在隊伍前的霸氣。

「我沒事啦。」我回答。

他呆呆地看著前方，突然握拳朝向我說：「你要抵抗憂鬱的神祕力量啊！」

「這是協議的結果，我們很和平啦。」我想起跟小俊哭得死去活來的畫面。

「有問題記得我說，不要用四天抗盾把自己封閉起來啊，不可以墮入黑暗之中！」

你到底還有多少術語？你才是墮落到2D世界最嚴重的人吧？

「放心啦……在軍營裡面根本沒有空獨處。」

「唉……」輔導長雙手一捶，低頭看著自己大腿，停止晃腳。

「怎麼了？」我跟著坐到他身旁的桌上。

「你已經比我好多了，我還沒有交過女朋友。」輔導長的語氣越來越低迷。

「哎喲幹嘛這樣。」

「二十三年了，哭哭。」他萌萌地看著地板，沒想到他小我一歲。

「你乖啦，工作關係而已，我也沒當過輔導長啊。」

「那是不同等級的兩件事！不同次元！」他卻一直學國中生講話。

黑暗力量、等級、神祕的招式次元什麼的，弄得我很想打1985。

「總會有對象的，你這麼優秀。」我拍拍他黝黑壯碩的背肌。

「好吧，謝謝你，ㄅㄅ。」輔導長唸完注音符號，跳下桌踏著蹣跚的步伐，萌萌地消失在寢室門口。跑來安慰我，結果自己討拍完就走了？

「這個輔導長好像萌萌的欸。」色凱從旁邊走出。

「你確定不是臭宅？」憂鬱弘苦笑。

「OK的，至少看起來是好人。」小宇對我笑笑。

「是啊。」我回小宇一個假笑。他不像你是好人也是個壞人，放了手，這點痛還得忍。

「沒關係，我們下午就要放假了，管他是什麼人。」憂鬱弘皺眉搭上小宇的肩。

「乾——」色凱雙手握拳，戲很滿。

「沒關係啊，留守滿輕鬆的啊，又沒什麼事。」我一派輕鬆的模樣。

「留守就是營安演習、留守就是站哨一點五倍加成！」腳臭學長的聲音從床上唱反調。

「喔。」我看都不看他一眼。

晚上大門前，天還沒完全暗。

「掰掰——」小宇跟憂鬱弘兩人穿著便服要離開。

「掰啦！」色凱搭上憂鬱弘的肩膀。

我則是跟小宇看著彼此。

「抱一個？」小宇笑著張開雙手，肩膀撐起寬大的黑T。

「你真的是吼……」我拿他沒辦法，還是張開雙手，讓小宇雙手環繞我的背。

熟悉卻無法迴避的體香令我心跳加速，他溫暖的體溫傳來，我只好退留出一些空間。一個留營，一個放假，這好像是第一次跟小宇以這種方式分開。乾淨的臉龐就在我眼前笑著，近到無法看清楚整張臉，只有柔和清徹的眼神。

我們之間，早有一道不可言喻的距離。

真可惜，不是你。

「好了！你們在衝幹小？搞Gay喔？」標緻學長一手扶著大鐵門，火氣很大。

「好，See you——」

「See you.」我望著小宇離去。

16 口哨傳情

早上八點，沒有人在乎你有沒有睡飽，一律全副武裝，在安官桌前集合。

「等一下，你們怎麼會沒有口哨？」女士官長黑得像《風中奇緣》的女主角。

「蛤？我們不知道要欸……喔呵呵？」色凱傻笑。

我這輩子沒看過有人能把「巴掌不打笑臉人」這句話用得如此淋漓盡致。

「庫房還有嗎？」寶嘉康蒂女士官長叉著腰，非常不爽。

「沒了。」志願役回答。

「你們誰有多的嗎？」

翔矢學長看看我，舉手：「我有多一個可以給他……只是我有用過欸。」

「沒關係拿給他。」

只看到翔矢學長頂著鋼盔，達達地跑去寢室，又達達地跑回來，把銀色哨子拿給我。我接過著這銀色的小鐵塊，湯匙碗什麼的也就算了，哨子會洗嗎？

「啊我咧？」色凱指著自己傻笑。

「自己看著辦！」女戰士士官長白色凱一眼：「一路，領槍。」

一聲令下，我們只能乖乖排隊到軍械室領槍領刺刀。印第安公主士官長就算喊：「一路！舔我下面！」大家也得舔吧。

「警鐘怎麼敲，你們口哨就怎麼吹，聽到沒？」豹女士官長彷彿拿著皮鞭。

「噹！噹！噹！大門！」

「嗶！嗶！嗶！大門！」我跟著吹口哨。

「有病嗎？愣什麼？找掩蔽物對大門警戒啊！」東南亞女孩士官長開罵。（是要給她取幾個綽號？）

空曠的集合場根本沒掩蔽物，我跟學長躲在哨所後面，幾個人躲在牆面很薄的柱子後面，色凱則躲在一棵跟手一樣粗的樹後面，有躲跟沒躲一樣。居然沒有人吐槽他，躲在那裡還不如躺著吧？

「欸！飛兒！」旁邊的翔矢學長拿槍對著大門，卻跟旁邊的我講話。

「怎麼了？」

「我發現我給錯你口哨了，你那個比較新的換給我要嗎？」他G片男星有稜有角的臉轉過來，瞄了一眼我領口夾的口哨。

「喔喔，沒問題啊。」我把口哨拆下來還給翔矢，接過他的口哨。「如果你覺得……」

「噹！噹！噹！六點鐘！空襲！」後方傳出女士官長的聲音。

學長立刻接過我的口哨，沒有猶豫地往嘴裡一塞，吹起信號持槍快跑。

「嗶！嗶！嗶！六點鐘！」

我一邊跑一邊吹哨，仍可以感覺到唇上濕濕的哨子還有點溫度，是翔矢學長的口水。我看了看旁邊的他，口中的確含著我剛剛含過的口哨。

營安演練？I'm lovin' it.

「啪啪啪啪！」大家舉槍向天，像是拍吉他一樣假裝射擊。

跑完大部分的演練，架槍下課。

「學長這個口哨……」

「蛤，就送你啊，飛兒沒有口哨？」翔矢學長坐在床上玩手機。

恭喜啊恭喜，發呀發大財——好運當頭壞運永離開

「謝謝學長。」我把口哨夾在領口。

不知道為何，此刻的我好像站在高崗上——

連綿的青山百里長呀，郎情妹意配成雙——咿呀喂——（咿呀喂）

好了，停。

青青的山嶺穿雲霄呀，我倆相愛在高崗

在——搞——Gay——

「外面下雨了欸。」色凱的醜臉面對我，強行把我喚醒。

陳坤跟王陽明兩大明星都不在營區，終於開始有當兵的感覺了。（現在才開始有嗎？）

「倒背槍，你帶他們去保養槍枝。」士著女士官長對黑道學長下命令。我們背著槍，拿了兩箱的擦槍用具來到中山室。

「你們會分解槍嗎？」黑道學長混雜著台語解說。「就用這根戳進去把它弄鬆，分成兩半，然後拿出這根東西，它可以抖出來。」

「然後用這根長長的東西，棉條前面沾一些油，不要太多，給它整根插進去！」學長開始通槍管，拿著那細細的鐵棍前後進出。

「噢幹，送！就像幹女人那樣！不能用蠻力，要溫柔的對她，災無？」學長閉上大大的眼睛，皺著眉捅著槍管。我跟色凱互看一眼，居然有人可以把保養槍枝講成這麼低俗。

一整個小時，我們把槍身整支內部都擦一層薄油，擦到後面大家基本上雙眼都盯著電視，手則下意識的撫摸著槍。很像關上房門打開電腦會做的事。

把槍放回去後，室外下起雨，色凱撐起我的傘。

「喂，你很不會撐傘欸。」我看著自己濕掉一半的肩膀，傘緣還一直打到我的頭。

「哎喲沒關係啦！」

「你女朋友一定常被淋濕！」我把傘搶回來。

「反正我回家也是讓她濕啊！」他猥瑣的臉對我獰笑：「喔呵呵……」

國防部長，你看看你們異性戀說那什麼話，看到這個臉都要嚇尿了怎麼還濕得起來？喔，還是說其實是尿濕？

秋天的落葉早就不知道掃了幾袋，留守的晚餐格外淒涼。除了人少以外，當志願役花錢訂外食，買了火鍋跟雞排到中山室吃，我們卻在吃噴。連洗碗都只剩下四個小兵。

「你們人也太少，好我來幫忙好了。」翹唇班長值星官，心血來潮加入洗碗陣營。

「喔喔！很熱情內！」色凱說。

「這個是洗碗精嗎？」班長指著洗碗精的罐子。

「嗯。」我回應，然後是看著這個男人。

這人是他媽的多久沒洗碗了？下士班長果然也是菜鳥嗎？

翹唇班長一邊嘟著嘴，一邊翹著屁股洗碗，簡直就像一隻柴犬。正當我欣賞班長幫忙洗碗的萌樣，吭啷啷啷！班長把洗水槽上洗碗精的碗打翻，噴到乾淨的鍋子裡。

「喂！」

「吼，我又不是故意的！」翹唇班長手忙腳亂。

我這下理解，連續劇裡大公司的老闆為什麼會讓孩子從基層幹起了。

留守的晚上，我無聊到打電話給幾個朋友，最後發現小狼的電話。覺得在隔壁也是緣分，同樣是當兵的Gay，生活多少有點共鳴吧？

「喂？」小狼的聲音從話筒傳來。

「喂，我是曉飛啦！」

「喔喔喔！你真的在我們隔壁的基隆補庫喔？」

「對啊，沒想到我們吃東西的就是你們煮的欸，你認真點煮好嗎？」

「我很認真了厚，而且班長對我其實沒有很好。」

「你是不是在那邊都當軍妓啊？給大家上這樣？」我想起他瘦小的身子。

「哪有那麼誇張，只有班長而已！」他停頓一下：「目前啦！」

「到底怎麼發生的？」

「就有一次，班長問我要不要去洗澡，我也不知道要幹什麼，就跟著去浴室……」

「他是Gay嗎？帥嗎？」

「不是，有女朋友了，還好，就台台的那樣。」

「然後？」

「他就抱著我……說我很可愛，他很久沒放假了受不了……我越掙扎他抓越緊。」

「然後？」

「他口水抹一抹，就……插進來了啊。」

雖然很瞎，我居然還是不爭氣地有點興奮，抬頭確認一下附近有沒有人在偷聽。

「你自己也願意吧？那他後來有對你比較好嗎？」我問。

「沒辦法啊……也沒有欸，就單純只是洩慾，他還是對我很壞。」

「就一次嗎？」

「後來他不知道哪裡生出來的蘆薈液，變成只要一太久沒放假……就會找我。」

「你還好吧？……有安全嗎？」

「他每次都內射啊，偏偏又很多，唉真麻煩。」小狼的態度，好像在講別人的故事。

「那你要打1985嗎？」

「怎麼敢啦，算了啦也習慣了。」

「嘖嘖，你自己注意點啦。」

「好噢——再聯絡欸。」電話掛斷。

他媽的。

我到底是聽了什麼，軍妓回憶錄？聽朋友訴苦可以聽到興奮，我是不是也有問題？想到小狼還要被內射九個月，我就不禁打了個冷顫。看來每個人都有本難唸的經啊。看著吸菸區的轉角，想起小宇那最後灰燼般的眼神。

17 小鮮肉降臨

翔矢學長戴著鋼盔下哨回寢室，但是他手上拿著一疊白色名片說：「小鮮肉來囉——」

「什麼意思？」我看著學長在我的內務櫃另外一格放姓名卡的地方，放進一張卡片。

「字面上的意思啊，傻傻。」翔矢學長走到另一個櫃子前，又插入一張卡片。

學長一共放了六張。我的內心，簡直就像在黑暗的囚牢之中，找到一台灌滿G片的iPad一樣。（不是應該找到鑰匙嗎？）

「有學弟要來了？」

「是啊。」學長轉過身把卡片貼在床邊。我看了我旁邊的床位，貼上王威育，二兵，補給兵。噢幹，這不是開玩笑的，簡直就是抽獎！

色凱也趴在床緣，看著睡他隔壁的名條：「彭樹希，軍墓勤務兵內，不知道做什麼的？」

不能再忍，真的忍不住了！我摸著口袋的手機跳下床，衝到廁所打開臉書，立刻在搜尋欄裡輸入王威育，尋找所有的可能。

果然有個年輕版的林佑威男孩，大頭照是穿著藍色球衣的上半身。有兩個共同好友，一男一女。可惡，是Gay的機率很低。這男孩封面照片是籃球隊的合照，每個人叉著腰穿著黑色球衣，上面都寫著Taiwan Tech，他則是站在中間。我立刻看了職業欄：

在國軍online擔任大頭兵

之前任職：在台科男子籃球校隊 擔任 任勞任怨隊長

不，絕對沒有這麼好的事，一定只是帥哥或風雲人物比較容易被搜尋到而已。我往下滑了幾則動態，是一個多月前他被剃光頭的影片，各種男人們的叫囂。我旁邊要睡一個籃球隊長？冷靜，現在不是期待的時候。搞不好他霸氣外漏完全不鳥我們這幾個學長，或者血氣方剛習慣命令人，或者是第二個恐同黑狗男！而且聽說球員都是種馬，我可不想整天聊女人啊。

走出廁所，看了看床上其他名字。

小宇旁邊：李子龍，感覺是龍的傳人？

憂鬱弘旁邊：羅文軍，另外兩個睡一起的：何司亮、陳繼哲。

這些我就懶得去查了，畢竟已經有一個娃娃臉粗眉林佑威，我想不只是爸媽平常有燒香，我上輩子一定是廟公。

「這裡一放就是五天，其實也不錯啦。」色凱露出牙齦。

「是啊，不然光是火車錢就幾千塊了。」我想也不錯，小宇不在的五天，我得好好適應沒有他的日子。

幾個學長陸續從辦公室忙完，回來第一件事就是脫掉衣服，打開手機開始刷「神魔」。

「幹你媽雞巴，魔法石怎麼那麼難存，現在才存到五顆！」黑道學長好像覺得抱怨有錢賺一樣。

「那你快抽啊。」翔矢學長。

「媽的一定是我手指碰過電腦太髒了！我要用乾淨的地方抽。」

「那你用乾淨的地方抽啊！」

「幹！我要用最神聖的地方！」黑道學長說完，突然一陣安靜。

我從上鋪探出頭往下看，只看到黑道學長只穿著紅色內褲面對牆壁，看來像是在玩雞雞。

「我要抽了喔！」他問翔矢。

「你抽啊！」

學長把ＨＴＣ往自己胯下對準，幾個啵啵啵的按鍵音效。

什麼意思？用龜頭抽卡？

「好難抽喔！」學長一直用手機擼胯下，終於把手機往床上一放，「耶死！抽成功了快！快來看！」

「嗯？」我趴在上鋪，看著剛剛抽的卡光亮旋轉。這螢幕到底是？以後還要幫學長代打嗎？

「登！」畫面發亮，超稀有，一隻紫色的東西。

「妖狐是殺小？鴨子喔？怎麼那麼醜？」黑道學長問。

妲己。此時神魔之塔裡最稀有的一張卡。

「光是這張卡的帳號拿去賣可以賣一千塊以上。」我冷冷地微笑，內心卻是滿滿的幹。

「進化之後也滿正的樣子。」翔矢補充。

「真的嗎？爽啦！我用懶趴抽的欸！」黑道學長超得意。

我看了看自己的褲襠，不知道為什麼，好像開始相信什麼事情。運氣也是實力嗎？

隔天下午，寢室的中央紗門往兩邊拉開。

「學長好！」稚嫩的聲音。

「學長好！」低沉的聲音。

各種學長好的聲音此起彼落，我坐在床上看著幾張全新的面孔，又一次軍服時裝秀的畫面，小鮮肉們到了。

「學長好！」一對如書法一般收尾的粗眉毛、水汪汪的兩眼、圓滑的額頭、微微的臥蠶，深膚色的男孩看到我鋁床緣的名條，愣了一愣：「學長！所以我睡這嗎？」

幾個月來還是第一次被叫學長，感覺很微妙，與其說是「媳婦熬成婆」，不如說是終於從「純○轉成不分」，終於有了幹人的機會。

「呃，是。」我點點頭。

「謝謝學長！」他打開我旁邊的內務櫃開始放東西。

果然是年輕時充滿膠原蛋白的林佑威，而且看起來更壯一點，嘴唇也厚一點點，粉嫩而有光澤。我第一次看人那麼注意嘴唇的。

才剛開始用放假的時間看《兩個爸爸》，居然分身就直接殺來營區了。這種跟小宇等級可堪比擬的天菜，純欣賞也是ＯＫ的。

看著他就算穿著衣服也無法掩藏的身形，軍靴迷彩褲也擋不住的粗壯小腿。

殺死我吧。這已經不是小鮮肉了，這是多汁大鮮肉啊。在這充滿肥胖志願役的寢室中，終於增添了幾分當兵應該有的色彩。

「你們晚上去跟他們講規矩吧。」腳臭學長拍拍我跟色凱，要我們傳達那些慘無人道的學長學弟奴隸制。我們敷衍了幾下，準備去打餐盤。我壓根就痛恨學長學弟制。

「己所不欲，勿施於人，我是不會幫忙壓榨學弟的。」前往中山室的路上，我對色凱說。

「好！那不然我們就別理腳臭男！反正最後學長還是會壓榨他們。」

「沒錯。」

「看不出來曉飛心很軟內。」色凱拿起鍋子。

心軟嗎？

放好飯菜，小鮮肉們整頓好也來到中山室。從他們不知所措面面相覷的模樣，很快可以知道誰是這梯的頭。果然是當過籃球隊長的小佑威。

「連長好！」我們此起彼落地喊著，小鮮肉們卻是挺胸站直直，雙手緊貼褲縫，絲毫不知道這裡有多麼鬆散。跟我們來的第一天一樣。

「輕鬆站，當自己家。」連長抖著下巴，又開始說起那一套。當然貫徹這個命令最徹底的也是連長，他每天都在中山室看電視，整個營區都是他的貴妃椅。

「人都到了嗎？」這週是金項鏈班長值星。「開動。」

我們排隊拿著碗開始裝菜，當外婆家。

小鮮肉們看到這畫面，睜大眼睛不知道該怎麼辦。

原來當初我們的模樣如此有趣啊？我看著這幾個男孩，其中一個五官極度立體，英氣十足就是混血兒的樣子。眼睛也是微微咖啡色，安全島鼻粱，小小的嘴唇，看起來不屬於台灣。

這個也可以。

小鮮肉們猶豫了一陣子，小佑威終於主動從衣櫃大的烘碗機裡抽出餐盤，排隊開始裝菜，其他小兵就開始跟著他做。不愧是籃球隊長，不知道睡著的樣子是不是一樣帥氣可愛。（兩句話的關聯性？）

學弟拿著餐盤戰戰兢兢地坐在我們這桌，似乎也看出長官桌、志願役桌、義務役桌的差異，只有性解放的丁小雨學姐偶爾會到義務役桌同溫層來取暖。

光是掃一眼，我已經幫六個學弟取好綽號。

小佑威、混血男、男版章子怡、文書男、黑人男、癩蛤蟆。最後一個癩蛤蟆，那各自看向不同地方的雙眼還有滿臉的垢，除了醜跟噁以外，我不知道該用什麼來形容，只能說上帝是公平的。製造出一些帥哥，就要製造出一些醜男。（公平的點在？）

「學長，這裡不用打餐盤喔？」小佑威湊到我旁邊，聲音充滿雄性魅力。

「嗯，我們當初也有點嚇到，不過還是打了幾次的餐盤。不確定什麼潛規則的話，先打個幾次吧。」

「好得，謝謝學長。」小佑威唯唯喏喏地點頭。

「跟我講話不用這麼拘謹啦。」我笑笑。

「是，學長。」有點大的雙眼笑了一下，不敢多說話。

咦，一直被叫學長怎麼有點爽啊？什麼已所不欲勿施於人？通通放屁！學長學弟制絕對有存在的必要！學弟都給我跪下！你們是奴隸！

吃完飯，我跟色凱教小鮮肉們洗碗。

「喵——」

「他們是小白、小虎、還有花花。」我介紹著營區的寵物。三隻貓咪。

「好可愛喔——」小臉小眼睛的男孩身高一百六十幾，蹲下來像小孩子一樣拿廚餘給貓咪吃，畫面雖然是萌上加萌，但還是男版章子怡。

「他們只有要吃的時候才會接近你。」我把鍋子一丟。「然後一個人去擦桌子跟掃地，大學長會檢查。」

「我！」癲蛤蟆學弟。

「去吧。」我頭一瞥，心中有了個底：就你了，這梯的廢物。

「這裡都是我們洗碗嗎？」混血男孩問。

「志願役很少洗碗啦！只有偶爾！非常偶爾。」色凱憤慨地回答著。

「認命吧，社會底層哈哈。」我把抹了泡泡的碗往旁邊傳。

「不會啊，有學長陪我們就已經很好了。」小佑威看了看我，身高幾乎跟我一樣，眼睛好像會笑。「對吧學長？」

誰要世界和平？軍閥割據的時代快點到來吧！我要鐵跟血！從軍真是太棒了！（被叫幾聲學長就開始發春？）

果不其然，晚上的寢室，腳臭學長把六個小兵集合起來，在兩個破沙發那兒講了十分鐘奴隸該做的事。

小佑威回到我身邊，臉糾在一起說：「那個學長的腳，是不是有點臭啊？」

「哈哈，習慣就好吧。」看來那鹹魚味也給了小鮮肉的鼻腔們一個震撼教育。其他學長也開始指揮小鮮肉們打掃廁所，又是要用手伸進去刷超級垢的便斗、令我精神創傷的那一套。

到了就寢時間，昏暗之中我慵懶地爬上床，小佑威居然光著上身只穿黑色緊身內褲，從旁邊的蚊帳中鑽進來。一身局部訓練過後的肌肉，胸肌跟手臂特別腫脹，線條跟著匍匐前進收縮著。他小心翼翼地不讓床搖晃，像是豹要捕捉獵物一樣。

「啊……學長還沒睡著嗎？」他的眼神在黑暗中閃爍。「會介意我沒穿衣服嗎？」

「不會啊。」我按著智障手機。

「我看到營區有籃框欸，這裡可以打籃球嗎？」

「看情況吧，你們來之前人太少，幾乎打不起來。」

「那現在來了就有機會囉？」小佑威雙手枕在頭後面，因為肌肉而深陷的腋窩，爬滿濃密的毛。手肘那鋼彈一般的三頭肌跟肩膀，是籃球狂熱的證明。

「可能喔。」

對我來說腋下算是私處，不是隨意可以靠近的地方。但是他卻就這樣在我面前幾十公分的距離敞開著。深色的乳頭也在我眼前，小小的一顆，上面幾顆肉色的斑點，令我吞了吞口水。

不行，我一點要站哨，不能再看了。

可是那肚毛是腹肌的分水嶺，直直一排在肚臍周遭超濃密！

好了，別看了。

內褲超合身！屌型都出來五成，為什麼還不蓋棉被？那個大腿怎麼可以這麼粗壯？

後來，威育才把棉被當抱枕面對我側睡，那事業線深到可以面試任何工作。那迷人的雙眼慢慢開闔閃爍，真是太鮮了。

「學長……我吵到你了嗎？」他表情迷茫：「不好意思我習慣靠右側睡。」

「沒關係，不要一直叫我學長啦，可以叫我曉飛。」我尷尬地轉身背對他。

「好的，曉飛……」

「學長。」他又補上。

隔天早上，我只覺得好累，昨晚胸中的蝴蝶有如蝗蟲過境，黑壓壓地籠罩一切。如果說心花怒放可以成真，我昨天一個人就完成了花博。

小辦公室外，聽見另一個學弟在嚷嚷：「班長——讓我們跟學長睡壓力太大了啦！」

「不會啊！我覺得跟學長睡很好啊。」小佑威籃球隊長的聲音。

「我光是翻個身都超怕學長會被我吵醒！」

「是啦，但是我覺得我的學長還可以啦。」

「那你們先試著睡一下，有問題再跟我說。」女士官長的聲音。

「蛤——好吧……」

我偷偷離開了小辦公室外面。小佑威說那什麼話，什麼我的學長，跟學長睡很好，果然當隊長很會做人嗎？我胸膛裡的蝴蝶跟花朵直接像龜派氣功噴出。

「開動！」

我們拿碗排隊打起了菜，只看到小佑威裝完菜之後，去飲水機開始盛熱水。

「佑……威育，你這是幹嘛？」我想起他有名字。

「喔，學長，菜太鹹先過水啊，這樣比較不會胖。」

「你根本還沒吃就說太鹹？」我看一眼他手上那幾塊腫脹的肌肉，上面幾根青筋浮出。比肌肉量他肯定是營區的第一名，超越水男孩小宇。

「你哪裡會胖？」

「真的啦，我體脂不低，你摸就知道了。」他笑笑，把泡過甜不辣跟米血糕上的水倒掉，水裡盡是油膏跟看不見的鹽分。

「怎麼可能？」我把筷子夾在左手，伸手摸了一下他的肚子。

各種方塊超硬。

「你在跟我開玩笑嗎？體脂在哪裡？」

「真的啦學長！你再摸就知道了。」

我一路往後，摸著威育的屁股，完美兩大臀肌。我還記得他換衣服時，那粗壯的大腿小腿都是爆筋。某些肌群只有大量球類運動的實戰派才能練成這樣。

「我也要摸！」丁小雨學姐突然跳出。

我聳聳肩，端著碗到座位上。

「學姐……不好吧……」小佑威尷尬地笑著。

「拜託啦——」丁小雨嬌嗔。

「學長……」威育苦笑望著我，像是在求救。

「好啦，你過來坐這邊。」我把色凱面對電視的位子給他坐。

「吼——」學姐跺腳。

「你這樣太養生了，我也要試試。」我也去飲水機裝熱水，把菜全都過水。

「學長不用吧！你體脂很低啊！」威育看了看我。

「但是我肌肉量沒你高啊。」

「好吧……」

然後我就這麼開始學習養生的吃法，不，蔡依林的吃法。洗碗時間，志願役莫名地也跑來洗碗。

「對了，你們晚上有站哨的，肚子餓可以到中山室拿夜點啊。」翔矢學長說。

「喔喔喔原來那些奶茶麵包是宵夜啊。」色凱說。

「站夜哨的才可以吃喔。」腳臭學長補充。

「那也可以存起來，心情好再喝吧？」我說。

「都可以啊。」

「噢幹，之前你們有一個奶茶哥天兵，超肥超噁的滿臉痘痘，每天喝奶茶，床底下存放一整箱自己買的立頓奶茶！」腳臭學長說。

「你說奶茶哥喔，他重點不只是奶茶吧？他根本就是Gay啊，一直纏著文樂班長，媽的超噁。」巨嬰學長說。

「他就欠幹，對吧曉飛？你不覺得每天灌奶茶的Gay很噁嗎？」黑道學長把球丟給我。

「哈哈，不會吧，你們聽過Gay放屁的笑話嗎？」我想到姐妹們很愛的笑話，覺得可以轉移話題。

「說說看，沒聽過欸。」

「就，一般人放屁的聲音是，噗噗噗噗！」我用嘴巴弄出屁聲。「但是Gay放屁的聲音，只有一個聲音。」

「什麼聲？」

「哈！」我用嘴巴哈氣。

「蛤？」

「哈！」

「哈哈哈哈哈！太鬆嗎？幹北七喔！哈！」

「哈哈哈幹哩北七！」所有人笑得東倒西歪，癩蛤蟆學弟還笑到敲鍋子。看著這一幕……

我發現我超後悔。

這個笑話，原本是自嘲，但是在沒有人知道我是Gay的情況下，就只是一種嘲笑。

我轉頭看到小佑威學弟，他只是面無表情洗著碗。

「你……還好嗎？」我問。

「我覺得不好笑欸。」他臉很僵地搖頭。

「我也覺得還好啦。」

「嗯，而且Gay也不是只有〇號。」他淡然地補充。

我瞪大眼看著眼前壯碩的籃球隊長，居然對這個笑話吐槽得如此準確？

「是、是。」被異男教訓的感覺很特別。

「喔學長我沒別的意思，可能因為我弟是Gay吧，我覺得Gay也沒什麼不好啊。」

「你弟？親弟弟嗎？」

「嗯啊。」小佑威苦笑，精實地捲起袖子，遞給我一個碗。

我萬萬沒想到會因為說了一個爛笑話，釣出一個直同志（友善的異性戀）。只看到威育皺著粗粗濃濃的眉尾，專心地洗著碗，在這黑暗的人群中發光。

「學長，Gay很多都很帥，不要被那些學長誤導了。」小佑威苦笑著跟在我身後，把一疊碗放進烘碗機。

「是啊，我想也是，我想你弟應該也跟你一樣帥吧。」我搖搖頭看著他的臉。

「學長你太誇獎了，我會害羞啦。」威育一手尷尬地想擋住我的視線。

「擋不到！哈哈。」我一個Move，像是色員外在調戲良家女子。

「不要看咩！」

籃球隊長居然這麼沒自信真是怪了，然後我們一起去小寢倒了個垃圾。要打破學長學弟制，就得身體力行，只要由其中一梯放棄幹人的權利，只要我們不分Top或是Btm學長或是學弟，互幹的夢幻時代就來臨了。（到底在寫什麼？）

午休時間，威育睡在旁邊。隔著走道一公尺的床上是混血男孩李子龍，他旁邊的小宇今晚就會回來。翔矢學長關上衣櫃，在下鋪躺好，衣櫃傳來一股衣物香氛袋的味道。

再過去就是癡肥學長、色凱、癩蛤蟆們。

我突然發現這一區的男人都有一股香氣，這是巧合嗎？算了，想這麼多也沒用。

下午，我們在兩層樓的五號庫作業，搬的是前所未有又大又重的箱子，每箱裡面都有白毛巾兩百條，箱子又重又大，沒有施力點。

「靠，毛巾幹嘛裝得這麼重！」

「真的！這到底幾公斤？」

「不會自己看噢？」文樂班長也氣喘如牛的在架子上跳躍。

我看了看那個跟魚缸一樣大的箱子。

一個二十七公斤不怎麼樣，一堆的二十七公斤就很怎麼樣。

突然啪的一抽，我的腰像是有人從後面用電擊棒用力一砍，又痛又麻。

「幹幹幹!!」我整個人栽進紙箱堆中，試圖重新搬起箱子，怎麼樣都痠痛無力。

「幹……啊幹……」我一時站不起來。

「你那個臉，哈哈哈！」癩蛤蟆學弟在一旁笑著。

「你還好嗎？有夠色情內。」色凱把我扶起。

我試圖想做些什麼，但都失敗了，我根本不能彎腰，一彎就痛。

「班長，我可以去拿個冰枕嗎？」我的臉糾結在一起。

「去吧！」文樂班長站在高空的架子上，像是蜘蛛人。

我開始冰敷自己的腰，但是總覺得敷不到點，似乎是很深層的疼痛。只要彎腰，就像被電到全身無力無法站直。整個下午到晚上，我對這樣的自己感到陌生，這根本不像自己的身體。

晚上八點多打掃時間，我決定到辦公室找金項鍊班長。

「班長，我腰有點太痛，請問要轉診要怎麼做？」

「找我啊。」他三十歲的臉，大大的雙眼皮，眉尾還有一顆痣。「你看看你明天哨表有沒有空出去。」

我去拿哨表時，小宇跟憂鬱弘剛好在一旁。剛收假在一旁看哨表。

「你們回來了喔，恭喜啊，我們有學弟了。」我笑笑。

「我看到了。」小宇也微笑。

我把哨表拿給班長，他們跟在旁邊看熱鬧似的。

「你這樣很難轉診喔，早上跟下午都有哨。」值星班長說。

「所以就沒有辦法了嗎？」

「也不是不行，除非有人願意跟你換哨，但是這樣可能會休息時間不夠，因為通常要站兩休四。」班長把哨表還給我。

「這樣啊……」我扶著腰。

「我跟你換啊。」小宇突然開口。

「蛤？」我看了一眼帥帥的小宇，再看著手上的紙：「可是你站我下一班欸，你這樣變成要連續站四小時。」

「什麼什麼？真的嗎？」小宇湊近我，看著手上的哨表愣住。「哎又，沒問題！」

班長看著我們，感到不可思議：「確定？你們ＯＫ就好，我沒意見。」

「嗯！」

就這樣，我早上要站四小時，小宇下午站四小時，就為了能讓我出去看醫生。

「我站中午的哨，你怎麼不跟我換？」憂鬱弘皺眉頭。

「你那種大爛哨，我換了有什麼用？」

「嘖嘖嘖，我真是看透你了。」他露出被看穿的冷笑。

打掃時間過去，我繼續把冰枕放在腰上趴著。

「學長，你腰怎麼了？」小佑威在旁邊，穿著一件緊身內褲做著仰臥起坐，全身肌肉因為流汗而有光澤，好像得了一到寢室就不能穿衣服的病。

「我……我腰廢了。」

「什麼？冰敷要小心不能太久，之前就有球員冰敷膝蓋太久，反而關節受損。你確定你冰的地方對嗎？」

「放心……我這個已經不冰了……我也不知道是哪裡……」我趴在床上，像一灘爛泥，覺得自己好沒用。

「我幫你按按看在哪？」

「喔……可以啊……嗚嗚。」我的臉在枕頭裡，覺得疲累。

床一陣震動，威育一腳跨過我的兩腿，坐在我的屁股下緣，把我冰枕往旁邊一放。

等一下！這體位不對吧？

「學長，這裡嗎？」威育的大拇指已經按在我的背上，我卻明顯感受到他內褲前暖暖的一坨肉，滿是濕氣地直接貼住我的後庭。

「這裡……還好……」

「哇賽——你們兩個臭Gay在幹嘛！」混血男孩在床上看著威育坐在我身上。

「不是吼！」威育的聲音很尷尬。「你不要吵啦！怎樣瞧不起Gay噢。」

「好啦，沒女人，看這個也是滿過癮的。」混血男孩的聲音扁扁的，表情也超輕浮。

「你給我閉嘴，啊啊啊啊!!」我突然劇痛到拍床鋪。

「所以是這裡嗎？」威育拇指按著我的腰，傳來一陣痠楚。

「對對對……」

「啪。」我眼前出現一條藍色冰枕，看起來是剛從冰箱拿的。

「？」我一抬頭，小宇的臉就在床緣看著我，只有三十公分的距離。

小宇那半雙眼皮、濃濃的劍眉，極近地看著我搖搖頭。

「學弟，那個給我吧。」小宇對小佑威說。

「好。」威育把身邊的冰枕給小宇。

小宇拿走就離開了。直到他背影消失在寢室，我才想起我屁股上坐著穿著黑色內褲的小佑威，是個肌肉又脹又汗亮的籃球隊長。

「學長，你跟那個帥帥的學長是不是怪怪的？」威育的聲音。

「沒有啊，你怎麼會這樣認為？」

「我不知道欸，直覺吧。」

「還好吧……好了可以了，我知道在哪了，哎喲喲喲！」我摸著腰大叫。

「學長，你左邊比較嚴重喔。」小佑威回到自己床墊上，立刻開始練腹肌，整個床又開始搖動。我只感覺到屁股後面一陣清涼跟空虛，但看來是學弟的懶趴太暖太大，剛剛占滿了我的後庭。嘖嘖，差點要被掰彎。（掰成〇號？）

我拿起冰呼呼的冰枕，放在腰上。這種感覺又來了，抓姦在床的感覺。

小宇，到底是怎麼回事？

隔天站了四個小時的哨後，午休後我穿上便服，填了假單。

「走囉——」阿達班長翹著嘴唇，把安全帽遞給我。

油門一催，地獄鐵門一開，我們突破營區張開的括約肌，騎在秋高氣爽的微彎的小徑上。

「等一下我把你載到你火車站，你自己去看嘿。」等著紅燈時班長說。他的頸部有一小截梵文，從白色圓領衫中探出頭。

「好……那個，班長後面刺的是什麼啊？」

「哩公這欸喔？」他手指著頸部。

「對啊。」

「你可以看啊！一次一百！」

「那算了。」

「開玩笑的啦。」翹唇班長頭轉回去，讓我拉開他領子。

赤裸的背上是一排的梵文，周圍還有圓圈、線條、十字架跟咒語，我好像看到了類似真理之門的東西，充滿神聖力量。

「幹，班長你也太屌。」

「喜歡吼——」班長很驕傲。

「喜歡。」

「送！下面還有！」班長拉開內褲，露出股溝。

欸，這種超台又單純的男人，屬性跟黑道學長重複了喔。

小小營區，滿身刺青的就有三個。阿修羅惡魔的黑道、龍魚鳳凰的翔矢還有鋼之鍊金術師的翹唇。

「到了，你自己小心噢，看完打電話給我。」班長拿出正在震動的手機，聲音突然變得很溫柔。「我快到了，妳說看一點五十的？好啦！」

班長跟我揮揮手就騎走了，我走進那間X安堂中醫。

載小兵出來轉診，居然自己去看電影。我以後一定要當班長，我背上一定要刺一幅〈清明上河圖〉，就這麼決定了！（到底在氣什麼？）

四十歲出頭的醫生看了看我的腰，就說閃到腰，一副射後不理的模樣。

「請問醫生，有沒有什麼姿勢不要做的？」

醫生想了想說：「會痛的姿勢不要做。」

我大老遠，就為了聽這些廢話？

「黃曉飛？」護士拿著藥包。

「有！」我大喊一聲，全身緊繃舉起右手，拳眼朝前左手緊貼褲縫。整個小廳都迴盪著我的聲音，附近的阿婆被我嚇到一抖，捂住嘴假牙差點掉出來。

「不好意思。」我尷尬地放下手，走去櫃枱拿藥。被叫到名字就要喊有的職業病，不知道什麼時候才會好。

而這趟的最主要的目的，是讓長官們知道腰傷的嚴重性。我不是演戲，而是真他媽腰超痛。我走進最近的一間超商，看著書架上的那些書、雜誌。營區外面世界的東西，總是如此奇妙很難以言喻，像是比營區內先進五十年。

直到班長看完電影，我買了學英文的雜誌，塞進褲子內回程。

回到營區，突然被連長叫去小辦公室。印第安女士官長還有其他班長在，大家面色凝重，不知道為什麼。我知道我要被幹了。

「曉飛，你知道你的假單我沒批完整，你就出去了，這樣算是擅自離營嗎？你知道有多嚴重嗎？」連長把椅子轉向我。

「嗯。」我裝作看起來很害怕的樣子。

腳臭學長弄著影印機，在一旁偷笑。

「所以你知道請假的手續嗎？」連長坐在黑色辦公椅上，抖動著他的下巴。

「應該……知道……？」我怯懦地說。

「不要怕！知道什麼就講，不要在那邊！」奈德莉士官長還在一旁丟標槍。

連長繼續開口：

「那你既然知……」

「?!」

一個瞬間，辦公椅固定的機關沒弄好，自動變成搖搖椅。連長整個人往後仰，整個人朝向天花板。

像被電到般，他瞪大眼睛抬起雙腳拚了命坐起來。下巴因為驚嚇的依然抖個不停，一手扶著桌子一手調整辦公椅。

「……你知道假單，是要給衛哨看的嗎？」他板著臉看我。

喂。

來不及了啊啊啊啊！

你剛剛整個就是綜藝咖啊！

整個人往後仰的畫面在腦中不斷重播啊啊啊！

但是我正在被訓話，說什麼也不能笑。我敢發誓人生從來沒有這樣努力過，努力用盡全身的力量阻止嘴角上揚。

「所以你知道嗎？」連長嚴肅地繼續問。

「知道……」我憋著氣，告訴自己不能死在這裡。

腳臭學長本來在一旁看好戲，已經竊笑到直接走出辦公室。

我則是不斷逼迫腦中釋放負面能量。

（連憋笑都不會，我還不如去死算了，笑啊！被禁假活該！）

（死吧，讓我死了算了！廢物！）

但是沒有用，連長驚慌失措的模樣，讓我的鼻孔不斷撐大。

「那既然你知道，你知道不假離營是可以懲……」

連長突然看著天花板。

辦公椅再度往後仰！

大、崩、潰！

有那麼一瞬間，連長彷彿躺在理髮店裡洗頭。

瞬間後仰大洗頭！

我憋著氣撐不住了，眼淚已經快要溢出來。

連長拜託你快點懲處我！不要在那邊往後仰了！

我雙手爆筋握拳，用指甲插入掌心的疼痛代替剛剛的畫面。心裡不斷謾罵憤怒的字眼，只為了抵抗不斷耍寶的連長。我的眼泛淚光、憋著氣、腦缺氧，意識開始模糊。我幾乎忘了連長後來跟我說了什麼，依稀只記得連長要我寫五百字悔過書，而身為大學生，寫悔過書根本跟射精一樣簡單。所以算是平安度過了，但是這場戰役起碼讓我少活十年。

拜託軍營買好一點的椅子好嗎？連長一直假裝要洗頭髮，是要怎麼教訓士兵？

因為腰傷不方便搬東西，在學長眼裡就是個沒有戰力的棄子。因為轉診假單不會寫，我被貼上了天兵的標籤。因為小宇跟憂鬱弘回來，小鮮肉們爭相說壓力太大要跟同梯睡，一番抗戰後，威育學弟也只好抱著床墊離去。

「學長不好意思，不能再幫你按摩了，自己小心啦。」威育尷尬地笑。

「哪裡哪裡，有你已經很好了。」我說。

而拿著床墊放在我旁邊的，是露出牙齦的色凱。一切厄運都像說好的。小宇也讓憂鬱弘拿著床墊放在旁邊。似乎是跟誰放假，就被逼得要跟誰熟稔。

我站完夜哨回到床位，看到色凱整個人橫躺在我倆床的中間，完全無視中間的界限。小時候桌子還是兩個人一張的時候，可愛的男同學睡午覺手肘超線就算了，醜男手肘超線，一定是砍掉的。我努力把色凱踹開，進入了當兵以來的最低潮。

因為腰傷，連長讓我接了業務幫手，隸屬牙套大學長之下，最主要的工作就是在電腦前假裝驗尿、做假尿、做假驗尿資料。假的派工單、假裝跟危險機具很熟，做假的教育企畫書、再做假的成果報告書。最煩的就是換冰桶，每天都要換裡面的假冰跟假冰枕，因為其實冰桶跟冰箱只有十公尺的距離，也就是說真的發生需要冰敷的情況，還不如直接去冰箱拿。

一切都是如此虛無縹緲，我已經不知道這世界有什麼是真的。

日復一日，一天又一天過去。

18 國慶日，愛的演習

「告訴各位一個好消息，ＫＴＶ修好了，明天國慶日，今晚就讓你們唱歌怎麼樣？」連長突然在吃飯時宣布。我不太懂這個唱歌理由，應該只是連長自己想唱吧？

「真的假的？我們有ＫＴＶ？」我問明翰學長。

「有啊，剛好在你們來之前就壞了，今天才修好。」

「也太酷了。」我跟學弟們面對面，感受到彼此內心的興奮。

晚餐後，標緻學長打開中山室前面的櫃子，弄了弄裡頭的一台機器，投影機出現注音符號的點歌系統。他拿出兩支無線麥克風，關上中山室的燈，天花板中央那顆彩球旋轉起來。七彩光線沿著牆壁或快或慢映射著。一瞬間，中山室就變成了夜總會。

一開始我們都不敢點歌，讓班長跟學長們發揮。幾個學長唱了一些台語歌暖場就走回寢室，對他們來說滑「神魔」似乎更有趣一點。

「學長，你們先點吧！你們不點我們怎麼好意思！」混血學弟說。

突然音響飄出鋼琴配樂，畫面中一架黑色鋼琴被推出來。小宇拿起了麥克風。

「喂，第一次唱歌要站在前面！不能看歌詞！這是傳統！」翹臀班長叫囂。

「真的真的嗎？」小宇笑著，被拱到了投影幕前。

「忘了有多久，再沒聽到你，對我說你最愛的故事——」小宇臉被投影機的光線照亮，直直地看著我：「我想了很久，我開始慌了，是不是我又做錯了什麼。」

「我願變成童話裡，你愛的那個天使，張開雙手變成翅膀守護你。」

「你要相信，相信我們會像童話故事裡，幸福和快樂是結局。」

色凱喝著麥香紅茶，一副津津有味的模樣：「哇靠，果然博宇唱歌很好聽欸，好Man的童話喔。」

「洗澡不就常聽到？」

「可是還是很強欸。」

螢幕出現我點的歌，我拿起另一支麥克風走到前面，不自覺的看向小宇，吞了吞口水。

「……對不起，誰也沒有時光機器，已經結束的，沒有商量的餘地。」

「我希望你，是我獨家的記憶，擺在心底，不管別人說的多麼難聽。」我朝著前面唱著歌，莫名眼睛一熱。眼角餘光看到小宇搖搖頭朝螢幕按著遙控器。「現在我擁有的事情，是你，是給我一半的愛情。」

憂鬱弘看著我回到座位說：「嘖嘖，你是唱出分手的心情嗎？這是我才要唱的吧！」

「喂！人家唱歌你哭屁啊！」混血男孩推了小佑威一下。

「不知道為什麼，就很感動咩，我一直想到前女友。」籃球隊長居然在擤鼻水。

右邊的小宇在拿起麥克風。不是第一首了，直接在位子上唱就可以。

「……你說你害怕曾經受過的傷，過去發生的情節讓你迷惘——」

「害怕重演在你身上，怯步讓你失去了方向。」小宇溫柔地看著我。溫暖的歌聲溢滿中山室。

「或許我沒資格說什麼，有誰不會害怕呢。但我知道我會願意等，你相信我的時候。」

「欸，真的不行，太像原唱了，我又起雞皮疙瘩了。」小佑威不斷搓著手臂。

「慢慢等，慢慢等——等紅燈，變綠燈。當你突然覺得冷，我會握著溫暖在……」

小宇最後的迴音穿透了每個人，但眼神，仍直直地看著我。

「在這裡等著——」

不要。

我不要再會錯意了。

「我要回去了，我下一班哨。」我站起來。

「你不是九點的哨？現在才八點欸。」色凱一臉驚訝地看錶。

「我很累想先躺一下。」我離開中山室，往寢室走去。

該死的。那唱歌的眼神，好帥，好迷人，好溫暖。

還是好喜歡。

站到哨所上，混亂占滿腦子。小宇明明在跟一個多倫多遊學的女孩聊天，到底怎麼了。直到十一點一到，小宇戴著鋼盔跟癡肥學長一起走來。

「衛哨交接！」我喊完走下哨所，換小宇站上那不到一坪大的水泥台。繞著營區巡簽一圈，最後一個點是哨所。

「等一下，飛。」

「怎麼了？」我回頭。

他神祕地從大腿的口袋裡掏出一塊東西。「奶油麵包啊，今天晚上一送來就被大家搶光，我幫你留的喔。」

「喔，你自己吃就好了。」

「我這裡還有。」他拍拍另外一邊大腿，塑膠袋的聲音。

「好啦，謝謝你。」我接過來。這也是我最愛吃的麵包。

秋天的夜，凋零在漫天落葉裡。我倚著大腿高的水泥哨台，背對著小宇：「對了，你現在都不會怕黑了嗎？」

「還好啦，那也沒辦法。不過我歌裡面有唱到啊。」

「有嗎？」我轉過頭，疑惑地看著他。

小宇只是搖搖頭、笑著敲敲我的鋼盔：「沒關係，早點回去睡覺吧！國慶日快樂。」

「嗯。國慶日快樂。」我苦笑，這個不知道如何慶祝的節日。

一到寢室立刻打開手機，查了今天他唱的歌詞。也想起了他拿著麥克風看著我，唱出這一句的畫面。

因為你我不再怕黑暗，想著你讓我更加勇敢

是這句嗎？怎麼可能？

如果是，那是不是有點超過朋友的界限？我胡思亂想，不一會便累得倒頭睡著了。

十月十日國慶日，一般人應該趁著放假，跟家人或曖昧對象約會，晚上到某條河畔牽手看著國慶煙火，在人群中互相磨蹭。但是當兵的我們，一大早便全副武裝開始演習。對，老百姓在奇摩電影訂票的時候，我們則是戴上鋼盔舉著槍演電影。

「今天就來個……暴民襲擾好了。」士官們像點餐，問「要不要加個蛋」一樣，而上兵們一聽到「暴民襲擾」就超級興奮，我也不懂為什麼。班長抓了兩個人當暴民：一個是色凱，一個是標緻學長。講解中這兩個人就被帶走。

「噹！噹！噹！噹！噹！四號庫!!」班長開始敲警鐘。

「把他抓出來！」全部人持槍往四號庫衝刺。

「快點！你去那邊堵他。」學長對學弟指著旁邊，我們在倉庫中尋找暴民。

「色凱！出來啦！」學弟拿著槍大吼。

「我已經看到你了！」有人虛張聲勢。

「陳春凱你給我出來！」大家邊叫囂，一邊檢查蓋住貨物的帆布有沒有人躲在裡面。什麼意思？完全就是躲貓貓！所有人都知道暴民的名字，這合理嗎？

「幹！找不到！應該是跑走了！」巨嬰學長舉槍轉身：「我去檢查最有嫌疑的寢室！」

我也跟著跑進寢室，打開一個一個衣櫃看裡面有沒有人，再檢查有沒有人躲在廁所。一出來看到巨嬰學長坐在床上滑手機。

「喂。」

「等一下啦馬上就好。」學長努力滑著。

找著找著，遠方一陣破音高亢的「喔呵呵——！」叫聲，色凱被一個學長抓到安官桌前。

「抓到一個犯人！」黑道學長在集合場報告。

「喲？還不給我認真演？」副連長剔著自己的指甲，頭也不抬。儼然一副皇后的派頭。

「給我跪下！」黑道學長用力往後膝一踢，色凱被逼得跪下。「哇靠！」接著，他的手被繩子綁起來，整個人側躺在地上，像是皮繩愉虐愛好者。

「搞清楚！你現在是犯人！」黑道學長開始對暴民施展主子的威風，還朝色凱踢了兩腳。他只能在地上哀嚎。巨嬰學長提著槍走過來，用槍托幹了幾下拐子。接著，癡肥學長也來踢了他屁股。不懂欸，到底誰才是暴民啊？

「知道被抓到的下場了吧——」副連女王哼了一聲，已經從小S進化成武則天。

第二回合，兩個隨機被放走的暴民是小宇跟癩蛤蟆。

這根本只是單純的躲貓貓追殺遊戲，到底是誰發明這種演習的？

「噹！噹！噹！噹！噹！Round two！七號庫！」班長敲警鐘，大家背著槍朝著前方開始狩獵。

「幹你娘司亮！給拎北出來！」巨嬰學長立刻大吼。又是一開始就知道暴民的名字。

「博宇！親愛的博宇你在哪兒？早死早超生噢。」翔矢學長則是溫柔地喊著，一個扮黑臉一個扮白臉。北風與太陽嗎？

大家一邊喊話一邊往這開放式的倉庫移動，七號庫就像開挖後的秦始皇墓，寬闊的空間裡擺滿了一排排的貨架，裡面更有數不清的貨。大家裝模作樣的舉槍移動，像是真人CS。

「欸，你去看一下訓管室。」黑道學長指指右方的一間小屋。

「好。」我提槍往小屋子走去。印象中這是訓練物品保管室，放置一些軟墊、板子、海報架跟一些幾乎發霉的書。

打開門進去，裡面非常悶熱，但其中卻暗藏著一股不知名、令人興奮的汗味。我腦中立刻浮現小宇的身影。往裡面一走，果然一個男孩正打開窗戶。

「噢……曉飛？」小宇戴著小帽，關上窗戶，舉起雙手投降。

「你幹嘛不跑？打開窗戶就可以跳出去。」

「不知道……可能因為看到是你吧。」小宇笑笑，臉上都是汗。

「就算是我……」

「曉飛！怎麼樣？那裡有沒有?!」遠方傳來黑道學長的大吼。

我想起剛剛色凱雙手被綁起來、在地上被學長踢的畫面，然後看了看眼前跟我曾經形影不離的男人，我曾經那麼喜歡的男人。

我面朝小宇把槍放下。

「不在這裡！」我向外面大喊。

小宇看著我，咀嚼肌動了兩下，雙手也緩緩放下。我們在極度悶熱狹窄的屋子裡，大眼瞪小眼。

「怎麼樣？躲在這跟多倫多女孩聊天嗎。」我冷笑一聲。

「已經沒在聊了。」

「小心點，不要再被抓到了，我不想看你被虐待。」我頂著鋼盔提起槍，轉身想離開。

突然，小宇拉住我的胳臂。

「我已經被抓到了，坐一下吧？」小宇眼神很柔和，另一手摟住我的肩膀，示意我坐下。

「沒有，我沒有抓到你。」但我還是坐在了軟墊上。

「我們是不是不要再這樣了？」

「我們……沒有怎麼樣啊？」我盯著地上的一箱資料夾。

「真的嗎？」

「對吧。」我想起剛剛他說的話。「你才是吧？你為什麼不跟那女生聊天了？你不是單身一年多了？」

「你覺得，在一起是為了什麼？」

我想了想。

「藉由愛，讓彼此互相扶持吧。」

「……」餘光，看到小宇點點頭。

突然，感覺到臉頰一陣柔軟和溫暖。點水般的聲音。

一轉頭，看見小宇水汪汪深邃的眼睛、濃濃的劍眉，好近好近，只是吸氣就可以感受到他的體溫。

剛剛是……被親了？

「你幹嘛啊？」我摸著臉頰。

「怎麼怎麼？會不舒服嗎？」他似乎有點擔心，卻還是笑著。

「白癡喔！這不是舒不舒服的問題吧！」

「呃，我覺得光是點頭不夠……」小宇又露出可愛太陽神的笑容：「怎麼說呢……很多人都說在一起是要結婚生子的……可是感受不到愛，沒有愛，根本就沒辦法。」小宇說得很認真，我感覺到他的手越摟越緊。

「是嗎？」

莊博宇，你很難愛上人嗎？

我看著這認真說話的男人，符合我潛意識對男人的所有標準；這聲音在我耳邊，總令我雙腿發軟；這氣味，總是令我隨時飢渴難耐。

如果你是火，我就是汽油。

「叩。」我鋼盔撞一下他的頭。

「怎麼怎麼！會痛欸！」

「可是愛，就是喜歡加上**痛苦**欸。」我忽然想起某些片段，把小宇摟著我腰的手挪開。「愛其實是很痛苦的，牽掛……焦慮、吃醋、妥協、犧牲。」

小宇搖搖頭。

「喜歡加上幸福也是愛吧，你說的那些，也可以是想念……」他看著書櫃，一個一個補上。「心動……甜蜜……合作……」他想了一下：「成全？」

「好吧，那愛就是喜歡加上**痛苦**跟**幸福**好了。」我亂七八糟作出結論。

小宇點點頭。我們盯著牆壁，一陣靜默。

「我可以問東東一個問題嗎？」小宇看著我的側臉。

「怎麼？」我的心怦然跳動。

「如果有男生……」

「安全士官廣播，安全士官廣播——」遠方傳來學長的聲音：「暴民已經抓到，所有人員至安官桌前集合。」

「可能吧。」不敢確定他要問什麼，還是硬生生回答。我起身打開紗門：「但是這要看對方了。走吧？」

「喔？你說的喔。」小宇燦爛地笑著站起身。我們兩小跑步到安官桌前面，看到癩蛤蟆學弟被綁起來霸凌，像是某種宗教儀式。但是剛剛那段像在雲裡霧裡撥雲見日的對話，讓我跟小宇突然靠得好近。我的人生如浴火鳳凰一般，嚐到死過才能知道的重生滋味。

演習結束。國慶日真棒。

最愛國定假日的時候留守了，一定要在所有假日都留守的啊。（掌嘴）

午休，正翻來覆去想著小宇的時候，床邊突然出現一張帥臉，我往後一縮：「靠，你嚇死我了，幹嘛啦？」

「沒有啊，想看你在幹嘛。」小宇笑得很神祕。

「什麼鬼啦，你快回去。」

Fuck，這是在做夢吧。

「OK……OK！」小宇乖乖繞到他床邊，爬上床，然後坐在隔壁的隔壁床上看著我。

我從來沒想過，催促小宇去找女生聊天，居然會是這樣的結果。要不是這樣，他也不會知道他要的是什麼；而我認定他會走異性戀這條路的心情，更不會罷休。

「躺著也笑得很爽內，快說！什麼事！」色凱八卦地揪住我的衣領。

「干你屁事。」我把他手推開。

我的心情怎樣都無法冷靜，滿腦子都是小宇。

「幹，好想死喔。」我翻來覆去，根本睡不著。這一個多小時的午休，像是一年。

當兵以來從來沒有這麼失控。當小宇坦誠地說「比起性別，愛更重要」的時候，我對異男的免疫系統便完全失靈了。

一起床，小宇就拿著水壺在旁邊等著我：「走囉！」

一直以來軍用水壺只是賣萌用，所有人自己帶來的各種水壺放在內務櫃上，鋼盔的旁邊。

「喔。」我拿起我的真鍋保溫水壺正要去裝水，發現水壺沉甸甸的。一打開，裡面居然有溫水。我看了小宇的臉，他只是笑著吐出短短的舌頭。第一次看他這麼開心地吐舌頭！這雞婆鬼，又搞得我好像廢人。

集合後，我們被分配到各自的庫房。為了不讓學長們看不起我，我沒有提起腰傷不適合搬東西的事。但是這依然讓我的腰傷急劇加痛。

「班長，我腰不行了。」我哀嚎著。

「那你去找利行班長，看他要你做什麼。」翹唇班長說。

「你是工安幫手嘛，那去找間杰，看他有沒有需要人手。」文樂班長說。

「噢，那你去幫我數所有油漆的數量吧，明天有督導要來，北哨那裡你要先跟連長報備拿鑰匙，鑰匙保管箱在會議室那邊。」間杰牙套大學長說。

「鑰匙保管箱上面有鑰匙，打開來裡面就有了。」連長室裡出現聲音。我就像在玩ＲＰＧ

解任務，但其實就是顆被踢的皮球。我看了看鑰匙保管箱，上面果然有支小鑰匙，我就這麼順利地取走了北哨鑰匙。

——等一下，保管箱的鑰匙就放在保管箱上面，這就像提款卡上面貼著提款密碼一樣啊！這就跟一直走清純陽光路線的人，結果淫蕩做愛影片一直外流一樣啊！（我跟所有外流的人道歉，我很喜歡你們的影片，謝謝你們。）

去到營區偏僻的角落，打開只有兩坪大的北哨庫房，裡面放著油漆、機油、松香水、甲苯，各式各樣的有毒化學物質。我拿起板子，開始登記裡頭東西的廠牌、容量、數量。

今天開始，小鮮肉們已經可以開始站哨了。我看到戴著鋼盔巡簽經過的小佑威。

「喔喔，學長，你在裡面幹嘛？」他舉著棒狀悠遊卡。

「我在清點。」

「是喔，對了學長你有女朋友嗎？」

「沒有啊怎麼了？」我繼續寫著紙張。

「我可以問你一個問題嗎？但是你不要生氣噢。」

「請說。」

「你是Gay嗎？」

「咳咳咳！」我直接被口水嗆到。「這些油漆好臭！你剛剛問什麼？」

「我說，你是同志嗎？」他療癒帥氣的面孔，親切地問出天殺的問題。

「怎麼會這樣問？」我回應。

雖然我一直都知道，被問之後沒有馬上否認，就是某種程度的承認。從小到大的出櫃經驗都是如此。

「不知道誒，就感覺吧。」

「什麼感覺？」

「就氣質有點太乾淨，有本錢卻從來不提女色，有點奇怪啊。」學弟用棒子搔搔頭。雖然這不是我第一次發現這個異男第六感神強，可惜時機未到，我還不覺得在營區出櫃是安全的。

「可惜我不是，哈哈。」我乾笑。

「蛤，是喔，我居然會一直感覺錯，奇怪了。」他帥帥的臉一垮。「本來還想把我弟介紹給學長的。」

照片！身高、體重、住哪、上來找？換Line？加臉書？屌長寬？換私照？

「真是可惜了。」我假裝淡定地笑笑。「一直感覺錯？那你還有**感覺**誰是嗎？」

「副連一定是嘛，子龍雖然GayGay的，但應該不是……啊還有我問過博宇，本來也覺得他太神聖。」

「那他說什麼？」

「他說他是有喜歡的人了……他就很神祕啊——欸你要保密喔。」威育有點緊張卻又有點沮喪。「奇怪最近怎麼這麼不準……」

「沒問題啦！」我拍拍他的肩膀，心想這異男根本是開外掛，才幾個星期就揪出營區所有可疑的LGBTQ。我只是懶得提女人而已，居然就……等一下，博宇已經有喜歡的人了？

「我會保密的。」我笑笑，右手刀食指碰眉尾，向前一揮，嘴角裂到太陽穴。

「謝謝學長！」小佑威往下一個嗶點走去。

19 在一起

下午運動時間，班長說可以打籃球。超Gay的我自然躲在中山室塞著耳塞看書，這裡好歹也有兩櫃子的書，雖然最新最勵志的書都在輔導長跟連長的軍官寢。什麼《二十歲的你應該知道的二十件事》、《三十歲以前要知道的三十個體位》、《八十歲以後的你應該知道的八十種骨灰罈》。

「曉飛？你怎麼自己在這裡？」威育拉開紗門，到角落拿起二十磅的啞鈴。

「怎樣不行嗎？」跟學弟講話，不自覺都會耍大牌。

「當然……可以咩。」

「今天班長不是說可以打籃球？你幹嘛不去打？」

「我去了，但是打了幾下，我覺得還是算了。」他搖搖頭走向啞鈴。

「因為太強，你不好意思一直贏嗎？」

「學長你怎麼知道我會打籃球？」

喔，我都忘了，我是從臉書上看到籃球隊長的事。

「猜的。」

「學長真的很了解欸！」

「正常啦，高處不勝寒嘛！」我塞回耳塞繼續看書。

就像有時候看一些素人〇號的自拍，好像以為只要躺著當屍體就可以拍得好看了；有些一號也是沒吃飯，看得真的很想教他幾招。（到底是在多高處？這種高處有用嗎？）

「啊……嘶……」小佑威舉啞鈴開始發出低沉的呻吟，直直穿透我的耳塞。

「呼……」他粗壯黝黑的四肢上慢慢布滿油亮的汗水，傳來一股男人的鮮肉味。該死的學弟，放著你的籃球不打，跑來這邊勾引學長。我無奈地闔上書本走出中山室。再不離開，換我體驗什麼叫做「人體自燃」。

遠方，小宇直挺挺地站在哨上，如雕像般動也不動地看著大門外。有點像狐獴，或是站立看著窗外的貓咪，如此肅穆可愛。

「欸，你都不用動的？」我靠在哨所旁。

「喔？這不是東東嗎？」小宇轉身，瞪大眼一副驚喜的模樣。他一手倚著右邊腰側上的電擊棒，動作像極了佐助。

「誰給你東東，你才笨笨咧。」

「嗯——嗯——」小宇雙眼發亮地對我緩緩點頭。時光瞬間回到那一天，我們去新竹支援、度蜜月的時光。他指著哨所裡放有很多哨本的小櫃子：「欸對了，這裡是不是有點，嗯？

是不是有點……？自習室嗎？」上面有好幾本大小不一的書，是我跟色凱的。五百頁的《快思慢想》、《常春藤英文雜誌》。余秋雨的《山居筆記》、大前研一的《質問力》。

不要問我們站哨的時候都在幹嘛。

真的不要問。

「好啦，我的部分拿給我吧。」

小宇遞給我那本厚厚的書說：「東東。」

「怎麼了？」

「你退伍之後，真的要去澳洲打工嗎？」

「嗯，應該吧，我想看看外面的世界。」我看著遠方打籃球的學弟，沒有看小宇的表情。

「去一年嗎？」

「以賺錢跟玩都不是目的來說，最多一年吧。你呢？」

「我喔，兩條路吧，承接我爸的公司，或是開便利商店。」

「很好啊，真是……顧家的好男人。」我說不出什麼好話，因為這意味著退伍之後的我們註定要分別，分別好一陣子。

「我有時候真羨慕你能這樣灑脫……」他說。

一陣沉默。葉子在地上被秋風沙沙吹動。

「不過，我支持東東。」小宇拍拍我的頭。「ＯＫ的！」

紅色的方塊數字們開始跳動。

倒數計時什麼的，又來了。

本來的人生計畫，從當兵聚少離多、跟小俊分手，到澳洲出國的決心，這兩年原本我沒有想找對象的意思。可是你卻這樣硬生生的出現，完全不管我的人生計畫、也不問我要不要。

「你會想要我留下來嗎？」我轉向他英挺的側臉。

小宇搖搖頭說：「我喜歡的那個人，他就是很做自己，做自己到……有點可愛。」

「這是誇獎嗎？」我笑笑看著地上的落葉在水泥地上不斷打旋：「不過我喜歡的那個人正好相反，他就是每次都不管自己死活，雞婆的……有點可愛。」

「喂喂Wait！這是『在一起』的意思嗎？」小宇驚喜地看著我。

「你真的是笨笨欸。」我看到金項鍊班長走出辦公室望見我們，只好努力憋住笑：「我要去看書了。」

「蛤什麼什麼？」

我往外走了十幾步，才轉身對他比一個大拇指。他只能笑著搖頭，站在哨所邊高高豎起大拇指。因為在站哨，說什麼也沒辦法追上來。

我真他媽升天了。

莊博宇，明明知道我們人生道路完全不同、明明知道我們的性慾天差地遠，不問一〇、不問我家庭狀況、不問我感情史。就這樣在一起嗎？這樣真的好嗎？

我再看著那遠遠站哨的男人，他舉起的大拇指，改成我揮手。

幹，好想跑回去抱緊他。

好想跟著他一起站哨，好想一直跟他在一起。

我臥起拳頭，衝進小寢廁所，把水大把大把的往臉上拍。

冷靜、我要冷靜……

幹他爸的。

是當初那個覺得像可愛版的王陽明、救生員、從美國回來、有著體香、一身精實的小宇啊啊啊啊啊啊！

Calm the fuck down，我要冷靜。

操你妹的！臣妾辦不到啊！

是那個新訓大家都直接稱他為帥哥56號、是那個身上動不動就是ＣＫ、Superdry，還有一些不知道的名牌，卻從來沒有凱子樣的富二代。

不行，我不能打歪主意，他是沒什麼性慾的人。

可惡，好想他，但是明明幾分鐘前才看到他。

而且好像，

還是處男？

笨笨ＯＫ繃體味肌肉笑容太陽神梅杜莎之眼海力克斯牽手沒問題ＯＫ的不行王陽明搖頭點頭帥氣髮型鎧甲肩膀麥香綠茶搭肩舒潔拉布拉多躲避球海邊城堡家怕黑怕鬼可愛粉紅乳頭腹肌人魚線小腿溫柔一起單身月光抱怎麼怎麼賴床埋進棉被失戀唱歌演習親臉東東所以你會想……

「啪。」我用力打了自己一巴掌，腦中的混沌才漸漸緩和。

以前有些時候覺得單身挺痛苦的，現在才體會到死會也有死會的煩惱，甚至更勝之而無不及。現在我滿腦子都是小宇，滿滿的莊博宇，塞爆我。

「**好吧，愛，就是痛苦，加上幸福。**」我們昨天在訓管室的結論。現在可以改了，應該要改成：愛是極大的痛苦加上極大的幸福，人界通往天堂跟地獄的捷徑。本來剛剛幾乎要升天，現在腦內分泌爆炸整個好想死。

不愧是幫助人類繁衍後代的最強能量。如今發生在男人跟男人之間，依然分秒不懈地影響我的所有決定。像個黑洞一般，源源不絕的引力讓我好想找小宇聊天。

「安全士官廣播，打飯。」

好想把他緊緊抱住，日夜匪懈，朝朝暮暮。

但是，他會這樣想嗎？

小兵士官都在餐廳集合，小宇也下了哨在餐廳出現。

我們走到中山室，把菜擺好等待連長。小宇走進來看著我，我們互相微笑。

殺死我吧，眼前站著剛剛才決定好在一起的人，我卻什麼都不能做！而且營區除了倉庫跟浴室以外，到處都有攝影機。我跟小宇又是分開放假，床鋪也分開睡。

我……

幹你爸的當兵！

我操你祖母的台北！

「東東的Facebook？」小宇走向我，手指朝著掌心戳幾下。

「好啦回去給你。」

「所以今天在哨上講的話，有效力？」

「有吧。」我塞一口飯。

「那我改囉？」

「改什麼？」

「哼哼。」小宇瞪大眼睛笑著點點頭，雖然很帥，笑得有點陰森。

這頓晚餐簡直沒有任何味道，我一離開餐廳就不記得剛剛吃了什麼，連電視新聞在播放什麼，都被徹徹底底的從記憶中抹除。只是一直偷看著我的男人。

小宇小小宇小宇小宇小宇小宇小宇小宇小宇小宇小宇小小宇——

洗碗倒完垃圾回到寢室。

「哇靠！哎喲博宇？媽的你偷偷來？」憂鬱弘走到小宇的位子。

「說！到底是誰！」色凱看完憂鬱弘的手機，立刻轉身抓著小宇的領子。

我們這一梯帶手機，已經開始不隱瞞了，只有色凱沒有帶。但他不是不帶，而是沒有。

「就，你們知道的吼。」小宇不耐煩的皺眉。

「多倫多女孩！？還是小D？」色凱臉幾乎要貼到小宇臉上。

「等一下，我可以加入嗎？在聊什麼？」我發現我不在狀況內。

「你消息太不靈通了！」憂鬱弘皺著眉頭，把他手機給我看。是臉書的界面。

小宇的臉書。

James Jhuang

穩定交往中

10月11日

22　5則留言

「嘶……誰啊……」我瞇起眼，暗中用力掐自己的大腿。好想尖叫。

「對啊，誰啊。」小宇端正的五官看著我。

「快說！到底是誰！」色凱咬牙切齒像是隻發狂的野獸。他對八卦就是無法置之不理。

小宇無奈地看著我，我只是搖頭。

「冷靜！冷靜！他說……要晚一點再說……」小宇舉雙手投降，不斷偷瞄我。

「啊啊啊！這個答案我不能接受！」色凱嘶吼著。

我用唇語，說出「多倫多」三個字。

小宇用唇語回我：「你確定？」

我點點頭。

「好啦，是多倫多啦。」他開口應付。

「媽——的！就知道！你都還沒見過她本人！你是當兵當瘋了嗎？不要跟我說你搞精神戀愛！」憂鬱弘的二號突然爆發：「你給我說清楚到底是怎麼回事，我睡你旁邊有知道的權利！你這個Bitch！」

「可惡！太多問題想問了啊啊啊啊嘶嘶嘶嘶嘶!!」色凱痛苦的在床上打滾。

「學長！長怎麼樣？借看一下吧？」威育也搭上小宇的肩膀。

「學長!!我們的博宇學長！到底喜歡哪一款的？讓我們看下去！」混血學弟李子龍也接

腔。

這個畫面——王陽明、林佑威、陳坤、混血兒，基隆分庫義務役四大名模之魔幻舞台（把色凱剔除的話）全部聚在一起看著手機。他們點著多倫多女孩的臉書，後面還有幾個阿哩不搭的學長。

我遠遠地看著小宇被簇擁著。

「還不錯內。」

「可是她沒有掛穩交中欸？」

小宇面無表情地看著我，我也呆呆地看著他。

「她臉書有加她爸媽，不太方便。」小宇自然掰出那種Gay才會掰的理由。

這種心酸的感覺、不好承認的愛情，我不是第一次遇到。但是博宇應該有點難受吧？前任是個正妹，隨便帶出來都不會有人有意見。

請你原諒我還不想見光，因為你不會知道在營區裡頭公開會遇到多少麻煩。

我打開手機，我的本尊帳號沒有加營區任何一個人的好友。

分身異性戀帳號倒是加了幾個。身為一個Gay，臉書至少要有兩個帳號。

「放心，依我的經驗，這個本人一定是正的！」威育食指前後搗著，是「你看看你看看」的動作。

「這個沒有露奶我無法判斷。」憂鬱弘只懂挑乳牛。

「到底是什麼時候到這種程度的！你們怎麼聊的！」色凱在一旁揉著棉被發瘋。

他不是吃醋，而是對自己的狀況外感到憤怒。

被逼問的男人抿了抿嘴唇，咬了咬咀嚼肌。對不起，現在才讓你知道男生跟男生在一起是如此的辛苦。我臉書的Gay主帳號也按下了，穩定交往中。

我想了半天，沒有不這麼做的理由。

小宇看起來就好像上《康熙》的明星，繼續不斷被逼問。

「你們認識多久？」

「她有看過你的那個嗎？」

「你看過她那個嗎？」

「奶頭什麼顏色？」

「她喜歡吃屌嗎？」

小宇不是搖頭，就是說不知道。

「不對啊！你什麼都不知道！你怎麼會跟她在一起？你是搞笑噢？」黑道學長說。

奇怪，你們想知道的事情才搞笑吧！

「沒辦法，聊得太來，他都知道我在想什麼。」小宇看看我。

「沒屁用啦！到時候褲子一脫，你就不知道她在想什麼了！」

我受夠小宇被攻擊了，開始加入話題，破解這些八卦陣：「誰跟你一樣整天脫褲子握懶叫睡覺。」

「幹！你會頂嘴了噢！」黑道學長怒瞪著我。

「我怎麼敢，你是帥氣的大奶頭學長欸。」我笑笑。

「幹拎祖罵！你給我再說一次!!」學長直接朝我床上衝來。

「啊啊痛！痛!!」我被一陣猛烈捶打。

但是老實說，我沒認真想過要對小宇動什麼手腳。除了那一次看起來覺得很好吃以外，我能避就避。他可能會不舒服的事，我就盡量不去想。

但是，如果無性戀聖人等級的小宇想幹我呢？如果……我心裡微微發毛，雖然我認識的小宇從來不會強迫別人，一點點都不會。

我更需要擔心的是，明天有督導要來檢查南北哨，負責工安的牙套大學長居然早上放假，所以責任落到了我的頭上。「領六千做三萬的事」就是我的最好寫照，前陣子我出的包已經夠多了。

「我今天要早點睡了，明天有督導。」我在洗手台刷牙漱口。

「嗚姑，無物無。」小宇刷著牙，口齒不清我卻聽得懂。

他是說：「ＯＫ，沒問題。」

20 前任與腐男

半夜一點，還是要起來站哨。一點到三點、三點到五點都是大爛哨，睡眠完全中斷。哨上，手機滋滋地震動，我一摸，幹，居然是聰明那支。我居然不小心帶上哨了？戰戰兢兢拿起來一看，是小俊。

我回想一下，如果是會盯著監視器的厚唇班長，哨所裡有東西發亮絕對是屁眼被幹鬆。但是現在站安全的似乎是大學長，他應該在某處飄著。我偷偷地接起電話：「喂？」

「你真的很爛欸……」前男友的聲音從話筒裡傳來。

「什麼意思……我在站哨……」

「誰管你，你可以再機一點啊，不行我不能浪費我的電話錢，你給我打過來讓我罵，掰。」小俊掛掉電話。

我看著手機微微發抖，想起小俊輕微的憂鬱傾向需要發洩。我只好冒著被抓到哨上帶手機的風險打電話給他。愛的天堂結束了，剩下滿滿的地獄嗎？

「喂？」我緊張地握著手機。

「你到底要多爛？我們分手一個多月你就掛穩定交往中是什麼意思？」小俊連珠砲的聲音。

「就……沒辦法啊……」

「什麼沒辦法？幹，你把我當什麼啊？我為什麼會喜歡你這種人啊？」

「我不是故意的嘛，好好，我就是爛可以嗎？」我只能一面聽著小俊發洩，一面緊張地透過窗戶盯著安官桌。如果有人走出來，就只能立刻把手機丟進草叢裡了。

「你贏，你超贏，我真的輸慘了。」

「我沒有贏……」

「不，你真的大獲全勝，就算我現在看你超不爽，但是我還是愛你，你要我面子往哪裡擺？你以為還有別人可以內射我嗎？你這爛貨。」小俊暗示他以前是Top的事，這是我聽過最露骨負面的自白。

「沒有，但是你可能是我上的最後一個人。」我認真回應。

「什麼意思？」

「我現在交往的人，他不做愛的。」

「屁，最好是。」小俊的口氣軟化一點點：「你色得跟變態一樣，最好受得了交這種的。」

「好了，你罵夠了吧？」

「玩我很好玩嗎？你知不知道我真的很傷？」

「好好好對不起……你繼續……」

「那下一個倒霉鬼是誰？」

「是我的同梯。」

「幹，他真的好倒霉喔。」

過了像是有十年這麼久，終於結束了這通電話。看著螢幕的通話時間：十九分鐘，我打過去給人罵了我十九分鐘。這通愛之深責之切的電話令我精神耗弱，小俊負面情緒一來就是這樣。不管多帥多性感，人總是有不完美的地方。

我失魂落魄地靠著牆發呆，覺得自己好像真的被小宇那無盡的愛給沖昏頭了，毫不猶豫的宣布死會，不管別人怎麼想，也不知道是不是正確。我只知道他是我唯一的選擇。

小俊在一起跟分開後，成了兩樣人。可能是在愛面前做了太多犧牲，對過去的自己感到不值；也可能是愛的兩大元素——幸福的部分不再繼續，剩下的就只有痛苦。

被小俊這麼一罵，我好像也開始相信自己是爛人了。我打開掛在櫃子自己帶的充電小手電筒開始看我留在哨上的勵志書，試圖重新振作起什麼。

一早，牙套大學長把要被督導的文件等等放在櫃子裡，對我說明最後一次後就拍拍屁股放假去了。身為職業軍人，體能還無法達到么捌榮譽假的水準，也實在有點哀傷。

鈴鈴鈴鈴鈴！哨所傳來響亮鈴響，督導降臨。

這感覺已經不是第一次，每次都像《新世紀福音戰士》的外星怪物入侵一樣，全員立刻能躲就躲，該忙的就立刻正襟危坐。聽說遇到大牌一點的督導還要泡咖啡切水果。果然，要一個軍隊團結，就是要製造出共同的敵人啊！

兩個男人走進辦公室。其中一個濃眉方臉的鄰家男人，戴著帽子感覺很面熟。

暫時好像沒我的事，我就繼續裝忙做著其他無關緊要的資料。下課立刻去廁所尿尿。

一個男人在我旁邊尿了起來。

「欸——？」那似曾相識的成熟嗓音。

「啊！副連好。」我嚇了一大跳，連尿都夾斷了一秒。這人是在新竹的智淵副連。

「什麼副連，我現在去指揮部接人事官啦。」原來智淵上尉退居幕僚了。「我看你好像有接業務？」

「噢對啊，就工安跟軍醫的代理人。」

「你小兵也接業務？缺人缺成這樣啊，不過你放心，今天督不到你啦。」智淵對著牆壁歎氣，一小撮劉海中間翹起，髮色依然極黑。「誒對了，你還記得我叫什麼嗎？」

騙子，大學長這個大騙子，害我緊張個半死，結果來的是腐男智淵，根本沒我的事。我朝他胸前一看，他立刻遮住胸口：「不能偷看！這樣就沒意思了。」

幼稚的上尉。

「孫宇什麼，什麼岡的啦。」我還記得那簡訊。

「喲，不錯嘛！不枉費我一番苦心，啊你們現在怎麼樣了？」

「什麼誰們？」

「不要跟我裝蒜，就你們小倆口啊還誰。」智淵口氣有點不耐煩。

「沒……沒怎樣啊，就一直搬東西。」

「吼，你再跟我講那些五四三的。」他洗好手好像就要動怒，我只好跟著他走到戶外。他對著空氣：「就不知道是誰啊，跑步跑一跑，兩個男人十指交扣逛大街啊。」

「十指交扣？」我剛尿完卻差點漏尿：「在哪裡！」

「那時候，好像是指揮部吧？」智淵上尉露出賊賊的笑容。那是我跟小宇待撥時，跑步的時候，小宇看到墓地牽起我的手。我們直到看到遠遠有個人影，才放開了手。

「你是很遠的看到的嗎？」我試圖解套。

「拜託，我眼力好得很，也只有我看得到吧。」智淵笑得很賊：「後來又看到你們一起支援那個樣子，誒說實在的我第一次看到小兵這麼要好，你們到底什麼時候要在一起？」

這世界第六感的強者真的太多。難怪當初一直把我們湊合在一起，話語簡訊都不停要我跟小宇「一起一起」的。我只好看看周遭，確定沒有人。

「放心我不會說的，而且你們超級不明顯的。」智淵突然變得話很多：「你知道已婚的軍人生活很枯燥，我只能靠你們這些小情小愛來療癒我的從軍生涯。」

「也是啦……就……那樣啊……」我支支吾吾地。

上課鐘響。

「好啦你們好好加油，有需要幫忙再跟我說啦。」他拍拍我走向辦公室。

「謝謝長官！」官宇還沒結束，我立刻衝進廁所關上門Line小宇。

飛：那個看到我們在指揮部牽手的是智淵。

飛：他超腐。

飛：一直問我們是不是在一起，怎麼辦？

但小宇沒有回應，似乎在小辦公室忙著經理裝備的業務。

今晚是我放假的日子。晚餐在中山室，等著連長來喊開動。我跟色凱已經養成在營區先吃完晚餐再回家的習慣，能拗一餐就是一餐。小宇笑著緩緩走向我，一手臂搭上我的肩說：「真糟糕，終於有人發現了喔？」

我看了看他的表情——居然是開心？

「喂，你那是什麼表情？」我看著他光滑嫩嫩的臉頰，好想親一口。

「怎麼怎麼，被發現不好嗎？」

「是……不會。」我想。你不怕，我就不怕。

吃完飯，連長讓我跟色凱拿了假單，我們跟弟兄們道別，包含吃飯很慢的小宇。

我背起包包，往營區大門走去，把假單交給丁小雨學姐。學姐推開大門。

「等一下。」小宇追出來。

他跟色凱禮貌性的擁抱一下，然後直直地看著我，張開雙手。我突然覺得我好像瘋了，居然好不想放假，好不想離開有他的營區。

我們互相擁抱，熱呼呼的小宇，抱起來好舒服。

「你發燒了？」他說著，帥氣的五官，近到無法對焦地看著我。他找藉口雙手抓住我的頭，我們額頭碰著額頭，放開，總共一秒鐘。

「哇靠！差別待遇！」色凱瞪大眼，一臉驚恐。

「啊啊啊啊啊！我也要！」學姐在一旁跳腳。

「我只是確認一下他有沒有發燒啦。」小宇笑笑，看著我跟色凱走出營門。

門關上的瞬間，我全身都在燒。每分每秒都在煎熬，無法叫思念不要吵。

我坐上計程車，看著長長的銀色大門關起。

完全不敢相信，我在營區裡頭交了一個男朋友。

21 倒數計時

跟色凱走向計程車，拿起手機點開「國軍倒數」ＡＰＰ。

二百二十五天。我居然已經開始想念你，就算我剛剛才見到你。

我腦中不斷浮出「要珍惜當兵時光」這種有病的念頭。某種程度上，二百二十五也像是我跟小宇在營區的倒數日子。等我們退伍了，相處時間應該就沒有這麼多了。

「每次輪到我們放假，都跟做夢一樣爽啊。」色凱抱著背包。

「是啊……」我看著窗外黑壓壓向後飛逝的風景。

「博宇也真是的，一談戀愛就變得怪怪的。」

可惡，好想他。

我的手機震動。

我吸一口氣，在心裡大喊：「司機！給我停車！」

「是啊……他真是太奇怪了。」我跟色凱說完，按下手機，傳出：**我也是**。

好不想放假，放假好痛苦。我正式出了毛病。

依照這樣對假放，每人每月大概有十天假；兩人的假都錯開的話，那我們一個月大概只能見十天，兩百二十五天的實際相處天數剩下七十五天。往好處想，一個月可以朝夕相處十天的情侶，已經算好的了。

在家的這幾天，除了看書、見了朋友。晚上也會跟小宇聊天。

飛：你看了我的臉書了吧？

博宇：Good job。不過我應該暫時不能加你囉？

飛：是啊，可能會被發現。

博宇：我是沒差啦。

飛：笨喔，太危險了。

博宇：好吧，聽東東的。

飛：欸，我們好像是在最醜的時候遇見彼此。

博宇：會嗎？

我：光頭小短褲加上綠內衣。

博宇：這麼一說是有點喔。

我：是真愛。

博宇：indeed :)

每次點開他Line跟臉書那些帥氣的照片，我就在床上打滾，釋放莫名的能量。雖然點開電視，新聞、政論、綜藝，滿滿都是高雄港的黃色小鴨，但是對於我們這種放假時間不多的小兵，實在沒有時間去現場發瘋。更何況，小宇跟我的假完全錯開，我們不可能在外面約會。

我翻開筆記本，上面畫的月曆是兩人份的假表。已經可以看到兩天之後，我晚上八點收假回營區，小宇卻已在晚上六點就放假的景象。我好恨排假的美洲母豹士官長，我好恨。時間滴答的走，年華似水的流，這個假過得又慢又煎熬。

收假時，我跟色凱在基隆火車站的便利商店集合，乘著海風搭計程車，回到營區的大門。小宇已經放假去了，這儼然又成了地獄之門。古箏我依然藏到廁所，安全士官就算把金屬探測器插進我屁眼裡也不會叫。（我是說探測器不會叫。）

我落寞地看著幾隻慵懶的豬肉志願役趴在床上，到內務櫃面前打開櫃子，發現上面有一張紙，被一塊國軍娃娃的贈品磁鐵貼著。

歡迎回家東東：

最近風很大，曬衣場的衣服幫你收了

我抽屜裡有飲料跟食物，help yourself.

Yours James

這什麼？老公出差留在冰箱上面的字條嗎？

我走向小宇的內務櫃，打開下面的三層櫃，第一層是口罩棉花棒等各種藥品、第二層是沐浴用品、第三層是整齊捲好的黑紅藍各種ＣＫ內褲跟黑襪子。

原來是最下面的抽屜。我一拉開，不禁驚呼一聲。

一條龍擺放整齊五顏六色的飲料，葡萄多、柳橙多、麥香紅、麥香綠、麥香奶茶都是每天不同的夜點，旁邊還有兩個我最愛的奶油麵包。這絕對是囤積癖，這男人上輩子絕對是倉鼠！

我拿了一塊奶油麵包，回到自己床上。

「你怎麼會有這個！」色凱一指。

「我……我去中山室拿的啊。」

「真的假的，還有？我剛剛去看，今天明明就是茶葉蛋。」

「你沒仔細找啦。」我隨便呼攏一下，換了衣服躺在床上，準備站九點的哨。

好想這隻笨倉鼠。

上頭瘋狂提倡讓營區有「家的感覺」，所以弄來一些壁紙賣萌、還說要油漆彩繪什麼的，一點屁用也沒有。其實只要大家都跟同梯交往，那就有家的感覺了嘛！朝夕相處了解超快啊，不用怕以後同居出問題。

22 砲友就是挑戰道德底線

「安全士官廣播，安全士官廣播，所有人員到三號庫前集合。」

早上上課到一半突然出現這種天殺的廣播，就是該死的主動運補，也就是大量的米、沙拉油跟罐頭需要搬運。

十噸半卡車開到倉庫前停止，我看到車牌——糟糕，偏偏又是小宇放假的時候。身高一八二精壯的駕駛男孩跳下車，銳利的單眼皮跟雪白的牙齒，皮膚已經沒有新訓時那樣黑，反而越來越像宥勝。秦天的髮型，依然又短又俐落，完全從G片《Glossmen》系列裡走出來的男優。

「好久沒見到你了！」秦天對我招手，我尷尬地點頭回應。

「班長，我腰還沒有好，可能沒有辦法……」我轉頭對文樂班長說。

「好吧，那你去找間杰。」

「謝謝班長。」我說完，冷靜地快速走出倉庫。

「欸，飛飛……？」秦天連忙對旁邊他的白淨長官也說一聲：「欸，我去尿尿喔。」那長官揮揮手，叫他去去。這男人對上尉的態度，居然比我對一個上士的態度還要隨便。

「飛飛，你幹嘛跑？」秦天一把抓住我的後領。

「沒幹嘛啊，告訴你一個好消息。」

「什麼好消息？」秦天笑嘻嘻的。

「我交女朋友了。」我眼神撇開。

「蛤？恭喜欸！」秦天放開我的領子，隨即閃過落寞：「那我怎麼辦？」

「就，各自都死會，就沒有辦法啊……」

「長多正？有比我好嗎？」他笑笑搭上我的肩膀，一股薯條味令人突然餓起來。

「等一下再聊，我先去找個學長。」

「好，我在外面等你。」

我走進辦公室繞一圈，發現間杰大學長不在辦公室。太好了，這樣暫時就可以說我找不到人，花點時間跟秦天講清楚。我們走到伙房旁沒有攝影機的小空間，秦天突然緊緊抱住我，讓我快不能呼吸。

「喂……你還沒聽懂嗎？我說不能再這樣了。」

「可是我從昨天就在期待了……飛飛主人好香。」秦天的臉在我的脖子旁，吸著我的味道。

「我不能再叫你那個了。」我拍拍他的背，然後鬆開他的手。拒絕天菜原來需要如此大的決心。

「蛤？那這樣我要吃誰……」他很失望，垂喪著臉。

不知道為什麼，覺得秦天也很無辜。什麼癖好都被挖掘出來，又被硬生生的終止。

「最後一次，不管！」他回過神來，雙手抓著我的肩膀，直直地看著我。

「不行！」

「那你打槍就好，我不碰你。」

「那……你要什麼？」

「我只要你的，那個咩。」

「你說射出來的東西？」我瞪大眼。

秦天快速點頭，笑著舔了舔嘴唇。道德的界限，好像正在漸漸消解。

「你不給我，我就找出你女友，跟她說我們的事喔。」

「你應該找不到，而且，你才有女友吧！」

「開玩笑的咩，就最後一次！我保證不碰你！」他放開我的肩膀，舉起手發誓：「你打你的槍，最後射出來的給我就好。」

是嗎？就當做砲友的分手禮，沒有肢體接觸的最後一次？

「這樣啊……」我吞了口口水，還是想讓他打退堂鼓：「可是沒有地方……浴室廁所底下都有縫。」

「咦，那這裡呢？」秦天神祕地看了看旁邊：「你們廚房不是沒有在用？」

「喔……」我居然有點佩服秦天的機靈，無懈可擊。

我無奈地到會議室。

「報告連長，我來拿北哨鑰匙。」

「好。」

打開鑰匙櫃，拿起北哨鑰匙，然後看著廚房的鑰匙。我縮了一下手，最後還是把鑰匙拿走。回頭到冰箱旁跟秦天會合。

「廚房的鑰匙不在……應該是被拿走了。」我一副可惜的模樣。

「真的假的？怎麼可能！」

「真的啊，可能管伙房的學長拿去保管了。」

「那他在哪？」

「放假了，不知道他放哪。」我聳了聳肩膀。

「放假了嗎？那就好。」秦天從口袋掏出黑色Nike小錢包，拿出十塊錢。

把硬幣卡在門鎖上，一轉。

「喀。」門被打開。秦天帥氣朝我挑了挑眉，把我拉進廚房，轉過身把門鎖上。我真不懂這男人，為何可以藐視王法到這種境界。

我發現沒在使用的廚房有如世外桃源。L型的料理枱、兩個大水槽、兩只大鍋爐，隔間那邊有兩座大冰箱。

「可是我沒片子沒辦法打。」我舉起雙手，裝作沒有帶手機。

秦天從口袋掏出一支黑色的手機遞給我，是Sony Xperia系列的一款。

果然。

「它防水的，你射在上面也沒關係……啊不行！要留給我！」秦天性感地摳了兩下我的手心，我全身一麻。「我沒有流量限制，你最好找那種男生有露臉的片，長得像我的那種……要不要我幫你找？」

「不用，你管我找什麼，你在旁邊等。」我躲到隔間點開手機，用瀏覽器直接輸入Gaytube網址。看著被抽插的男人，不自覺地摸著下體。

「你要射的時候過來噢！沒給我你就死定了。」秦天在牆的另一邊喊。

「好啦。」我掏出慢慢腫脹的陰莖撫弄著。

我到底在幹嘛。

真的要在廚房打手槍？

「嗚……嗚——」影片中的肌肉猛男，一邊被男子用手指玩弄屁眼，嘴裡被塞了屌，全身又濕又黏。我慢慢地全身發熱，喘著氣套弄著陰莖，不時回頭看一下秦天有沒有在偷看。但是他沒有出現，在看不見的地方等著。隨著影片中的腹肌男孩被銷魂地幹開來，我摩擦的速率越來越高。

「啊……幹好爽……」我整根陰莖越來越脹硬，乾脆把褲子褪到靴子上，用手撫摸著自己的身體。

「幹，我有感覺了。」我咬著牙。

「哼……過來射給我，拜託。」秦天雄厚沙啞的聲音，就在廚房等著。

原本我只想射在手上再拿給他，但是我居然著了魔似地慢慢走出小隔間。

眼前的畫面，令我幾乎要中風。

壯碩的秦天褲子跟上衣都脫在一旁，只穿著靴子，腿張開開全裸坐在流理枱上。

分明的肌肉，大塊大塊的分布在身上不斷收縮，手裡玩弄著他的粉嫩大屌。兩顆大睪丸晃動著，連羞恥的胯下根部都在我面前展露無遺。

我沒看過這麼光滑的胯下。

「好看嗎？」他壞壞地摸著自己的胸肌，看著快射的我。

「幹。」我別過頭。

「飛飛……給我你的內褲……」秦天光滑的全身，散發淫獸的氣息。

精蟲控制著我全身所有指令，我脫下鞋子把穿了一天的內褲丟給他。秦天把我的紅色內褲翻到最骯髒的內側，用力吸了一口，然後用嘴咬住最鹹濕的褲襠。

「幹……不要這樣，我真的要射了。」我看著這個畫面，陰莖超脹。

秦天居然張開雙腿，兩隻黑色軍靴踏著流理枱，雙手握住他的屌上下套弄。

這冰塊盒腹肌、兩塊大枕頭般的胸肌、淫蕩的帥臉、皺著兩道濃濃的一字眉。

沒有毛的懶蛋甩著，一隻舉起手的腋下也光滑無毛。

底下的屁眼光滑乾淨，就是一道小縫，淨嫩的一塊錢投幣孔。

那小穴還不時的放鬆伸縮。

「射給我，全部。」秦天近乎命令的霸氣。

「幹！」

我放開手，但是這太爽的畫面依然讓我爆射。

第一道射在秦天的身上，後面好幾道不斷縮小腹擠出。我用手掌接住，整個掌心擠滿白色濃稠熱呼呼的液體。

「倒上來……」秦天渾身散發著條般油熱的肉香。

我把弓著的手掌往他胸膛上一倒，精液像美乃滋一般濃稠地流下，長長的白色牽絲我卻怎麼甩都無法切斷。他伸手想把我手掌刮乾淨。

「等等，不能碰我。」我警告。

只看到眼前性感的小宥勝，用手接過我的液線再放進嘴裡，才結束了我倒不完的動作。

秦天雙手往光滑的胸肌上一抹。一股費洛蒙與豆漿交雜的味道刺激我的腦門。液體直直地往他的八塊腹肌中間流過，秦天手往屌上一抹，直接把胸肌、腹肌、還有那巨大的屌上都抹得光滑無比。

「我這樣……會太色嗎？」秦天吐出我的內褲，一邊用我的精液尻槍，碩大的陰莖發出噗啾噗啾的黏液聲，繼續把我的體液一路抹到了胯下，屁眼附近也抹上了精液。

「會……太色了……」我的陰莖抖動著。

「怎麼樣……看得爽嗎？」他自信地笑著。我的精液在他身上經過光的反射，讓眼前這個人像是健美選手。

「你才有爽嗎？」本來已經進入涅槃的我，瞬間被拉回人間。這畫面好看到，我的陰莖仍持續硬著，滲出一些液體。

「哼……爽啊……哼……」秦天壞壞地笑著，用手沾了下我龜頭上的一滴體液，往嘴裡一塞。「你想要看什麼？」

「我想……」我深呼吸地看著秦天。道德底線又下修了一次。「看你玩屁眼。」

反正沒有肢體觸碰，而且也是最後一次了。

「他媽的，被你吃死死。」秦天一邊尻著大屌，一邊張開腿用手指按摩著自己的光滑的小縫周遭。

「伸進去。」我的陰莖再度翹高。

「……就你敢這樣命令我……啊……」秦天的中指藉由精液潤滑，直直伸進他的小縫裡。

我的精液就這樣弄進了秦天的體內。

「怎麼？其他長官不敢嗎？」

「可能我爸是……將軍吧……嘶……幹好緊的感覺……」秦天弄著自己。

我心頭一震。

一切都豁然開朗。

但是我第二波精蟲早已衝腦，管你爸是誰。

「把精液都弄進去。」我說。

「操……飛飛主人超色。」秦天用手刮過大胸腹肌，手裡都是我的白色精液，手指再次插入屁眼。

「有味道嗎？」

秦天聞了聞手指，搖搖頭說：「只有你的味道。」

「這麼想被插啊？」我笑笑，硬著腫脹的陰莖對著他的屁眼。

「可能是我今天……上完廁所……有洗澡…… ……」秦天說著，但是陰莖依然不斷流出透明液體，整個人已經不行。

我看著眼前將軍的兒子。似乎我說什麼他都願意。

「想被我插嗎？」我口無遮攔地。

「……想……」他的腿還是張著，表情很銷魂。

「那我就插進去喔，用我的精液來幹你？」我陰莖來到秦天粉嫩的屁眼前一公分。

「……要怎樣都可以……快點！我要射了。」

秦天看起來全身發燙，一手玩弄龜頭頂端，一手掰開屁眼。依然只是小小的一個穴。

只要往前一步，我便整根插入他的體內，但是我不能。

「玩自己，想像一下我插你的感覺。」我咬著牙後退。

秦天用手指玩弄著自己屁眼，一邊尻槍。

「好爽……靠，主人如果真的插我會更爽嗎？」

「廢話。」我套弄幾下陰莖，看著他的身體。「幹……插著你好舒服……」

「啊……啊……」秦天緊閉上眼，全身肌肉繃緊，線條極度分明，睪丸收縮。

一道白色的線，噴泉一般在我倆中間噴發，高度超越了我的身高。

我看著秦天白淨光滑的屁眼夾著自己手指不斷收縮著。腹肌的溝不斷收縮用力，都是我倆的精液。

「太緊……好脹……」

他一道又一道的，將白線灑在自己身上。

整個胸腹肌，還有下巴都是，一股說不出的濃郁味道。

「呼……呼……呼……」他的胸膛起伏著，抽出的手指真的很乾淨。他直接打開旁邊的水龍頭，沖了沖。

「我到底，做了什麼……？」秦天看著自己滿身的精液。

他看了看自己的手指，中指前端紅紫著，中段顏色偏白，血液慢慢回流。

居然用屁眼夾到自己手指都缺氧了嗎？這到底是多緊？

「你自己說想要的……」我穿起內褲，發現褲襠還有秦天的口水印。

秦天跳下流理枱，滿是汗水跟體液的身子脫去靴子。

「你不順便沖一下？」我瞄一眼水槽。

「唉，不能浪費啊。」他穿上褲子，直接套上綠色透氣衫。精液把他上身衣料的部分顏色滲染成深色。

「你就這樣穿起來？」我下巴一鬆。

「還不是飛飛說最後一次。主人的精液欸，當然不能洗啊。」秦天陽光一笑。

「好吧，你要怎麼用我不管了。」

「欸對了，啊你女友正嗎？」他穿好衣服。但我一想到他一身精液就覺得很累，畢竟聖人模式已經開啟。

「還不錯。」

「如果她不排斥的話，我還可以找你嗎？」

我想起小宇當時看到我跟秦天在倉庫時的眼神。

「放心，他一定很排斥。」我拍拍秦天的肩膀，打開廚房的門。

而且就算小宇不排斥，也不能再發生了吧？

「好吧……」秦天嘟嘴，吹氣讓兩頰鼓鼓地。

「你爸真的是將軍？」

「哎喲，義務役沒幾個人知道，這不能說噢。」他右邊的小酒窩旁，還有幾滴精液。

「你真的是……這不知道是誰的。」我指指他臉上。

秦天認真地用手刮下來那白白的東西，突然往我身上一抹。

「啊哈哈哈！這我的！」他拔腿就跑。

「幹！」我立刻拍掉，追到外面。

「好啦！我長官找我了！」他接起智障手機。

「另一支有帶到吼？」我喊著。

他自信地拍拍大腿：「有！」

「記得，最後一次了欸。」

秦天嘆口氣，還是對我比了一個ＯＫ。

輸慘了，我爸只是退伍上校，人家老爸是現役將軍。而且還不知道是什麼將，上將中將還是Open將。雖然沒有什麼好比的。我慢慢走回辦公室，看到大學長出現在位子上，看來剛剛他也在飄。

「學長，我剛剛肚子痛……」

「蛤？太好了飛哥你來了，不過你來幹嘛？」大學長看著電腦螢幕。自從我幫忙他開始，他都叫我飛哥，可能是有求於我。

「因為我腰不能搬太多東西，班長要我來幫你。」

「那你去掃一下北哨吧！最近颱風裡面都是樹葉。」大學長揮揮手把我打發走。

我拿著竹掃把，前往偏僻的小倉庫。裡面滿滿的落葉，我腦中則是滿滿的罪惡感。

沒想到秦天會自行裸著上身等著我的東西。本以為只是跟之前一樣，強取液體後也許吃掉一點，也許打自己的槍。就算我一開始是看G片想射的，但最後三十秒依然意淫著秦天。即便我們身體沒碰到彼此，我還是用言語和他做愛了。

我該跟小宇坦白嗎？

可惡，這是什麼難受的感覺。就這樣一個失足，我在自己眼中成為了有道德瑕疵的人，我覺得自己好糟糕。我想起小俊那天電話的酸言酸語：**「最好是，你色得跟變態一樣，最好受得了交這種的。」**

我沮喪地掃著落葉。也許真是如此，我骨子裡就是隻肉慾的禽獸，純談感情根本辦不到。我呆立在那，數著我做錯了幾件事。

我可以拒絕秦天那最後的要求。

我可以在看到秦天裸體的瞬間不去看他。

我可以在把東西給了秦天之後轉頭離去。

我可以在秦天打槍時閉上我的嘴。

但是我沒有。

把沙塵落葉清到了外頭，腦中的混濁也慢慢清澈。這世界每一秒都有岔路，連續走了幾個岔路後，要拐回來就得付出代價。即便我可能會失去小宇，我也不願意瞞著他。等小宇放假回來，就坦白吧？

在我面前的就是一條天堂路，鋪滿了粗糙的石頭跟痛苦。

「喵——！」一陣聲嘶力竭的貓叫，響徹整個營區。從沒聽過貓叫得如此慘烈，看來是又打架了。

我被分配和癩蛤蟆學弟一起掃門口的落葉。連長站在營門前一棵樹下，指揮著標緻學長整理著藤蔓：「你們看，這是我特地從家裡帶來的百香果樹，厲害吧！」連長叉著腰，抬頭看著學長踩在叉重機板子上，把藤蔓纏繞在樹上。他露出滿懷希望的眼神：「等到它開花，就會很漂亮。你們誰來幫忙，把這顆樹上的百香果藤蔓岔出來的幾片葉子給修剪一下。」

「學長！那我去囉？」癩蛤蟆馬上搶爽差。

「去吧。」

我現在什麼都不想管，全身滿載了空虛。

23 代價

晚上，鐵門轟轟轟轟地拉開，是小宇跟憂鬱弘收假的聲音。

小宇帥氣開心的模樣，跟著憂鬱弘一起踏進寢室：「欸——怎麼樣，有想我嗎？」

「有……」我低下頭。他陽光興奮得像是看到人回到家的狗狗。而我可能再也看不到這可愛的笑容。我想把它牢牢記住。

「這個給你的，不知道你吃豬肉還是牛肉。」小宇笑笑地掏出兩包滿漢大餐泡麵，再塞回登山包裡。「哪天飯菜不好吃，就靠這個了，我們可以一起吃！」

「好……但是我有一件事要跟你說。」我面色凝重地看看附近，拉著他走進行李間。只有這裡沒有人。

「什麼事？」小宇也發現我的不對勁。

「是壞消息。」我沉下心，看著架上的行李。一些籃子裡頭裝著沐浴用品。

對我來說，隱瞞是所有關係的殺手，無論是親情、友情還是愛情。

「嗯？沒關係，我們一起克服？」小宇盯著我，雙手搭上我的肩膀。還是我喜歡的味道。

我人生從來沒有這種預感：準備好被揍一拳。

「我跟別人發生了。」我說。

「什麼？」小宇沒有太大的反應。倒抽一口氣之後，呼吸淺到像消失一般：「你確定？」

我只感覺到肩膀上他手臂的重量越來越輕。

「嗯……就是……」

「等一下，接下來我問就好。」小宇的語氣沒有起伏。

「為什麼？」

「因為我不想知道那些，我不想知道的事情。」小宇視線不再向著我，而是跟我看著同一個角落。

「好吧。」

如果可以，我多麼想時光倒流，到從來不認識秦天的時候。

「是女的？」

「男的。」

「三天前。」

「什麼時候？」小宇看著地板。

「你們，有接吻嗎？」

我想了想：「沒有。」

「你們……有肢體觸碰嗎？」

我仔細想了想：「沒有。」

眼前的男人皺眉。

「是用電子產品嗎？」

「不是。」

小宇突然額頭一鬆，好像聽懂了。

打我、罵我、揍我都可以，只要沒有被暈過去，我都知道要怎麼辦。

「是那個，22號嗎？」

「嗯。」我吞了吞口水。

小宇的呼吸有點紊亂和急促，最後深吸一口氣看著我：「他知道你死會嗎？」

我點頭。

「他知道你跟誰在一起嗎？」

我搖頭。

這一切，都不真實得像場夢。噩夢。

「最後一個問題，你愛他嗎？」

「不愛。」我說實話。

「ＯＫ，我大概知道了，讓我去洗個臉吧。」小宇轉身走出行李間，小聲地說出一個字。

我跟著走出，看著他的背影。我從來沒有感到如此絕望，你是在說我嗎？

我這才發現，我選錯了坦承地點。在這滿是同袍的寢室，我根本沒辦法解釋任何事，我甚至沒辦法安撫他，連最基本的擁抱都沒有。

只看到小宇用力而快速地換上軍服，把白色板鞋往床底下一丟，穿好一身迷彩服，喀一聲輕輕闔上內務櫃的門，背對我、向相反的盡頭走去。那頭是廁所。

不祥的預感。

只看到小宇往廁所門上一拳。

砰！嘩！吭啷啷！巨大的爆聲傳來，滿地的玻璃碎響。

小宇站在門前。玻璃門裂出了一面像蜘蛛網一樣的網痕。

「怎麼了！」

「博宇你幹嘛！」

「喂喂喂！衝沙小？」巨嬰學長往廁所走去。

學長扳過小宇的身體，只看到廁所玻璃門上破了一個大洞。

我急忙衝向前，看到他的右手滿滿都是血。

「沒事沒事，剛剛腳沒站穩滑一跤。」小宇面無表情地面對巨嬰學長。

「你這樣可能要賠錢喔。」腳臭學長說。

「你他媽還是人嗎？」我瞪了學長一眼。學長只哼了一聲沒有說話。

「誰知道醫藥箱放哪裡？誰負責軍醫？」

「間杰，但是他在站哨！」

「我知道在哪，先止血。」我看著小宇被割破的掌心，被學弟拿衛生紙蓋著，上面擴散著鮮紅的血。

好痛。

地上，也灑了一地的赤色的痛。痛到我咬著牙，閉上了眼。

除了痛，我沒有其他的感覺。

「要不要叫救護車？」我緊緊握住小宇的手腕。

「先跟值星講吧？」學長說。

往安官桌醫藥箱的路上，我高握著小宇的手，幾個學弟也跟在一旁。

「學長！你爆氣噢？說跌倒為什麼看到你站直直的？」混血子龍像記者一樣亂問。

「你真的會把我嚇死，我以為瓦斯爆炸什麼的。」威育學弟不斷搖頭。

「請問博宇學長，你會痛嗎？」混血學弟問。

「還好。」

「幹你是無痛症喔？」

「可能，因為有更痛的事吧。」小宇的步伐很穩，笑起一邊嘴角，笑得很努力。

我看著血從手腕上一路流下，碰到我的手。我發誓不會再這樣了，以後你說什麼我都接受；你要我捅自己一刀，統統可以。

「哇靠，你們搞什麼？」站安全的間杰學長，看到我們立刻站起。

「你們抓著。」我讓學弟壓住小宇的手腕，把跟行李箱一樣大的急救箱打開，裡面有各種棉花棒跟數不清的藥膏。

「你們現在是怎樣？演電影喔？」間杰學長立刻蹲下來，跟我一起找著要用哪一種藥膏。

「先用食鹽水吧！你們幫我握好。」我掀起小宇手掌上的衛生紙，看到掌心大拇指以下的肉丘，一道跟生命線平行的血線，旁邊還有幾條小傷口，全都冒著紅色的血。我閉上眼深吸一口氣——我到底做了什麼？

「還好，看起來沒有玻璃碎片。」學長說。

「嗯，因為只是手拉回來的時候，被玻璃刮到。」小宇跟大學長解釋。

「到外面洗好了。」走到室外，我拿起生理食鹽水準備倒下。「我倒了，可能會有點痛。」

小宇沒有回應。

我擠著食鹽水瓶清洗傷口，再倒下學長給我的優碘，用剛打開的棉花棒左右輕輕滾動。不知道傷口有多深，但是血似乎不再流出。幾個學長學弟在一旁圍觀，辦公室裡的文樂班長也走出來看。

放棄我了嗎？為什麼不罵我、不對我生氣？

還是你知道，看到你這樣子我會更難過？

「欸學長？你在哭喔？」混血學弟的聲音。

「什麼，你現在還有心情開玩笑喔。」威育打了一下子龍的頭。

「不是啊，是曉飛眼睛濕濕啊！」

「欸學長，人家受傷都沒怎樣，你擦藥的緊張什麼？」

「沒，我只是覺得很痛而已。」我用袖口擦擦眼睛。

「這種會不會要縫啊？」威育問。

「不用，我自己知道。包一包就好了。」小宇回答。

大學長幫忙用紗布壓住傷口，我拿網狀的紗布套好它。

「好了好了，沒事就回去吧！」文樂班長驅趕人群。身為這週的值星官夠倒霉的。

「博宇暫時先不要站哨，哨表的話……」

「先讓我站吧。」我搶著說。以免有人多站一點哨就開始賭爛。

「班長，不用，我ＯＫ。」小宇站起身。

「管你噢不噢Ｋ，同梯要幫你站多好，你逞強幹什麼。好了，沒事就離開了。」文樂班長繼續驅趕人群，小兵們紛紛回到寢室。

「還是盡量不要低於心臟。」我在一旁著急著：「你要轉診隨時就去。」

小宇點點頭，左手拿著牙刷，往浴室走。浴室的門跟地板只剩下濕濕的印子，那些血跡玻璃已經被其他學弟掃乾淨。自從他從行李間出來之後，還沒對我說過半句話。我回到床上，看到床上還放著兩包滿漢全席的泡麵。

「**哪天菜不好吃，就靠這個了，我們可以一起吃。**」小宇剛剛拿著這個的表情還這麼開心，卻感覺好像已經是好久好久以前的事情，就像一場美夢。

好痛。

怎麼可以這麼痛。

我打開內務櫃，上面依然貼著那張紙：

歡迎回家東東：

最近風很大，曬衣場的衣服幫你收了

我抽屜裡有飲料跟食物，help yourself.

Yours James

甜蜜的回憶碎片，就像那些玻璃渣，硬生生地將我割裂。我本能地換上長袖，哨子夾在衣領上、套上水壺S腰帶，走出寢室準備站九點的哨。這次要站四個小時，不能喝太多水。我拿著鋼盔跟水走到安官桌，看到大學長正在拖地。

「飛哥，你看看你們，把這邊弄成命案現場，有顧慮我的感受嗎！」他用力將拖把一甩。

「沒有。」我心不在焉地看著地上混著血的生理食鹽水。

你不原諒我也沒關係，拜託你趕快好起來。

「學長，我今天都幫博宇站哨，簽他的名字這樣沒問題吧？」

「是沒遇過這種事，通常是值星官改哨表。」

「沒關係，就給我站吧。」我不想讓小宇被賭爛。

「我沒意見，值星官剛剛都說可以了。」

「就這樣吧。」我走向哨所。

加上小宇的哨，我整天要站八個小時。其實也還好，很多人都是這樣站的吧？只是不用半夜穿著一堆裝備、站完還要搬東西。

望著燈還亮著的寢室。

「對不起。」我傳了訊息給小宇：「記得多休息，站哨不用操心了。」

沒有讀。

我突然緊張地點開小宇的臉書，狀態依然是穩定交往中。自以為已經把感情看得很淡的我，居然這麼害怕，害怕這五個字會突然消失不見。

整整兩小時，我沒有心思打手電筒看書，也沒有心思背單字。我只能雙手雙腳無力地靠牆站著，直到一隻虎斑紋的貓咪跳跳跳的站上櫃子。

「喵。咕嚕嚕嚕——」牠發出開心的聲音。

「怎麼囉？喵喵怎麼了？」我摸著小虎，發現牠背上多了一些突起的疤痕。

「又跟人家打架吼？怎麼這麼不乖……」我打開燈，讓小虎用臉蹭著我的手。

但是牠的一隻眼睛似乎張不太開，是黑色的窟窿還有一道疤，仔細一看我就倒抽一口氣。

原來牠一隻眼睛被抓瞎了。

這世界真是的。

「是小白抓的嗎？」我摸著小虎的頭，想起常常欺負牠的白貓。「沒關係，以後我叫大家不要餵牠吃東西。」

「喵——」

「牠也不知道……你會從此之後，只剩下一隻眼睛吧……」我不知道自己在說什麼：「牠一定……不是故意的吧。」

青蒼的風，穿過防彈背心，擦過胸口。

我腦中，都是微笑著的小宇。

我想讓時間停止，把全世界都關機。

如果痛苦使人成長，那麼想要成為神話的少年，到底要經歷多少事情？

一個熟悉的人影從寢室緩慢地走向安官桌。我看得懂那走路的姿勢。看看錶，十點五十分。

「嘟嚕嚕嚕。」哨上的對講機響起，小虎嚇得跳離哨所。

「喂？」

「博宇說他可以站，你要不要下來休息？」翹唇班長的聲音。
「有問過利行班長嗎？」
「是沒有啦。」
「利行班長說讓博宇休息的，你讓他去休息吧。」
「吼你們金價洗……」對講機掛斷。
小宇依然跟班長並排走來，兩人在哨所下看著我。小宇的右手被白布包紮著。
「他堅持要來咩。」翹唇班長摸摸自己的後腦勺。
「請他下哨去休息吧。」小宇對班長說。
「請他才去休息吧。」我看向班長：「沒睡好免疫力降低到時候傷口出問題誰負責？站哨有人闖進來可以擋嗎？」雖然我知道，這小鳥營區壓根本不會有人闖進來。
翹唇班長看了看我，又看看小宇，拍拍他的肩膀：「好啦你回去吧！」
小宇面無表情地走回安官桌，走出來時遠遠地看著我。他已經卸下了防彈背心。但是他默默地回到寢室，沒有來找我。
沒有關係，我們從這裡在一起，如果就這樣在這裡結束。即便只有短短的十幾天，但是我看到了幸福的模樣。對不起，是我沒珍惜你。

早餐，中山室餐廳。

「學長，你太令我感動了，等一下又要站兩班，根本狂戰士。」混血男孩拍拍我的肩膀。

文樂班長走來問我：「曉飛，昨天那樣站，會不會太累？」

「不會啊，因為我腰傷本來也就不能搬什麼東西。」我轉頭偷偷打了個不張嘴的呵欠。

「好吧那就為難你一下，明天哨表就會改好了。」

我面對的哨是九點到十一點，一點到三點午休的哨，還有七點到九點，覺得自己參加的是「站哨馬拉松」。可能要去跟輔導長借書，以免書不夠看。電視新聞播放著兄弟象經營不順的消息，說它將要走入歷史。

黃色小鴨的新聞一出來，大家就開始罵這些追鴨的人無聊。

阿婆跌倒的新聞一出來，大家就開始罵記者智障這個也要報。

其實外面的世界大家根本不在乎，可能是因為出不去吧，寧願覺得外面世界都是智障。寧願憤世忌俗讓自己好過一些。

菜鳥奴隸桌聊起了昨天的事情。小宇坐在志願役桌，他跟誰都很好。

「欸，博宇學長也太怪了吧？」威育吃著過水的麵。

「媽的——我也看不懂啊，他回營區的時候還超開心的啊，一直買零食、買泡麵，我第一次看他收假這麼爽。」憂鬱弘皺著眉搖頭：「結果突然來個摔跤就變那樣，果然人生無常啊。」

「會不會是跟女友吵架了？」威育神祕地說。

「可是他說不是跟女友吵架啊。」

小佑威直接起身，往後走去拍拍小宇的肩膀，我轉回頭看著前面的螢幕。

「欸學長，你有沒有什麼我們可以幫忙的？」籃球隊長的聲音。

「怎麼？沒什麼事啊？」小宇回答。

「有事要說欸，兄弟沒在怕的，你看我們都在啊！」威育聲音朝向這邊。

「對咩！」大家都轉過身附和。

我也很慢，很慢地回頭看向小宇。

「OK的！謝啦！我沒事。」他對我微微笑。

威育坐回我旁邊，口氣很不解：「真的很難想像誰能讓博宇生氣欸，學長人這麼好……」

我吃了兩口麵，發現一點食慾也沒有，只是硬塞。午休一起床，小宇果然還是換了便服，跟著班長轉診離開營區。我也不能用什麼身分跟去，畢竟沒有人知道我們在一起——或是之前曾經在一起。

自從輔導長來報到之後，下午的莒光課我們都要抬桌子做擺設，長官桌得鋪上綠色的桌巾，看上去更正式。聽說這叫做軍官之間的磨合期。

電視節目依然是性感主播、雙十節辛亥革命專題、國軍偶像劇、女輔導長唸大字報、超短英文園地。直到「虎帳笙歌」的單元，主畫面播著MV，下面會跳出營區外的人留給營區男女的留言，我看著那些加油打氣的文字，卻只聽到了音樂的歌詞。

有些傷痕像場大火，把心燒焦難以復活
不碰了好像忘了，恐懼卻在腦海住著

我幾乎跌到谷底，無法吸收正面資訊，為什麼每個人都好吵，拜託繞我一個人靜一靜。

「那我就來說正事了，大家都知道，今年是招募年嗎？」連長開頭。明明每年都招不夠人，明明每年都是招募年。

「如果你沒有一技之長，又還不知道自己適合做什麼的，留下來真的很好！」連長說完自己點頭。意思是說：沒什麼長處的、迷失在人群中對未來毫無規畫的人，簽下去吧，保證死於安樂。

「用時間換取金錢，用少少的自由來換取穩定的生活！」連長越講，下巴抖動得越厲害。寢室二十幾個人只能穩定地把屎拉在同一個大便斗裡，還有人穩定地把屎拉在外面，根本就是穩定到我想殺人。

「你看！哪個公司會安排時間讓你們去運動？還逼你們保持健康？」

安排時間讓你去站哨？志願役一半高血壓糖尿病高危險群是怎麼回事？

「關於廁所門壞掉的部分……」連長突然講到這個，我抬起頭。

「明天會請人來修，不過錢的部分，就要看是不是蓄意破壞了。」連長抖動著下巴，看了看副連長。副連長只是搖搖頭，看起來是要賠錢了。

這裡沒有「累積善」這種東西。不管你幫了營區多少忙、不管你在長官眼中多優秀，只要出了事都要罰。而獎勵，除了大家都可以的體能放么捌，目前卻沒看過其他的。

「喔對了，我們GQ要設計一個Logo放到團體的運動服上，請會畫畫的人一個星期內交上來，我們會舉辦投票。」連長看了看大兵日記裡滿是漫畫的我。「被採用的Logo，兩個么兩榮譽假。」本單位簡稱GQ。

「嘖嘖嘖，上天，果然是不公平的，這假根本就是你的。」憂鬱弘說。

「還不一定吧……」

「交給你啦！希望你能設計出好看的標誌。」

我這才從自責中甦醒，生活突然有了別的重心。運動時間站到哨上，我就拿著衛哨本跟筆站在外面看起來像在寫什麼資料，其實裡面夾了好幾張辦公室幹來的廢紙，都在畫圖。

下午運動前的最後時光，我拖著沉重的步伐，跟學弟們在哨所附近掃地。

「飛哥——我掃了一大堆落葉呢。」癩蛤蟆嘴歪眼斜走向我。我則是打開黑色垃圾袋，只看到一旁的他骯髒的橫肉，淫穢地繼續舉起畚箕：「快，撐開你的肛門！讓我進去吧！」

我收起恍惚的精神，剛剛這學弟說了什麼？

「你很噁心。」

「喔，我要統統進去了。」癩蛤蟆拿起畚箕，把乾枯的落葉抖入垃圾袋中，一邊淫叫：「噢噢噢，全部進去了！啊，有些弄出來了，沒關係我幫你用衛生紙擦乾淨。」他把撒到外面的落葉再用畚箕裝好。我居然懶得嗆他，就這樣過了一天。

「噢咿噢咿噢咿！」門口警鈴叫著，我在哨上看到門外一輛機車。

大奶班長載著純白T-shirt的小宇看完了醫生。

我把門打開，敬禮：「班長好！」

「好——」奶子抖動。小機車慢慢騎過。

我看著小宇的整個手肘包紮得很完整。

站著你的哨，瞧著你的傷，傷著你的心，愛著你的人。

「這要兩星期？」寢室裡運動時間結束，小兵詢問著小宇傷勢。

「縫三針？」「可以拿槍嗎？」

「應該是沒辦法。」小宇搖搖頭。

「學長，你這樣洗澡超麻煩。我手也受過傷，不能拿蓮蓬頭超難洗。」威育在一旁說。

「喔？這是個好問題，我還沒想過。」小宇點點頭。

「重點是，我們的浴室放蓮蓬頭的支架不是很不穩嗎？」混血子龍說。

「啊對吼，學長你慘了。」威育說。

「唉，可惜你女朋友不能來，不然就可以幫你洗了。」子龍繼續搭腔。

小宇看了看櫃子前的我，我急忙把內務櫃打開，用門擋住視線。

「啊啊啊曉飛！你幫博宇洗澡啦！你們那麼麻吉！」

該死的學弟，哪壺不開提哪壺。

「……」小宇沒出聲，等著我的答覆。

「隨便。」我關上門，放好鋼盔、解開腰帶。

「幹——真的是患難見真情欸。」子龍一臉浮誇。

我看了看小宇。到現在他還是沒跟我講話。

如果說我真有那分真情，但造成這巨大患難的，也是我吧？

24 廢人澡

開完會，來到了洗澡時間。

「媽的！玻璃破一個大洞跟沒有門一樣，什麼味道都有！」腳臭學長對著跟枕頭大小的洞叫囂。我心想你才最好不要鞋子破洞，你的鞋子裡才什麼味道都有。

小宇跟我都沒有起身去洗的意思，看來是不想一起洗澡給別人看，因為浴室只有一扇門。直到浴室沒什麼人在進出，我拿了臉盆跟毛巾走向小宇。他也拿起臉盆，裡面放著沐浴乳洗髮精跟毛巾，沒等我便直接走向浴室。

一進去就看到小佑威穿著一條黑內褲，在洗手台使勁搓著衣服。

「學長！我真的很羨慕你們欸。」威育書法收尾般的粗眉毛揚起。「我目前還想不到可以幫我洗澡的兄弟。」

「放心，等你遇到事情了就會有的。」小宇對他笑笑。果然是只不跟我說話。

「不用管我，你們洗你們的。」

「ＯＫ。」我跟小宇同時開口，互相對看一眼。

「要不是你們都不是Gay，我真的要懷疑你們根本在一起了。」小佑威眼神發亮看著我們。

哈囉，可以關掉了。關掉你他媽的第六感！身為一個異男第六感這麼準是要逼死誰？

小宇走到最裡面那間。倒數第二間是掃具間，也就是隔壁絕對不會有人進來。

我也走進去，看著小宇那被紗布包緊緊的右手，我舉起右手發誓：

「我如果再發生一次，我就可以去死了，或是……半死不活……嗚。」

小宇立刻摀住我的嘴，然後放開。不願意我發毒誓。

「你不說話，是處罰我嗎？」我發現他不是不理我，只是不說話。

他微微一笑。

「對不起。」我說。

小宇搖搖頭。

看來以後我必須要很會問是非題，因為男友熱愛玩「海龜湯」[6]。

脫了衣服跟褲子掛到門上，小宇卻指著自己身上的衣服，帥帥的電眼看著我。明明就可以自己做的事。

可惡。

我掀起小宇的汗衫，一身精瘦水男孩的體態展露無疑，那性感的味道依然像是黑洞一般牽引著我，粉紅乳頭，肌肉線條。還好已經不是第一次。

他依然等著我。

「真是的。」我抓住他的小短褲，往下一拉，他也抬腿讓我脫掉了褲子，剩下人魚線下的黑色的CK內褲。他還是笑笑等著我裝作聾啞人士。這招真的很過分，我必須不停觀察他的行為，來猜想下一動怎麼做。

「嘶……」我吸一口氣放棄抵抗，低頭脫下他的內褲。果然倒三角濃密的陰毛散發著他獨有的味道，陰莖晃著、可口地垂掛在那。

我抬頭拿起他的內褲掛到門上，小佑威居然拿著臉盆在門上看著我們！這是我這輩子，第一次脫男人的內褲被別人看到。

「唉學長——我真的好羨慕你們！我不知道我女朋友會不會這樣幫我洗澡。」威育不斷搖頭，儼然一個幸福觀眾的模樣。

「怎麼怎麼，你要一起來也可以啊。」小宇開口。

「他開玩笑的。」我說。

「謝謝！謝謝！我怕我享齊人之福會承受不了。」佑威學弟不斷偷笑：「那我不打擾你們

6 海龜湯：一種猜測情境型事件真相的智力遊戲。其玩法係由出題者提出一個難以理解的事件，參與猜題者可以提出任何問題以試圖縮小範圍並找出事件背後真正的原因，但出題者僅能則以「是（對）」、「不是（不對）」或「沒有關係」來回答問題。正式名稱為情境猜謎（Situation puzzle），又譯情境推理遊戲，另名水平思考遊戲（Lateral thinking puzzle）或是／不是遊戲。

的鴛鴦浴啦。」

「ＯＫ。」我跟小宇又同時答話，看了看彼此。直到威育離開浴室，在看不見的轉角關上門，那個有洞的門。我又要面對這愛耍廢的男友了。小宇把被包紮的右手輕輕放在門上，避免碰到水，其他身上都任由我擺布。

「水會太熱嗎？」我沖著他的左手。

搖搖頭。

「低頭，閉上眼睛。」我拿蓮蓬頭沖起小宇的頭。「哪裡不舒服的話就拍拍我。」

他點頭後，我擠了看起來很昂貴的洗髮精，小宇伸出左手要了一點，然後輕揉著我的頭髮。

我只好用雙手在他頭上搓揉起泡。

他俊俏端正的五官就在眼前，但我只是專心地搓揉著他的頭髮，避免他沾到眼睛。偶爾四目相對，那高貴的氣質總讓我覺得我們有一段距離。

「為什麼不洗自己的頭就好啦。」我問。

小宇瞇起眼睛，看著我。

「好好好，我錯了。」

可惡，我也好想一拳把那塑膠隔門打爆噴一點血啊，死不肯講話真是氣死了啊。好想把你抱緊緊，你卻用這種方式懲罰人。

沖好水，換沐浴乳。

果不其然，我在手上擠了一點之後，小宇也伸手要沐浴乳。

根本就有能力自己洗吧？先抹完再用水沖就好了啊，除了單手拿蓮蓬頭沖頭髮效率比較低以外，好像沒什麼非要一手搓身體同時一手拿蓮蓬頭的時間。

小宇一手用沐浴乳摸上我的身體，摸著我的胸肌，沿著肩膀、手臂到手掌，我則是兩手專心地搓著他流線光滑的身體，從脖子、肩膀、手、胸肌、腹肌。柔軟而有彈性的肌肉，白色的泡泡在肌膚上透著光澤，讓我微微的硬起。

我手刀搓了搓了他毛量剛好的腋下，故意用兩手大拇指輕輕搓他小小的粉嫩乳頭。

「啊……」小宇皺眉嘴巴微張，不小心從喉嚨發出低沉性感的呻吟。

「?!」隨即驚訝地抿上嘴，臭著一張臉，像是罵小孩指著我。

「好好我知道，我在被處罰，我錯了。」

這銷魂的呻吟聲，這真的是我的男人嗎？為什麼找不到任何缺點？

我們持續搓摸著彼此的身體，越來越往下。餘光看到小宇果然沒有硬。

OK，除了沒有什麼性慾以外，找不到缺點。

但是我下體已經又脹又硬，只能裝作沒這回事。但是沒關係，重要情報Get！——「乳頭超敏感！」

我們繼續若無其事的洗著彼此的大腿、小腿、屁股外側，就是沒碰到丁字地帶。小宇溫暖的左手，率先摸到我的陰莖。又硬又熱青筋分明。然後他停住動作，溫柔的雙眼看著我。雖然我知道他早就發現了。

「對不起，我沒有任何想法，是他自己起來的。」我舉起雙手。

小宇露出邪笑，用大拇指搓著我敏感的龜頭，令我膀胱括約肌情不自禁地收縮著。

「不要這樣……」我頭靠在他胸前。

「嗯？」小宇抬起我的臉，瞇眼示意表示我正在被懲罰。

「嘶……」我閉上眼，近乎崩潰。這種處罰方式，真的太變態。

小宇示意我轉過身，指尖戳著我的背開始寫字。

很癢，很癢，癢到我不自覺地又笑起來。

第一個字結束。

「證？」我回頭確認。

小宇點點頭，然後繼續在背上寫。

「明？」

點點頭。

「給？」

點頭。

「我？」

繼續寫。

「看？」我轉頭說完這個字，小宇微笑，很帥的那種。

「我不知道要怎麼證明。」我定定地看著他：「但是我知道，我這輩子遇不到比你更好的人了。」

小宇笑了。

「下不為例。」他終於開口。

「噢幹!!終於!!」我朝門上搥了一拳，砰的一聲仰天閉眼。這四個字有如醍醐灌頂、有如新年的第一道光芒。

「幹！幹幹幹！我剛剛超悶的!!」我用力握拳。

「我還沒原諒你，你高興得太早了。」小宇似笑非笑。

「沒關係，我真的快爆炸了。」我緊緊抱住小宇。我倆的上半身貼在一起，沐浴乳在我倆身體貼合處流淌滑動。

「你真的是……」小宇一副拿我沒辦法的樣子，只好回抱著我。

我抱得很緊，整根肉棒在我們下腹間壓著，從陰毛到肚臍都是我的快感區。

「你這樣頂得我有點……」他皺起劍眉。

他耳朵好紅好紅。

「不舒服嗎？」

「不會……」

「好吧。」我如釋重負。至少，小宇願意給我機會，讓我彌補這一切。

「其實我可以自己洗。」小宇神祕地笑笑，接過蓮蓬頭，沖了沖自己胯下。

「是吧，我剛剛真的覺得自己好像失智老人的看護。」

小宇瞇著眼：「嗯——？」

「我錯了，我就是你的看護，一輩子也願意。」我輕輕打自己一巴掌。

「That's Right.」他緩緩點頭。

就算每天幫小宇洗澡，我也不會有一點怨言。只是故意不說話的懲罰實在太過煎熬。他本來就是不愛吐露心事的人。不過這次之後我才發現，我們之間確實有著一股莫名的默契。

「現在有好一點嗎？」小宇一手摟著我腰傷的部位。

「沒有，現在彎腰都會痛。」

「幫你按按？」只靠左手的按摩，每推一下我就往小宇身上靠得更緊。陰莖更是難受。

「你這樣我不會比較好……」我輕輕挪開他的手。再按下去我就要射了。

「好吧。」小宇後退一步，我們開始各洗各的，否則不知道要洗到民國幾年。

一出浴室，立刻遇到腳臭學長。

「你……不會真的幫他洗吧？」學長指著我。黑黑又膚色不均的臉，像是個醃漬失敗的四川香腸。

「怎麼怎麼？會怎麼樣嗎？」小宇笑問。

「靠，我就不相信一隻手就沒辦法洗澡！」腳臭學長後退一步：「你們兩個死Gay，以後洗澡就不要給我遇到！」那張臉上，是真的厭惡的表情，沒有在開玩笑。

「好！好！這麼嚴重啊——」小宇說完，尷尬地推著我離開。

然後，我又要去站哨了。

「欸，聽說等等要去中山室吃蛋糕。明翰學長生日收假，他自己買蛋糕回營區。」在軍中生日真的很可憐，沒有人知道，也沒有人會幫你做什麼。我站到哨所上，看到大家走到中山室，好像真的吃起了蛋糕在慶祝。

沒辦法參與，我一點都不感到可惜。腦中都是跟小宇抱抱的畫面，整個哨所都冒著粉紅色的氣泡、樹上也飄落著千本櫻。

有個人從中山室走出來，手上白色的包紮讓小宇更加好認。他一手小心托著一盤小小薄薄的巧克力蛋糕，偷偷摸摸地拿給我：「要收好喔，有你喜歡的奶油。」

「吼很危險欸。」我趕緊放到哨上的櫃子擋好，打算等等再偷吃。

「那我先回去啦，他們還在慶祝。」小宇大拇指比比後面，就往回走。

「好。」我偷偷挖了一口來吃，享受一股奶香味。就算孤單地看著大家嬉鬧，卻還是感覺好甜蜜。

25 現世報

小宇剛走進中山室，不久就走出一個胖胖的身影。

「你有拿到蛋糕嗎？」腳臭學長站到哨所旁邊。

「嗯。」

「拿出來，哨上不能吃東西。」他一臉輕蔑。

我愣住一秒，還是進去把吃了一口的蛋糕端出來給學長。

「我就知道！看到博宇拿蛋糕，就知道是給你，你們噁不噁？」他擺出學長的架子。你們晚上站安官滑手機玩遊戲、吃宵夜都可以，我卻不能吃一片薄薄的蛋糕？擺明了就針對我吧？

「放心，我不吃你的口水。」他走向大門口旁裝有落葉的黑色塑膠袋，把蛋糕連盤子丟掉。

「你應該感謝是我發現，如果是班長發現，你就慘了。」學長一副為我好的樣子。

「是……學長。」我握緊拳頭，卻什麼也不能做。

「博宇都有女朋友了，我也真是看不懂，你們不是Gay就不要這麼噁，放尊重一點。」

「好的。」我笑笑，手輕輕放在電擊棒上面。

再說下去，我就要電擊棒測試了，上千伏特應該可以烤香腸吧？

「今天算你走運啦，我就當做沒看到。」腳臭學長轉身離開。

看著黑色垃圾袋，想到小宇開心神祕地把蛋糕拿給我的模樣，就覺得好難受。果然軍中還是不怎麼安全。

十點，我依照規定從旁邊推出兩座拒馬擋在大門前面。那是一組黑色鋼架纏繞有刺的鐵絲，用來防止入侵的障礙物。雖然我覺得它能防止的只有收假要開車回營區的人員。

「哈哈哈幹不要跑！」中山室傳來嬉鬧聲，門一打開有人衝出。

他們居然在玩抹奶油！我最喜歡的奶油！

幾個人也衝出來，在集合場、辦公室裡穿梭。

「有種不要跑！幹你死定了！」標緻學長手上沾滿奶油，追著腳臭學長。他們用跑百米的速度從小廁所衝出來，朝我的哨所方向一路追趕。

「哈哈哈！追不到！」腳臭學長達達的腳步，一個過彎往拒馬衝去。

「喂!!」我大吼一聲。

砰！……刷刷刷！

腳臭學長就這樣撞上了充滿鐵絲的拒馬，毫無懸念的撞上去。

刷刷刷。拒馬被撞得往旁邊移動五公尺。

只看到腳臭學長搖搖晃晃地在原地想維持站姿，卻往後跌坐在地上。他使勁出力想坐直，卻無力地往後一仰，躺在地上一動也不動。

我第一次看到人類被撞暈的畫面，整個被嚇傻了。

我立刻開燈打對講機給安全。但是根本不需要，所有人都往這邊走來，檢查學長的狀況。

「還好嗎？」

「好像還可以說話。」

「還好沒傷到眼睛。」

「我叫救護車了。」文樂班長蓋上電話。

「曉飛，他怎麼撞上的？」小S副連問我。因為我是唯一的目擊者，連在他身後的學長，都沒看清楚黑黑的門口發生了什麼。

「應該是因為從亮處奔跑出來，眼睛還沒適應黑暗，外加嬉笑打鬧沒注意，就直接撞上了拒馬。」我冷冷地看著腳臭學長，他被人們包圍得只剩雙腳。

為什麼我沒有一點同情的感覺呢？我是不是太冷血了？

這個人，剛說完Gay很噁心，就撞上了Gay擺放的拒馬。

剛對我烙完狠話，下一秒就暈倒在我眼前。

我很想可憐他，但是腦中同時覺得這只是剛剛好而已。一個人怎麼對待這個世界，這個世界就會怎麼對待你。

這世間大多的報應，都是剛好。

「最近營區真是充滿血光之災啊……」副連長雙手交叉在胸前，翹起小指，看著躺著的腳臭學長。

十分鐘後，我在哨上看到遠方閃爍起紅光跟喔咿喔咿的聲響，推開營區的門，讓救護車進來。兩個男人張開擔架車，一個使勁就把有點肥的腳臭學長抬上車，救護車又喔咿喔咿的開走。自始自終我都沒仔細看他的傷勢。我沒興趣也不想看。

「下巴有點慘，到嘴唇那都……」憂鬱弘搖頭。

「他們到底是跑多快啊？」

「就全力啊，怕被追上的那種保命的奔跑。」我說。

「好，走吧，我們要去看監視器精彩重播。」副連長飄逸地轉身走向安官桌。

「果然拒馬上面要放紅色的警告燈啊，這週值星真倒霉。」輔導長把拒馬推回去，呆呆地在原地。「不過，感覺就是個樂極生悲的故事，顆顆。」他搖搖頭就跟著大家回去了，剩下小宇留在哨所旁。

26 男友的第一吻

「你給我的蛋糕，被學長丟掉了。」我站在一公尺高的哨所上。

「我知道。傻林學長跟我說了。」小宇拍拍他的水壺：「沒關係，我還有機會買奶油蛋糕給你。」

「那我只好買各種巧克力給你了。」

「你怎麼知道我喜歡吃巧克力？」

「因為我是你男朋友。」

「現在可以甜言蜜語了喔？」小宇詭異地笑，轉過身背對我。「你是不是要交代一下？」

「你說……怎麼發生的嗎？」

「嗯。」

然後，我大概說了跟秦天面對面打槍的事，沒有說得太仔細。但是在一起以前的事情，小宇沒有問，我也沒說。誰沒有過去？誰沒有用過牙齒？誰第一次就會洗屁股？

「有一部分是我的原因，我沒有滿足你吧。」小宇還是背對我。

「不，不是，不是這個問題，是我自己沒想好怎麼……」

小宇緩慢地搖搖頭。

「他從新訓選憲兵的時候就看上你了吧？」

「其實他也不知道……別想太多了。」

「這個孫秦天，居然敢動我的人……」小宇沒聽我在說什麼，下意識扳弄左手手指發出喀喀的聲音。我第二次看到他這麼生氣。

「好癢！」我蹲下，從後面抱著小宇，這暖暖香香卻正在生氣的男人。

我把鋼盔往上一挪，從後面親了小宇的臉頰。他嫩嫩的臉散發一股誘人的味道。

「你以為這樣就……」小宇轉過頭，無害好看的雙眼跟劍眉，柔和地對著我。我們鼻尖觸碰著。

莊博宇，我好愛你。

我真的好愛你。

閉上眼，嘴唇接上了他柔軟的唇，感受他感受我的鼻息，呼吸他呼吸過的空氣。小宇嘴裡都是淡淡的奶香味。我微微伸出舌尖，輕輕觸碰著濕軟的甜甜蛋糕味，腦中內分泌炸裂般地作用著。我的世界只剩下這一個人，我只要這一個人。我好想就這樣抱緊永遠不放開。

就算軍法審判，我也願意。

我們輕輕地移開雙唇。我們張開雙眼。

我連忙站起，小宇也回過神，轉身離開哨所。

「God……」「幹……」

「我去看安官桌。」他頭也不回地。

「好，掰。」我站超直超挺，跟憲兵一樣。

我跟軍事家道歉。

對不起麥克阿瑟、對不起亞歷山大、對不起拿破崙。

我們居然在營區最嚴肅最多監視器的地方接吻了，至少三台、不、四台。以為是晚上就拍不清楚嗎？還有紅外線監視器。我腦門上此刻就是寫著一個「死」字。我望著小宇走進安官桌，那負責監看監視器的地方。

我捂著嘴覺得自己好陌生。我從來不是一個為愛冒險愛情至上的人；小宇也一直是營區裡面優秀機警的男人，做事總是面面俱到。但是我們居然在最危險的地方情不自禁，像是被下了「情絲繞」春藥。

小宇走出來回到我面前說：「間杰正在寫簿冊，沒在看，我看了一下監視器，應該不會太清楚。」

我這才鬆一口氣，差點我們就要見光死。這是我能想的到最不適合接吻的地方了，比台北車站的大廳還不適合、比跟家人吃年夜飯的時候還不適合、比正在大便的時候還不適合。這可是會關禁閉的。

「但是如果跟你一起被懲罰，我好像……不會後悔？」

「是啊，而且剛剛……我好像有感覺喔。」小宇笑著。

我瞄了一眼小宇的褲襠，微微地鼓起。

什麼，發動條件這麼嚴苛。一定要在如此刺激的地方接吻才有感覺嗎?!

「你吼……」我瞇起眼笑。

深深地望著彼此。我在他的眼裡，看到自己。

可惡，好想再親一次。

「你跟我想的一樣嗎？」小宇抬著頭。

「可能喔，可是沒辦法。」我微笑。此刻的大腦彷彿相連。

「太危險了，我先回去了吧。」

「好，路上小心。」明明回寢室的路只有一百公尺。

「不要太想我。」明明朝夕相處。

「很難。」明明應該專心執勤。

看著他的背影，還有手上的包紮，消失在營區盡頭。左右兩邊一棟又一棟的經理裝備、一堆班長、一堆學長，在對同志態度並不友善的軍隊，我卻一點都不感到害怕。我拿起廢紙，打開手電筒，繼續畫著單位的Logo。

只要拿到榮譽假，就有幾個小時可以約會了。

為了你，就算要與整個世界為敵，我也願意。

回到寢室，看著在上鋪已經睡著的小宇，我也不再多做些什麼。因為總有學長在一旁熬夜滑「神魔」。

一早，標緻學長從外面急急跑回寢室。

「百香果樹……駕崩了！被司亮弄死了！」

「什麼！為什麼！」大家慌張的跑出去看。百香果藤蔓一夕枯黃。在營區只活了一天。

「這到底是誰弄的！」連長面目猙獰如喪子般大吼。仔細看才發現藤蔓整個懸在樹上，沒有任何接觸地面的部分。學弟把藤蔓接觸地面的部分**完全剪斷**。就像去理髮店，說「耳朵以下可以剪掉」，設計師就把頭給直接砍了。

「我哪知道！他又沒有教我怎麼剪！」司亮理直氣壯地喊冤。天兵總是永遠把過錯推給別人，覺得是全世界在陷害他。

連長龍顏大怒，只要跟營區本身業務無關的花草油漆，都是他的最愛。

「我記得沙包很久沒有換新包裝了？餐盤很久沒有全部拿出來洗了吧？烘碗機好像也該洗了。」連長的額頭上爆滿青筋，嘴裡不間斷數出一串差事。

營區因為一棵百香果樹的死亡，從此進入了永夜。所有人不是把破掉的沙包裝進新的麻袋，就是永遠做不完的整頓工作。每個學長看到癩蛤蟆，都喝令他去做鳥事，找機會幹他兩下消氣。除了腳臭學長。他似乎直接被改了假回家休養。

總是嚷嚷要打開別人的肛門的學弟，如今成為肛門最鬆的人。

連長持續發瘋到晚上，要全體人員拿著椅子到會議室，所有義務役也要來開課前會議。就這樣，小兵七點半到八點多的自由時間莫名其妙的消失了。

開課前會聽著班長一個一個報告自己今天的業績跟明天要做的事情，好像每個人都很忙。

「上面的費用還沒有用完，我想了一下我們連上還缺什麼。」連長挪動了一下他的橫肉。

「經過幾天的反覆思考……我決定買一台蒸包機。」

「蛤？」小兵面面相覷。

「**不是一般的蒸包機！是跟7-Eleven同等級的蒸包機!!**」他興奮地說著，好像是今天唯一開心的事。

心情不好開始亂花錢嗎？有錢不是應該先把小兵寢室壞光的馬桶修好嗎？

女士官酋長報告她排完的軍官哨表，突然對癩蛤蟆學弟說：「司亮，你頭髮該剪了。」

司亮只低著頭，不說話。

「你覺得你的頭髮很短是不是？」女士官長往前坐了一下，看著他的鳥巢頭。學弟依然不為所動。整個會議室時間凍結。

「給我站起來。」女士官長就當著所有人的面，毫不留情地幹他。

會議結束，我問癩蛤蟆：「你為什麼不說話？」

「我怕我越說話，士官長會越生氣啊。」

被國中小學老師罵，低頭等老師罵到累這一套，在軍隊已經不管用了。長官喜歡聽你道歉，你最好跪下來跟長官磕頭，舔長官的乳頭，或是至少露出屁眼才算是一個正規的態度。

離開會議室，我突然感到一股酥麻。發現子龍正撫摸我的屁股。

「你幹嘛？」我抓住他的手腕。

「我們昨晚發明的遊戲啊。」子龍持續捏著我的屁股：「叫做GQ好屁屁。」

「你說什麼？GQ殺小？」

「我們昨天討論過，雖然都是男的，但是每個人的屁股觸感都不太一樣，我們覺得可以比賽分析一下。」子龍轉頭跟小隻的樹希學弟（也就是男版章子怡）使眼色，另外一個黑人學弟也點點頭。

「我一定要贏！」威育學弟握拳。

這些學弟是怎樣？吃飽太閒？沒事舉辦什麼「好屁屁比賽」？

「可以了。」我再度把子龍撫摸我屁股的手拍開。

「曉飛的我打八十五分，軟硬適中，可是內褲穿這款不會卡卡的嗎？」子龍摳著我內褲邊緣的線。

「給我閉嘴。」我的分數才八十五？開什麼玩笑？

「曉飛，你來幫我一件事。」隔天一早，文樂班長把我叫去辦公室。「我們床位要重新規畫成隔間式，就算空間不夠，你就試著用電腦畫一張設計圖吧，看看最多能容納多少人，女寢也要，走道最少一公尺……」

「好。」我問了詳細內容後，接下室內設計的公差。也不知道是因為會畫圖，還是因為我不方便搬東西。

一張本來一排床的大通鋪，要改成用內務櫃隔成一間一間的四人小包廂，看來國軍終於開始注重小兵抱睡的隱私了嗎？我丈量著寢室的長寬、比例尺，試圖讓寢室塞下最多包廂。

「什麼？你要進來女寢？」丁小雨學姐在門前捂著嘴。

「我只是進去測量。」我冷冷地說。

「這裡沒有男生進來過欸！這樣太便宜你了吧！」

便宜？我是整個營區最不想進去的人啊，我害怕充滿騷味兒的空間、我不想看到任何有花邊的奶罩或是廁所裡面的衛生棉C字褲好嗎？

一進門，沒有我腦中想像那種奶罩用繩子串聯掛成萬國旗的畫面，也沒有任何按摩棒。女寢跟男寢一樣無聊，看來那些比基尼跟C字褲都放進內務櫃了，真是好險。（堅持有C字褲？）

測量完女寢跟女酋長室，在紙上畫好了配置圖。

「那我也要看一下男寢！我都沒看過！」丁小雨學姐雙腿突然一個內八。

「不行。」我毫不猶豫。

「拜託。」「不行。」學姐硬跟著我走到男兵寢室，像是被結界硬生生擋在門口。

「吼——學弟——」學姐雙手半舉做出可憐的抓抓手勢。

「沒差啊，進來參觀啊！」明翰學長正要上哨著裝，頂天立地待退人員果然沒在怕。

「耶！」學姐一腳搶踏進。

「不准！這是規定！」我指著她的腳。

我這幸福的純男性空間，絕對不能出現女人的騷味兒！這可是我的後宮！

「好吧……那讓我吸一口。」學姐身子前傾超越結界，雙手在背後保持平衡，深吸了一大口小兵男寢的空氣：「嘶嘶嘶——啊——年輕男子的味道——」

「可以了吧……」我冷冷地看著學姐。

「好香噢——年輕男子的肉味。」學姐心滿意足的轉身離去。對於一直學千年樹妖講話的學姐，我真的很想報警。

「欸欸曉飛，我在想退伍趴約大家去夜店你覺得如何？」明翰學長問。

「可是我們不是不能去夜店？」

「哈哈哈。」學長狂妄地大笑走出寢室，根本沒在怕。

午餐，電視新聞充滿黃色小鴨。

「媽的！整天黃色小鴨！哇咧幹你小鴨！」黑道班長罵個不停。

「台灣人嘛！就不懂這有什麼好看的？」

「黃色小鴨從十月二十六日即將在桃園新屋出現了喔，為期將近半個月的時間，北部的朋友們有福了。」主播繼續播報著。

「欸！桃園欸，你們不是都在桃園嗎？」色凱嘴裡都是飯，還急著說話。

「喔對啊。」我跟博宇互看。

「那你們可以一起去欸！」

「你忘記我們的假是錯開的嗎？」我說。

「啊對吼！」色凱回應。

「怎麼，你會想去嗎？」小宇問我。

「可是一個人去感覺有點哀傷。」我說。

小宇點點頭。我們似乎註定無法在營區的圍牆外約會。我們的假最多重複兩小時，一個六點放假，一個八點收假。我起身舀湯，突然感覺到屁股被一隻手掌握和揉捏。

「學長，借我摸一下。」威育學弟有點抱歉地揉著我的屁股。

「幹幹幹，什麼意思？」我屁股一縮。雖然很舒服，但好像哪裡怪怪的。

「就活動啊，子龍居然把你分數評得比我高！」

「幹，那你摸之前也先說一聲吧！」我把他手拍掉。

「呵，先說會不自然！」混血男孩突然插話：「我們要比的包括自然狀態下的屁股！」

「屁啦，我的哪裡會輸他！」小佑威指著我的屁股，跟子龍吵起來。

「你的太硬了啦！毫無彈性就是八十分！」子龍回應。

「我超有彈性好嗎？」小佑威屁股面對我倆，夾緊又放鬆。

「你那個真的肌肉太多了。」子龍堅持。

都給我閉嘴好嗎！人家在吃午餐，你們一直聊屁股的事，你們有考慮過別人的感受嗎？沒有欸，就一直屁股來屁股去欸。我要報告班長了，我要跟班長說學弟穢亂後宮！

排在後面的文樂班長，竟也把手往癡肥學長的屁股上一摸。

「這個又大又鬆欸，吃太好又沒在動，四十分。」文樂班長用台語向子龍報告，只看到子龍在紙上登記著什麼。

「幹！少囉唆！」癡肥學長把湯勺一甩，側身來個遲來的閃躲。

咦，怎麼這世界，已經沒有正常人。

怎麼這世界，每個人都不滿足。

怎麼這世界，每個人都摸別人。

不摸自己。

班長居然也參加活動了。

「登登登登——」子龍攤開那張紙，上面是20×20的表格。

「每個人都可以評分，最後算出的平均數，就是你屁股的得分了。」

「所以每個人都要摸過？」我問。

「就每個人都可以摸過一輪啊。」

「你怎麼會有空畫這個表格？。」

「你不知道站哨很閒嗎。」

我看了看我的名字，對應子龍那邊，是八十五，也就是他給我打八十五分。然後威育是八十。我有點佩服了「GQ好屁屁」這種競賽也能舉辦得如此用心。

「不行，曉飛我頂多打七十九，不能比我高。」威育摸著我的屁股，好勝心極強。

「哈哈好的。」子龍又登記著。

「好了好了，評完分吃完飯可以收餐盤了。」文樂班長拍拍手，對大家下令。

喂，值星官！這不用納入正式活動裡面吧？

「飛哥！至少打一個分吧！」子龍對我笑笑。

「好啦你們真的很……」我手往子龍屁股一摸。

那小巧玲瓏的渾圓的屁股柔嫩而有彈性，在我摸下去的一秒後，他偷偷用力又放鬆，簡直是電動小馬達。

「!!」我嚇了一跳放手。

「不錯吼？幾分？」子龍挑了挑眉毛，露出平面模特的表情。

「好啦九十五好了……」這個屁股我完全可以，再摸下去就想摳了。

只看到小宇收著餐盤，倒著餿水往我這一瞪。

「呃，九十……」

「不管，你剛剛說九十五。」子龍驕傲地筆記著。

就因為這個幫屁屁打分數的詭異活動，之後好幾個人打招呼的方式就變成摸屁股。整個營區都進入網羅，整個營區都是同性戀。

「怎麼樣？這個活動怎麼樣？」小宇詭異地笑著，跟我一人一邊提著一鍋餿水。他依然一手被包紮著。

「我只是應付一下而已。」

「真——的——嗎？」低沉鼻腔共鳴的質疑，讓我想起了我的戴罪之身。

「那我不參加就是——」

「我不會阻止你啊。」小宇有神地笑了，笑容卻充滿威脅。

誰Care屁股，有你的笑容就是我的全部。

「我們好像沒有時間可以約會。」話說到這裡，已經走到了不方便說話的洗手台附近。

「放心，總有辦法的。」

每當看到小宇不好使的右手，我的心就刺痛。接過小宇的那端，把餿水倒進藍色桶子。

「小虎的眼睛怎麼瞎了？」男版章子怡學弟餵食著貓咪。旁邊的白貓本來為了食物還想把小虎擠開，我們生氣地把白貓趕走。

下午我左右手開弓，簽了好幾個不在營區的名字，做完假資料。剩下的時間就是拿著簽到表到處遊蕩。我到哨所找明翰學長，卻發現他在跟輔導長聊天。

「我是不可能去啦，你們要去的話，我也沒辦法阻止你們。」輔導長呆呆地望著明翰。

「沒聽說過軍人去會犯什麼天條的。」明翰居然在問輔導長要不要去夜店。

「主要是怕你們被牽連惹事、吸毒之類的，自己罩子放亮一點。」

「來，簽名。」我把簿冊遞上。

「曉飛！所以到時候我退伍趴你OK吼！」明翰繼續揪團。

「我不知道欸，我沒去過那種夜店其實。」我說，異性戀的那種。

「真假啦！那你一定要來。」學長說完，對著剛好經過推著推車的小佑威跟憨厚學弟：

「威育你們也會來吼？」

「這個一定要去的啊！」威育毫不猶豫。

「我什麼都沒聽到，What does the fox say——叮叮叮叮叮叮叮——」輔導長哼著腦歌飄走，一點也不想摻和進來。

27 舌吻可以摧毀一切

我行經走廊回到辦公室，小宇也在裡頭影印著公文。

「幫忙簽個名吧，多簽幾個。」我把簿冊拿給小宇。

我們手指尖輕輕的滑過彼此的手心，嘴角無法克制地上揚。這是我人生第一次體會到辦公室戀情，在所有人眼皮子底下亂來。

但是一碰到小宇的手，我全身就是興奮無比，快忍不下去。

「好痛苦。」我看著小宇簽名，咬牙說了一句。

「你說看得到，吃不到嗎？」小宇笑著把藍色原子筆塞回胸前。

我發現這支筆很眼熟。

「這支筆，是你的嗎？」

「喔？你看出來了嗎？是上次跟你借的啊。」

「上次借你筆……你說新訓的時候？」它真的很胖很好認。

「想起來了喔？」小宇把簿冊還給我。

四個月前的懇親假，小宇在爸媽面前來找我寫資料，把我筆就這樣借走了？

「這支筆你用這麼久？」

「捨不得用啊，怎麼怎麼，這樣很過分嗎？」

「超過分，你已經什麼都偷走了。」我學他笑著搖搖頭。

「真的嗎？那我不還囉？」他一副被誇獎的迷人模樣，摟著我的腰。

我忍不住了。

誰管這些狗屁資料，誰管什麼他媽的軍法。

「五分鐘後，小寢浴室集合，我最多等你三分鐘。對錶，現在時間四點十七。」我蓋上簿冊。

「你要？」

「親一下。」八分鐘是極限，我已經胸前冒火。

「沒問題。」小宇點點頭，我們分頭繼續忙起了自己的業務。

我對著電腦敲打鍵盤，不斷看著時間。

「怎麼資料都這麼舊！咦？軍中也可以借孕婦裝喔？」後面的雇員阿姨嘮叨著。

我不在乎你的孕婦裝。

「什麼！我健保費增加二十八塊錢？為什麼！」大奶班長在隔壁桌吼叫。

不要拿妳的屁事來煩我。

「因為妳升中士，加薪兩千啊！」

「為什麼！為什麼要多收我二十八塊？」

二十八塊我給妳，給我閉上妳的大奶嘴。

「啊孕婦裝還回來誰要穿？變堪品喔？笑死人。」雇員阿姨還在碎唸。

燒掉，孕婦裝什麼的，通通燒掉。

「欸……你看過軍用孕婦裝長什麼樣嗎？」

誰知道，野戰孕婦裝應該是迷彩的吧，可以一二三站著穿，集合好方便吧？

我看著左手上的電子錶，數字跟數字中間兩個點點閃爍極慢。

04:18

他媽的，才過了一分鐘？

地球是不是遇到了黑洞？早知道我應該說三十秒後親一下，不，立刻！

終於等到四點二十一分，我皺著眉跟旁邊的間杰大學長演戲。

「學長，我可以去拉個屎嗎？」

「不是十分鐘就下課了？」

「我快忍不住了。」我發誓從來沒有這麼誠實。而且等到下課人來人往，誰知道有沒有人會突然衝進浴室？

「去去去，不要在我這裡放屁。」

「好。」我立刻起身前往辦公室旁邊的浴室。我一拉開拉門，看到在第一間底下昏暗的光線中，有一雙軍靴。

我拉上門簾，打開那間隔間。

一個眉宇好看的帥氣男孩，倚靠著牆對我微微地笑著，就像我下單位分別的那一天他靠在內務櫃的樣子。一身合身鮮豔的迷彩，胸前一邊繡著陸軍、一邊繡著三個字：莊博宇。

這真的是我的男朋友嗎？

「你在懷疑嗎？」小宇瞪大眼一笑，把我拉進門。

「假如有班長或雇員真的進來洗澡，就假裝是我要你幫我代打『神魔』，不然沒有理由兩個人躲在浴室。」我靠著他耳朵，說著悄悄話。

我可以因為帶手機被懲罰，但是不能罰到你。

「No problem.」小宇端正的五官好近，近到只剩下那愛笑的眼睛、濃濃的眉毛。

我輕輕地，讓我的唇在他的唇邊擦過。每天刮鬍子的他還是有那一點點的鬍渣。他高挺的鼻子磨著我的鼻尖，我們臉部敏感的神經交觸著，好香、好暖、好嫩、好滑。

多麼捨不得每一個感受。我想用最慢的速度，品嚐你的每一寸味道，成為同你一般的慢活主義者。我閉上眼微張著嘴，他濕軟的雙唇也微張著，我們嘴唇上下黏在一塊，我含著他的上唇，他含著我的下唇，我們舌頭輕輕舔弄彼此的柔嫩。

我抱緊小宇精瘦的身體，一手從上繞過肩膀輕輕摸著他的後腦勺，一手摟著腰，他的衣服、全身像是被我榨出一陣汗香。小宇則是一手撫摸我的頸子，一手摟著我。

你沒有性慾也沒有關係，只要能這樣抱著你，我就滿足了。

我離開他的唇，任由口水在中間牽絲。嘴唇擦過他帶有乳香的臉頰，到了他發熱的耳旁：

「怎麼辦……北鼻。」

「嗯？」他喉音震動。

「我好愛你……」

突然，我的鼠蹊部被什麼輕輕頂了一下。

「?!」我把距離放遠，不解地看著小宇的臉。

沒有什麼性慾的人……怎麼會？

他只是瞇著眼微微地喘氣，用氣音說話。

「……我……我也是……」小宇說完，下體透過迷彩褲又頂了一下，跟我早已漲熱的陰莖壓在一塊。我趁著熱氣，輕輕地張嘴，讓我們的舌頭交談著，我嚐到綠茶的味道，這愛喝綠茶的笨笨。

曾經，我們一度全裸相擁都沒有反應，可是開口說愛，小宇就居然硬了。

我們全身發燙地喘氣。我的手不安分揉捏著他結實的小臀，他只是持續摸著我的腦勺，含著我的舌頭，任由我們的口水大量分泌攪和。喉嚨滾動，我們吞著彼此的口水。

「會不舒服嗎……」我額頭頂著他的額頭，兩手揉著他的臀部。

小宇笑著搖搖頭，只是每被我捏一下，他就吐一口氣。

我解開他的一個釦子，身上那一股極度誘惑的費洛蒙如香水般炸裂，讓我下體不自覺地前後擺動，磨蹭他。

我有預感，不能再解釦子了，再解開我會停不下來。我好想看他裸體的樣子。

小宇的手也回應似地揉著我的屁股，他的指尖戳到了我的股縫底下敏感的會陰。我們連喘的氣息都混在一起，吸著他呼出的熱氣。

我突然發現，都好。什麼都可以。小宇的話，我願意跟他做任何事。就算他想上我，我也欣然接受。

「博宇，你會想……跟我做什麼嗎？……」我問。

「跟你的話……都可以……」小宇喘著。

「笨蛋，你知道我在說什麼嗎……」

小宇搖搖頭笑著說：「我只知道，你不會讓我不舒服。」

「啾。」輕輕的一吻。

我想跟你，做所有色色的事情。

我想進入你身體裡，我也可以為了你被你狠狠地插著。

我想跟你交換體液，從此我們的身體裡就有彼此的存在。

只要是為了愛，好像沒有什麼做不到的事情……

「安全士官廣播，安全士官廣播，撤——收——」

我們全身一顫，我慢慢扣上小宇的釦子。

真的該撤收了。

我們親了最後一下，看到嘴唇中間牽著絲的口水，還有兩三個氣泡球。

「我們好噁喔……」我舌頭舔在小宇唇上，把口水絲弄斷。

「會嗎？」小宇傻傻地笑著。

「走了嗎？」我握著門把。

「嗯。」

噁得好幸福。

知道你沒有性慾，當我覺得沒關係時，你卻硬成這樣；本來擔心我們撞號，當我發現我沒了自己的型號時，你又說都可以。

小宇回到小辦公室，整理他的經理裝備卡；我回到大辦公室，將驗尿資料存檔。

愛像槍林彈雨摧毀了邏輯。

我把印錯的資料放入碎紙機。而我人生清單上琳琅滿目的原則，正像這些紙一般，連一個完整的字也不剩。我把資料蓋了章放進卷宗裡，向文樂班長報告業務完成進度：「班長，我把驗尿紀錄做到今天。」

報告，今天進度雖然只接了吻，但是所有擔心的事情通通煙消雲散。

沒有高低、沒有自我、沒有投注上限，我們就這樣沒有尊嚴的愛下去吧……

28 交換祕密，出櫃換尿癖

吃飯時間，我把我畫的五個營區Logo交給連長。明翰學長跟癡肥學長也畫了一張，但是大家看了一秒就丟到一邊，然後熱烈討論起我的那幾張紙。

「幹，超屌，你站哨都沒在站哨吼。」巨嬰學長笑著。除了代打「神魔之塔」那次，我從來沒看過那幾個學長、班長、士官長對我露出如此尊敬的眼神。腳臭學長也出現在中山室，但是他下巴貼著紗布，暫時不方便說話。

「雖然兩個半天假應該會是你的，但是等等我們還是要按照程序投票一下啦，不要急。」連長龍顏大悅，一掃前陣子百香果樹死亡的陰霾。

吃飯時間大家選出了標識，果然是我雀屏中選，獎勵是兩個么兩榮譽假。只是公文還需要批一段時間，下來後才能自己找時間用掉。

「欸對了，我們討論過，那一千二的玻璃費用，就不用賠了，我們還有一些行政預算。」連長往小宇那邊看了看：「我想應該不會有人笨到故意去揍玻璃啦。」

我立刻往小宇的方向看去。

沒有人知道，這個榮譽假、跟連長的特赦對我們而言有多重要。它讓我跟小宇本來完全錯開的假日，有了大概七小時的重疊！正當我喜滋滋的扒飯時，後方傳來爭執的聲音。

「那不是尿吧！」威育叉著腰。

「就是啦！」金項鍊班長跟他爭執著。

「不可能！我覺得那不是尿！」

「你道行還沒到啦，唉。」班長用台語說。

「曉飛，他說女人潮吹噴水，噴出來的是尿，是嗎？」威育轉頭問我。

「我不知道欸……」幹，我連陰道都沒看過，怎麼可能知道女人潮吹是什麼。

「那是尿。」翔矢學長加入戰局。

「真的是尿啦！」巨嬰學長也湊熱鬧。

「我覺得不是啊……」小佑威失魂落魄地在我旁邊坐下。

我覺得小佑威跟他的前女友，一定是做過什麼事情，才讓他有機會可以去辨認是不是尿的事。只是，他辨認失敗？

「嚐不出來是尿嗎……？」我小小聲地問。

「對啊……嚐不出——啊幹……」威育發現自己被套話。

什麼第六感都超強的威育，居然不知道尿的味道是什麼嗎？

雖然我不太懂女人的構造，但是他前女友也真是狠角色啊，八成做愛前喝很多水讓潮吹淡到感覺不出來是尿吧。讓這樣的男孩誤以為是什麼聖水了吧？果然不管枱面上多陽光正經的人物，在床上都有不足為外人道的精采嗎？

「學長，這件事絕對不能說。」威育悄聲在我耳旁，一手緊抓著我大腿說。

「好我發誓我不說，但要跟我說你做了什麼。」我舉起手發誓。不說，但可以寫下來。

「好咩好咩，我們之後再說。」小佑威那療癒的臉相當困窘，喝了一口黃色清澈的玉米湯，這畫面極度重口味。

[Tumblr][台灣]神似林佑威的肌肉籃球校隊長，大口暢飲女友潮吹！[閱讀權限90]

幾個班長繼續討論潮吹的事，威育就這樣敗下陣來。雖然有點於心不忍，但是其實某種程度上，真是超加分啊，連尿都肯嚐根本是新好男人，簡直比吞精液還敬業！（就說人家不知道那是尿了。）

嘖嘖嘖，異性戀真的是。

「一名國小女老師長得太漂亮了，學生覺得有這個老師真好！」某新聞台又在播報娛樂話題。

「靠，她也太正了！」學長們紛紛討論。

明翰學長看到新聞，開始自導自演起來。

「老師老師，我可以跟妳借包包來看嗎？」一下子裝做學生。

「好啊好啊，給你看啊！」一下子夾緊大腿高八度裝成美女老師。

「那老師老師我要看囉？」

語畢，明翰豎起兩隻食指、比了「1」的手勢，先將指尖碰在一起，方向一轉、指尖朝前方微微勾起，向左右兩邊摳撥出一條小空隙。

「哇——老師你的鮑鮑好漂亮喔——」他往指尖的中間窺視。

小宇下巴掉下來，瞪大雙眼看著學長，然後對著我發愣。

我更是傻眼，人生中沒看過這麼下流的動作，有老師會這樣給小學生看鮑鮑的嗎？婦產科醫生也不會這樣誇獎病人吧？色情片也不會這樣演吧？

明翰一邊吃飯，一邊不停說著好想看女孩的「包包」，讓我對這兩個字的定義嚴重損毀。

「五十分！」子龍摸了一下巨嬰學長的屁股。

「幹你娘！你又多厲害！」學長往子龍的屁股一掐。

哈囉，有人要聊點跟吃飯有關係的話題嗎？

電視新聞又播到了黃色小鴨已經在桃園充氣完成的事情。

「還是有點可惜唉。」我嘆了口氣。

小宇嘴裡塞著食物看著電視，低體脂的他塞起來格外可愛，像是臉頰鼓鼓的倉鼠。過兩天小宇放假，五天過後換成我放假，除了假以外，我們人生都充滿了交集。

「你們要走了——！」色凱在床上一邊膜拜著女友的照片，一邊看著整理行李的憂鬱弘跟小宇。

「回來就換你們了啊——」小宇說。

「這樣就不用一直看到你了。」憂鬱弘皺著眉。

「幹——」

吃飯的時候，穿著白T的小宇跟黑T的憂鬱弘來跟連長拿假單，正要離開營區。

我很自然地放下碗筷追出去，自己都不知道為什麼。

「這麼有誠意？送我們到門口啊——來抱一下。」小陳坤黑著小臉，跟我一個禮貌性的擁抱。

我看著小宇在燈光下眉清目秀的臉，翹直的頭髮在秋風中微微晃動。

「我要尿尿一下。」小宇看著我的雙眼。

「都要到外面了，你還想在營區多待啊。」憂鬱弘很不解。「我在這裡等你。」

走到辦公室旁邊的廁所，一進黑暗的浴室拉上門，就張開雙唇任由濕暖交纏著，我們幾乎看不到彼此。我們沒有空管我剛剛吃了什麼、嘴裡什麼味道。地下戀情，只能用這個方式吻別。

「啵……」雙唇真空分開的聲音，在室內迴盪。

「我可以問一個問題嗎？」我說著，在鼻尖相碰的時候。

「嗯？」

「你不覺得有點難想像我們在一起的日子嗎？」

「會嗎……」小宇的溫度傳來。「但是，不在一起的日子，更難想像吧？」

「什麼啊？只是兩權相害取其輕嗎？」我笑著。

「嗯——嗯——」低沉的聲音，在前方喉嚨震動著。

「打打！」我拍了他的額頭。

「東東亂打人喔。」小宇也捏了我的臉頰：「捏！」

「笨笨，捏！」我們用了可愛的狀聲詞道別，像剛學說話的嬰孩。

走出廁所，小宇往大門走去，我往中山室。我老毛病又犯了，一談戀愛就會用疊字的弱智傾向，跟單身的輔導長一樣。下一次見面可能是十天之後，如果小宇提早兩小時來基隆，那就是五天之後可以見到兩小時的面。看著大家收拾餐具，分享著夜點的麥香綠茶。少了小宇的營區，也到處都是他的影子。那淡淡甜甜的綠茶味，深深地烙印在我腦海。

晚上在寢室，小佑威用他的蠻力把我拉到行李間，擋住我的出路：「學長……你真的是……」

「怎麼樣？你是說剛剛講的事嗎？」

「對啊，這真的不能讓別人知道。」學弟原來是想要封口，他嚐過前女友尿的事。

「那我就問一下，你還會繼續嚐你女友的……嗎？」

眼前如狼人一般的男人，愣住不肯開口。

「其實就只是個喜好啊，很多人也喜歡鞋襪、皮繩或制服什麼的。」我笑笑。

「我真覺得不是……」威育說。

「我朋友在酒吧被用繩子吊起來，還超爽呢。喜歡玩尿根本沒什麼大不了的。」我想起朋友在拉菲爾酒吧穿後空褲蒙眼被陌生人吊，眾人輪摳他屁眼的爽樣。

「真假？有這種酒吧？」

「嗯啊。」

「好啦，會又怎樣。」威育很小聲回應。

「好，喜歡玩尿。」我作勢拿起成功筆記本。

「喂喂喂，不准寫。」他一手抓住我的手要搶，那握力簡直快把我手折斷。

「痛痛痛！好啦鬧你的，放手放手！」

「等一下學長，這樣不公平欸，你也要說個祕密來交換吧？你這樣我很矬。」威育放開我的手。我的手腕被他手指一握，馬上出現一條條發白的指印。仔細一想也是，帥氣籃球隊長玩尿這種事是不能開玩笑的。

「你要等價交換祕密？」我輕輕一笑。

「拜託啦，我發誓。」

我想了想，覺得還是要先問過小宇。

「等我一下。」我打開手機，打電話給他。

「你在哪？」我對著手機：

「對了，可以讓威育知道嗎？」「就突然很想講咩。」「ＯＫ吼？好那我先掛了喔。」

「我也愛你。嘛！」我掛上電話。

「是誰？女朋友喔？」威育問。

「不，是博宇。」

「蛤？」這男人的雙眼從無神漸漸瞪得有如龍眼大。

這也是我這輩子聽過最大聲的悄悄話。

我點點頭。

「屁啦，我不信。」威育搶過我手機拿去看通話紀錄，上面的確顯示「莊博宇」。

威育冒出驚喜的表情：「不行不行，你這個太大條了，我們要換個地方聊。」

於是我們走到小司令台，只要有人走近就會立刻發現的地方。

「還說不是Gay嘛蛤？再騙嘛？蛤？」威育開始興師問罪，動不動就推我兩下。記仇當初我否認Gay的事。

「我沒辦法啊。」

「那他多倫多的女友？也是假的？」

我點點頭。

「我真的……喔幹，讓我冷靜一下。」威育站起身，對著天空叉腰吐氣直搖頭。「噢幹，你那時候看我們……噢幹……你們一定覺得我們是白癡！」

「還好啦。」

「吼真的是……你這個真的是……！」他只是不斷搖頭。「你這個真的是，太有誠意了！」威育舉起右手在空中。

我們緊緊地握手：「成交！」

「那我可以跟我弟說嗎？雖然我認識滿多Gay的，但是你這個太真的是……」威育的國文很差，一直詞窮。

「可以吧，但是只有你弟喔。」

「放心我沒那麼無聊吼，欸到底什麼時候的事啊？」

「國慶日隔天啊，你不是也有看到動態？」

「不，我是說你們什麼時候來電的。」

「說來話長吧……」

我還真不知道，確切是從哪一天開始的。

唯一的線索，就是前幾天知道的，懇親那時候小宇就偷偷把我筆幹走。

但那可能只是他的囤積癖？

「你真的是Gay？」威育做最後確認。

「你鬼打牆？」

「不好意思欸，我在寢室都只穿著內褲……是不是對你很困擾啊？」他害羞地摸摸頭。

超困擾，黑色超薄半透明內褲，雖然前褲襠布有兩層，但是股溝的部分完全若隱若現。

「不會啊，我對異性戀防禦力很高，沒什麼興趣。」我說出實話。因為我總是可以做到不看第二眼。

「所以我可以繼續囉？」他開心地笑笑，又好像想起什麼。「欸被你說沒有興趣也不會很爽欸，雖然我知道不可能，但你還是要對我有興趣一下啦。」

我想起威育每天只穿內褲、雙腿屈膝躺在床上練腹肌，那軟囊一坨在兩隻大腿中間朝外擠出的畫面。

「我已經死會了。」我說。

「可惡。」

今晚威育連刷牙看到我都是嘖嘖嘖地搖頭，我也嘖嘖地搖頭。坦誠後，感覺同袍情誼更進一步，果然變熟的方法就是交換祕密。

一個愛玩尿，一個搞Gay。

隔天，女酋長值星。

我服裝整齊配件光亮地站哨時，一輛卡車停在外頭。

「長官好！」我看了看車牌，牙一咬推開門，讓車子進來一半。果然在高高駕駛座搖下車窗的是秦天。

「派車單麻煩一下。」我面無表情。

「吼那麼兇。」他笑笑地拿給我單子。

「還有證件。」我把單子還他。

秦天把夾在他胸前口袋蓋的識別證遞給我，我在進出簿上登記姓名時間。不用看也能寫出單位職級姓名。

「所以今天……」

「沒有喔。」我低頭寫著資料。

「嗚嗚嗚……」沙啞的假哭聲。

「你嗚什麼啦？」副駕駛，白淨的上尉說。

「給。」我把換證的臨時停車號碼牌給秦天。

秦天一把抓住我的手：「我以為你會開心欸，對不起吼。」

「好啦沒事，你快開吧。」我苦笑，白淨的上尉盯著這邊，對這一段時間太長的辨證感到不耐煩。秦天緩緩地放手，拿走我手中廉價護貝的停車號碼卡。卡車引擎聲響，車往前開動。

我走回哨上，看著他厚厚的證件，裡面塞滿了防自殺、防中暑、防酒駕卡。那張光頭的新訓菜鳥照，那單眼皮帶煞氣的眼睛看著正前方，有稜角端正的腮幫，這正氣凜然的帥哥頗有軍官的氣魄。

我試圖想起我們新訓認識的過程，非但想不起來，還不斷冒出他第一次在浴室手忙腳亂被我一頂那巨砲拔起的畫面。最後則是他全身大塊肌肉緊繃，沸騰著汗水，手指往小穴塞著液體。

一旦超線，要回去就很難了。

「你這是太專心還是太不專心？」一陣沙啞的聲音從我背後冒出。

「幹！」我被嚇到跳起來。

「我都走到這裡了，你站哨也太隨意。」是秦天。

「你才吧！你不用顧車？」

「他們在搬貨啊，我可以飄一下。飛飛還在生氣嗎？」秦天看著高高在上的我，聳聳肩。

我都忘了這習慣目無王法的官二代。

「我還是跟女朋友講了，她不是很開心。」我撇了撇嘴。

「嗚嗚嗚我錯了——」秦天立刻低頭兩手抱住我的靴子。

「喂，你是要害死我嗎？」我看了看四周，蹲下來把他頭跟雙手撥開。

秦天抬起頭苦笑：「好啦，祝你幸福喔。」

「嗯——嗯，沒問題！」我豎起大拇指。同時發現自己不自覺出現跟小宇一樣的口氣。

「嗚嗚嗚！早知道就多要一點！」秦天趴著猛搥水泥地。

「要什麼啦！別人那裡也有吼。」

「不一樣……」秦天起身接起電話，收起假哭的臉：「喂？好我過去……好咩好咩。」

「長官找我了，欸，你不幸福就死定了喔，我真的會揍你！」

他抓住我的褲子，往小腿處捏著，然後一扯。

「幹！」我叫一聲跳起來，感覺小腿毛掉十根。

「ㄌㄩせ——」秦天壞壞的對我比著鬼臉，一邊倒退。

「幼稚鬼，你走啊！」我刷一聲抽出黑底銀亮的電擊棒指著他。

「我一定要走啊，以免遇到你我又會克制不住，我都不知道自己會做出什麼！」他笑笑戴上小帽，轉身小跑步離開。

「最好不要回來了！」我把電擊棒插回腰際。

秦天轉身，笑著對我比一個中指。

這樣就夠了。我們之間除了性之外，並沒有太多交集。但還是很謝謝這個男孩，讓我知道自己可以多色。他高壯寬闊的背影越來越遠，跑進倉庫跟倉庫之間的小徑。

我轉身拿起空白的Ａ４紙，決定寫一些話給小宇。

因為實在太想他，就算遇到秦天，我腦子裡都只是想著「一定要保持距離」而已。

寫著營區的瑣事、寫著當初看到他男神的模樣，還寫了今天冷落秦天的事。靈機一動，決定要給小宇一封時空信。下了哨，還有十五分鐘的休息時間，我躺在床上滑著古箏看廢文。

一張一張健身房的照片，寫著：「不能輸！」

穿著一件件水手服，或是完全露點毫無保暖功能的皮衣，寫著：「明日定裝！」

「我美嗎？」「今天的西門町真是各國佳麗。」「準備好了！」

我猛然坐起身，發現不對勁。

彩虹、Legalize Gay Marriage、年齡不設限、各種紫氣奔騰。

幹，明天同志大遊行，這全世界最重要的事我居然渾然不知。

我像個癡呆老人，看看周遭，銀色床架、綠色床墊、綠色鋼盔、黑色靴子。別說六色彩虹了，連三原色都湊不出來，營區裡可能根本找不到一件紫色單品。我居然變得如此與社會脫節，如此不Gay？

我把這事Line給小宇。

博宇：那人會很多嗎？

飛：超多，你可以去看看Gay的世界啊，搞不好可以挑到更好的？

博宇：Are you serious, Babe?

飛：開玩笑的。

然後，我等著小宇可能回些「挑不到更好的了」、「有你就好了」之類的訊息。

博宇：OK。

超不會訊息調情！OK個屁！

不過，當兵戒掉了好多習慣。戒掉了菸、含糖飲料、慶祝節日，戒掉了跟朋友出遊，甚至戒掉了天天打槍。現在，再戒一個湊熱鬧的習慣也沒什麼大不了。我看著這些不斷展示身材、服裝、恥度的照片，嘴角不自覺地上揚。

「滋——」手機畫面暗掉，上面顯示「小狼」。

「喂？」

「……嗯……」安靜，啜泣。

「嘿，怎麼了？」

「怎麼辦，我好怕……」

我全身一陣雞皮疙瘩。不知道為什麼，好像瞬間就知道大概發生了什麼事。

「怕什麼？」透過聲音，我的情緒也被感染。

「我一直莫名奇妙拉肚子，就放假去看醫生……」

「然後？」

「醫生說了很多可能，最後突然問我，我是不是有不安全性行為……我才突然想到……」

感染ＨＩＶ的症狀，包含拉肚子？

「大概多久了？有發燒？」

「兩個多月了……我不確定有沒有發燒。」

「你不要想太多吼，兩個多月……那差不多可以去驗了，當然三個月會比較保險。」

「……我好想死了算了，根本不知道可以跟誰說。」

「你問過那個班長了嗎？」

「我怎麼敢問……而且不只是他……我還有幫其他人口……」

「幾個人？」

「5……6個吧……」

「你先冷靜，可以當兵的至少體檢的時候是過關的。而且退一萬步來說，就算有也只是慢性病，現在的醫療，好好照顧身體，跟一般人差不多的。」

「這兩天，我每一秒都好後悔……」小狼完全聽不進去。

「我也有這樣的朋友啊，他們也都好好的，你就等放假去驗，沒有的就是沒有，有的擔心也多餘，你乖吼。」

安撫過後，我掛了電話。就算小狼沒有感染，光精神上的折磨、我光是聽他講，就夠我難受的了，更何況本人。

話說回來，幫五、六個同袍口交是怎麼辦到的？

運動時間排好隊，廣播突然響起了流行音樂。

砰！砰！砰！砰！重節拍在廉價的喇叭中震蕩著，聲音很平。

「唷？今天歌很High內！」色凱說。

「1……2……3……4……5……6……7……8……」翹唇班長在前面帶著隊伍，雙手叉腰拉著腰的筋。

「好！自由動一動！」

「Mother father gentleman！登——登登——登登登愣！」喇叭傳出江南大叔的歌，是最近最瘋的〈Gentleman〉，繼〈江南Style〉後掀起的一股新熱潮，副歌舞步同樣是扭屁股扭扭脖子。

砰！砰！砰！砰！聽到音樂，子龍立刻把雙手交叉在胸前，挺著胸膛，左右搖起了他的翹屁屁。不愧是「GQ第一好屁屁」。

「靠，很會誒，噢呵呵呵。」色凱跟著獰笑，也笨拙地扭起屁股。

「我也會好嗎！」B-boy明翰學長不甘示弱，雙手抱在胸前，右手像思考一般食指關節抵著下巴，下半身左右扭起。

「Mother father gentleman！登——登登——登登登愣！」

受不了了！班長我不行了！我無奈地跟著動起來，頓時所有小兵全都開始跟著節拍搖著屁股，有的用力有的慵懶。到底誰放的的歌！不要控制大家的心靈好嗎！

我往後面的安官桌一望，間杰大學長站在安官桌旁竊笑，果然只有老兵的他敢這樣做。

「……曉飛你這樣太……太標準了……不好啦。」威育在我身後。

「什麼？」

「你這樣，我會受不了。」威育眼神直直地盯著我的屁股，用手摳一下褲襠。

「真的，連我好像都想要了。」黑人學弟在一旁，推了推眼鏡一臉資工樣。

「喂。」我立刻停止，也突然知道這首歌為什麼會這麼紅了。兩個超異男學弟都這樣了，真不敢想像要是女人跳起來會怎樣。

吃飯前，連長把我叫到會議室，給了我新的任務。他要我設計一個更華麗的彩色標識，並且油漆在司令台後。獎賞是兩個么兩榮譽假，還可以提早中午放假。

果然，只要跟軍中本身勤務無關的事情都是連長的最愛。百香果樹、蒸包機或是油漆。那天女酋長說的一點也沒錯，連長根本是好大喜功本末倒置，但這點完全就是肥到我。

於是我又開始畫圖。甚至白天下哨在寢室拿著紙光明正大對著手機找圖。學長也不方便說什麼，因為是連長空降下來的直屬任務。

29 家在這裡

轉眼到了放假的這一天。我六點放假，小宇則是八點要回到營區。好想好想小宇。

放假前，電話裡頭。

「所以見得到面嗎？」我問。

「我跟江弘約七點半。」小宇的聲音。

「我跟春凱大概六點半會到車站，但是我看要七點才能搞定。」

「也就是，我們大概只有半小時可以見面囉？」

「似乎是。」

為了避開同梯，這是我們下部隊後，短暫的第一次約會。

「掰啦！」我跟色凱道別。

「到底要留下來幹嘛？很神祕欸，是正妹嗎？」基隆火車站票口，色凱問。

「沒有，男的啦。」我揮揮手。

「男的喔……很神祕內……，掰掰啦——」

我坐在階梯上，身旁放著包包。晚上的基隆車站天氣比涼再涼一點，人來人往的都是觀光客。突然，肩膀滑下一雙暖暖的手，我的左臉頰一陣暖香。

「啊幹！」我嚇得全身反彈，頭撞上了什麼。

「喔！Fuck……現在都這樣攻擊自己男朋友喔？」一個五官端正的男人，慢慢從身後重新用雙手環繞我，臉貼著我的臉頰，一手摸著自己無辜的下巴。

「對不起啦，這是本能吼。誰知道這是不是壞人。」我摸摸他有點鬍渣的下巴，然後檢查他手的包紮。只剩下紗布跟一些透氣膠帶。「有好一點了嗎？」

「哎又，小傷啦！」小宇下巴抵著我的肩膀，從後面抱著我。

「吼……這裡人很多……」

「I don't fucking care.」低沉喉音就在我的耳旁，震得我左半臉一陣酥軟。

「好了好了，去廟口吃點東西吧！我們只有……四十分鐘。」我站起身背起包包。他頂著黑色帽子，穿棕色皮夾克、棉褲、胖胖白色板鞋，背著一個黑底黃色塊相間的登山包。

「春凱有沒有說什麼？」小宇問。

「他聽到是男的就沒多問了。」

「Fine.」小宇拉起我的手，很快調整成十指交扣，就像我們去廁所冒險那次。只是這次換成他走在前面。

「你真的很敢欸。」我眼神瞄向我們交扣的手。

「蛤什麼什麼？牽著自己男朋友，會怎樣嗎？」小宇說著不食人間煙火的話。

「喏。」我下巴微微往前一抬，小宇也看過去。

一個長髮女人跟男人也牽著手，在我們前方走著，但是那女人不時回頭看我們，還一手摀著嘴，不知道是興奮還是孕吐。

「哎喲拜託！我在美國的某些地方也常看到啦。」小宇把我手握得更緊，一副我大驚小怪的樣子，完全沒有在害怕。我們往廟口夜市方向走，街巷左右都是三排黃橙柔和的燈籠，可是只要到人少一點的地方，灼熱的視線就會從四周射來。男人、阿姨、女孩、叔叔、全家。

「人家應該會認為我們是好兄弟吧……」我安慰自己。

「No！我們是情侶！We are a couple！」小宇很堅持，舉起我倆牽著的手。

到底想證明什麼！

「好啦好啦！」我把手下壓。地下戀情果然會把人悶壞，逼得來戶外大放閃。

一般人視線停留在別人臉上的時間大概不到半秒，但是好幾個看到小宇的人，不分男女宗教種族階級黨派，都是能看多久就多久，好像他臉上有電視機一樣。男友太帥真麻煩啊。

「你想吃豬血糕嗎？」小宇停在攤販前。

「我還好，笨笨想吃吼？」

「你怎麼知道？」

「因為你每次想幹嘛，就是先問我。」

「有這種事？」小宇瞪大眼很驚訝，有種被了解的開心。跟阿婆開口：「一個豬血糕。」

他包著紗布的右手接過豬血糕，往我嘴前一遞。我也只好吃一口微微的廢人餐，堅持牽著的手不能放開。

「欸欸！」一個女高中生拍了拍她旁邊的朋友，開始竊竊私語。

我聽到了，都聽到了。

什麼**「好浪費喔」**？妳月經才浪費血咧！

「嗯——嗯！這才是食物嘛。」小宇鼓著臉頰咀嚼，抱怨營區的伙食。

「真的吼……？」我多嚼幾下，感覺只是比營區的豬血糕軟而已。美食白癡如我說不出什麼好話。又吃了蝦仁羹、滷肉飯、青蛙撞奶，發現時間剩下二十分鐘，我們只好匆匆離開。

港口附近，我們坐在長板凳上。看到遠處一棟氣派的建築，挑高的一樓、漸層的黃光，一看就知道是豪宅，我感嘆起來。

「怎麼了？」小宇看向我的視線。

「我的夢想雖然是浪跡天涯，想靠這樣來認識這個世界。但是看到這樣的房子，還是會幻想有一個舒適的家。」我說。

「你不是已經有家了嗎？」

「是啦。」

「你知道你家在哪嗎？」

「你不是知道嗎？桃園啊。」

他笑著，緩緩搖頭。

「那不然是哪？」我皺眉。

「**你家，在這裡**。」小宇豎起大拇指，往自己的胸口戳三下。

秋風吹得他短短的頭髮微微晃動，廣告看板的照明，讓小宇的眼睛裡像住著一整個宇宙。這堅定的眼神眨也不眨。我不懂，為什麼我可以遇到這樣的男人，我到底憑什麼。

「白癡喔，那我要在家裡睡覺了喔？」我橫過身，躺在他的大腿上，瞇起眼。眼前是他的下巴，刺著明天早上就會刮掉的鬍渣。

「可以嗎？」小宇低下頭，看著我。

「嗯。」

不管周遭有誰在看我們，不管爺爺奶奶叔叔阿姨，我們早就在世界上最糟的地方親過了。帥氣暖暖嫩嫩的臉臉，柔軟的嘴唇微張含住我的唇，我嚐到青蛙撞奶那黑糖跟鮮奶的味道，好甜好香。

「為什麼……我也開始不管別人眼光了啊？」小宇抬起頭看看附近，搓搓著我的頭髮。

「因為愛太多了吧。」我說，這裡的愛，是某種不知名的化學物質。

「是啊。」

「我還想為了你，在營區裡面放假呢，說是做圖。」我傻笑著。

「你也是愛太多了。」小宇戳戳我的額頭。

「愛真麻煩啊……」

我舉起手滑手機，看著國軍倒數APP。

「我們還有……最少兩百零八天。」

「希望你出國的時候，愛可以少一點，不然我會很難受的。」小宇又輕撫我的臉，雙唇接上我的唇。我們的舌頭輕輕交纏著，然後分離。

「好了好了！」看了看時間剩下五分鐘，我立刻起身：「不能再耍廢了！」

我打開包包，拿出一封信：「這是今天的份，到營區再打開喔。」

「喔喔？」小宇拿著信封，前後翻看了看。

我在中山室的兩大書櫃其中五本書中，藏了五封給小宇的信，一一記下了位置，打算讓他一天打開一封。那兩個書櫃除了我，根本沒有人會碰。

「喔？不愧是情侶喔。」小宇笑得很開心，伸手從他包包深處拿出一個紙便當盒。

「這什麼？」我打開便當盒，裡面只有一台近乎絕種的錄音機，還需要倒帶的那種。

「到底什麼啊?!」我苦笑。

「因為我們沒有辦法一起去看黃色小鴨，所以我先去了，這是錄音檔。」

「蛤？」

「這幾天有空的話，你到中壢火車站，就可以打開來出發了。」

「真的假的！幹嘛這樣啦？你用手機錄就好了啊。」我呆看著它。

「不行！這樣我就不能聽音樂了。」那帥氣的笑。

「啊啊啊！你好可愛噢！」我雙手捏捏小宇的臉。

不愧是情侶啊……就算知道對方不在身邊，也拚了命的怕對方孤單吧！

「那你幹嘛要用便當盒裝起來？」

「因為來不及給你的話，我就要帶進營區了。」

「因為有儲存功能嗎？」

「不，是內容。」他神祕的樣子。

「真是的。」

「走吧，差不多了。」小宇看看時間，起身。

我們緊牽的手，直到火車站附近才放開。完全不管路人了。

「欸？你不是剛放假？怎麼還在這裡。」憂鬱弘在火車站大廳看到我們。

「我剛剛去見個朋友，想說看看你們啊。」我見個男朋友。顆顆。

「真的嗎？那為什麼找博宇不找我？」憂鬱弘抓住我肩膀，把我往計程車的方向拖去。

「好吧那見完了，跟我們回去吧！」

「不——！」我努力掙脫。

掙扎著想回營區的衝動。

其實小陳坤身上也一直有香香的肥皂味，只是跟小宇、威育那種肉體現榨的費洛蒙比起來沒那麼催情，頂多就是很乾淨的感覺。

「好吧，那換你。」憂鬱弘抓住小宇的肩膀：「你跟你女友聊得如何？視訊看到奶子了嗎？」

「拜託！我又不是你。」小宇眼睛看向上方。

我們道別，往各自的方向前行。我懷裡捧著便當紙盒，這是我們一起用純喫茶偷渡手機的方式。

走進月台，不知道為什麼，覺得好難受。難受的不是分別，而是心疼。

笨蛋，幹嘛自己跑去看什麼黃色小鴨……我又沒有一定要去。想到小宇自己一個人，走在人群中對著錄音機講話的樣子；或者我明天聽著錄音機，假裝小宇在身邊的樣子……可惡，不管怎麼想，都有點可憐吧？

30 黃色小鴨

早上被該死的生理時鐘叫醒，躺在床上就是睡不回去。背起背包跟家人說要去看黃色小鴨，就來到中壢車站。

我把錄音機插上耳機，傳出沙沙聲。

「Hey，等我一下喔。」小宇溫柔的喉音：「我查一下要怎麼去，你先坐一下。」

這什麼感覺，好像在跟鬼談戀愛。聲音很好聽的鬼。

笨蛋，我早就查好了。我笑著往左轉的客運總站走去。

「不要自己走喔！」

喂，莊博宇，你說吧你躲在哪裡？

「這邊，左轉一直走。我們慢慢來，OK？」

好啦，慢死了笨笨。

「東東，牽手。」

我看著空空的右手，想起了他粗粗的手指，握緊。錄音機出現幾輛車子呼嘯而過的聲音。

「小心車子喔，哈哈這感覺好像在自己演戲，不行！我要撐下去。」小宇終於笑場。
「到桃園客運了，搭5305……在這裡！」
「如果跟不上，就自己暫停ＯＫ？」
「要搭到最後一站啊——感覺要很久。網路說五到八分鐘有一班，在車上盡量不要站著。」
錄音帶裡，句子跟句子中間充滿了空白，也不知道小宇在幹嘛。
有這麼多空白的直播嗎？
「我在尿尿。」
我要崩潰了。
「你也先尿一下吧。還有，怕你車子來了，等車時間先按暫停喔，上車再見囉？暫停暫停！」於是我按下了暫停鍵排隊等公車。附近廣播不斷強調：「要看黃色小鴨的旅客，請在這裡排隊。」
我想起了小宇本人（而不是這個鬼），今天的信還沒用Line寄給他。
飛：早安，我出發了，你的分身正在尿尿。
飛：中山室左邊的書櫃，上面數來第二層，最左邊那一本。淡藍色的《漫畫學英語》。
我傳完訊息，廣播就說黃色小鴨的公車來了。排隊上車，按下了「播放」。真的會精神錯亂。
「東東上車了嗎？一個人應該滿容易找位子坐吧。」

也真是幸好，平日一早沒有爆滿，不過我們根本不怕站，站哨都是全副武裝兩個小時。

「你會累嗎？我今天六點半就自己起床了，好不容易可以睡晚一點，我先睡一下，到了再叫我喔，暫停暫停？」小宇說完，我只好按下暫停。真是不負責任的導覽，笨笨愛睡覺。我想起了那次支援，他靠在我肩膀上的樣子。那香香的頭髮刺在我脖子上，癢癢的。

手機震動。

博宇：Got it.

博宇：剩下的四封信不會都在書裡面吧？

飛：不准找，打打喔。

博宇：兇兇的東東。

飛：你導覽一直暫停欸。

博宇：沒辦法，錄音帶只有一個小時，我怕長度不夠用。

飛：笨死了，好啦你慢慢看信。

博宇：OK。

又是OK！

就這樣，公車上吵吵鬧鬧的，我拿起了手機開始滑「神魔」。畢竟要維持全營第一名的地位，還是需要一些進修。巨嬰學長有時候甚至會打來要我換代表。我想，這就是所謂的軟實力！（宅實力吧？）

下了車，遠遠就看到一個大大個充氣鴨子的頭。跟著人群走，我順手按下播放，小宇的聲音：「What the……在這種偏僻的地方，人也太多了吧——台灣人真的是，哼。」

我幾乎可以想像他眼睛微微上吊的表情。

「前面有很多攤販欸，去逛逛喔？」

「我正在買豬血糕，你看你要吃什麼。」

「哈哈哈哈哈。」我看著附近的攤販笑了出來，又豬血糕，每次都豬血糕。

「好啦你看你要吃什麼自己買，我在這裡排隊喔。」

可惡，好想在這裡就抱抱你，你這個貼心的笨蛋。

「厲害吧，你雖然去買食物，但是我在排隊講話你還是聽得到。」

「可是我自己跟自己講話，感覺好奇怪。」

「怎麼辦，我不知道要說什麼。」

「我是莊博宇，身高一百七十四公分，體重六十五公斤，喜歡游泳、哲學……」

「正在跟男朋友約會，嗯。」

「又不能問你問題，吼吼。」

「喔喔啊啊啊！」耳機傳出小宇低沉磁性的熊吼。

崩潰了崩潰了。崩潰好可愛！大笨蛋自己把自己逼到絕境。

「Hey，一個豬血糕。」

「好，走吧！我們去看鴨鴨。」

「我好像在跟某個去世的人約會，哈哈。」

我才是好嗎！我才像是在聽男友的遺言吧！我多麼想立刻回到營區啊。

「要拍張照吧？我在走上來這邊，呃……鴨子正中央，走二十步左右的這裡。」

我走到湖邊，看著這隻巨大的鴨子，腦中想的都是小宇到底站在哪裡。

「不好意思，可以幫我拍張照嗎？按這個就可以了。」

「謝謝。」

「要照片Line我喔——想說看一下照片。應該不用暫停。」

我開手機Line小宇：**哈囉，要給我照片嗎？**

小宇傳來他穿著灰色帽T跟休閒褲的照片。雙手插在肚子的口袋裡，標準的燦爛笑容，脖子上掛著頭戴式耳機，有麥克風的那種，線延伸到肚子前的口袋裡。原來是這樣錄的啊。

博宇：看到鴨鴨了吼。

飛：嘿啊，可是我只覺得北鼻自言自語好可愛。

博宇：很難，trust me。

「拍張照——可以之後再合在一起喔。」小宇的聲音。從頭到尾，我還真的沒有在在乎這幾層樓高黃色充氣娃娃。我腦子裡都是你。但還是找路人拍了好幾張照片。努力的，讓自己站在小宇照片中的身旁。

「其實這是歐美的文化吧？台灣人小時候應該不會在水裡面玩鴨鴨。」小宇的聲音：「人真的好多。」

「聽說地景藝術節還有別的東西，你要去看嗎？」

都好，跟你去哪裡都好。

「你要去可以去喔，先暫停就好。我想逛一逛市集就回家了。」

好，回家。

「我去逛玩具，自言自語真的會變笨。」

我也是。

我們走到附近的市集逛逛，一堆黃色小鴨的紀念品跟玩具。不知道為什麼，新聞強力放送之後，現在看到一堆鴨子真有點火大，我打賭今晚會夢到被黃色小鴨淹沒。

「你要買什麼嗎？這裡有一個手機吊飾，我覺得可以買。」

「那我買囉？我買兩隻喔？」

「好我要買！」

「老闆這個。」

「一百塊。」女老闆的聲音。

「謝謝。」

我望著琳琅滿目的商品。

到底問我幹嘛？我根本就沒辦法阻止你買任何東西，你現在要買房子我也管不著啊。暫停之後我們上了公車。

「寶貝，辛苦了，我不在身邊的時候。」

安靜。

「好啦，你知道，我是怎麼從蘇澳調到基隆的嗎？」

「是我請我爸，找立法委員去說的。」

安靜。

「當然，一方面是因為真的太遠啦。」

「我不知道欸……可能第一次有人在我懷裡哭。」

「我那時候就覺得，飛哥好溫柔，不想再讓你哭吧。」

「你從來也不會勉強我聊女人或是性方面的話題，跟你聊天，發現你沒有社會的包袱，很愛好自由的感覺。」

「覺得你很特別吧……」

安靜。

「孫先生眼光也是很好啊，但是下次遇到他，嗯——」聲音突然轉成低頻而且陰森，像是獵食動物前的怒吼。

「好啦。到營區再抱抱……」

「剩下的時間還有剩……那我就不暫停了喔——」

我把錄音機放進口袋，任它轉到底。翻面，繼續，只有偶爾小宇的呼吸聲，乘客的聲音，還有公車斷斷續續的說某某某站到了。

我看著ＢＢＣ新聞，然後聽到小宇的咳嗽：「如果你還有在聽的話，不好意思，我不知道要說什麼啦——」

笨死了，下次不要這樣虐待自己了吼。這是我人生遇過，最甜蜜、卻又最難受的約會。覺得小宇就在身邊，卻又遠在天邊。

笨蛋，說離家太遠，幹嘛不調到你家旁邊的中壢分庫。從蘇澳調到基隆，結果現在……有什麼用？

笨蛋，不跟你聊性的事，是因為我他媽是Gay。笨死了笨死了。

回到家，趁家人去外面吃飯，我把錄音帶再播放一次，用手機錄下來存成電子檔。開玩笑，這麼笨的自言自語，無論如何都不能任由空氣潮濕損壞。我一輩子都不能讓它受潮。

這次放假，終於跟在當替代役的光翔，那個一點都不適合當兵的把背心穿成晚禮服的黝黑啾咪壯漢，分享了我在軍中交男友的事。

「恭喜喔，但是我不想聽你的愛情故事！我現在跟威廉吵架。」他很怨恨，因為他跟他男友威廉總是在吵：「你就自己去吃救生員啊！留下我跟學校裡的國中生啊。」

「你是嫌菜不夠好吧？」

「真的，替代役都是些老弱殘兵，就算我是教育役也是，為什麼都沒有帥哥！」

「好了，你已經有男友了還要怎樣？你自己申請的啊，怪我囉？不然你可以看學生？」

「國中生欸！」

「好啦。」

31 抱睡都是騙人的

放假這幾天，每天早上我都Line給小宇信藏匿的位置。這世界很奇怪，在營區想放假的時候，時間慢得跟鬼一樣；但是放假想回營區陪男友的時候，時間呢……還是慢得跟鬼一樣。期待任何事都會讓時間慢下來，就像很多片子把龜頭堵在洞口遲遲不肯放進去一樣。

但是皇天不負苦心人，終於到了進營區的時刻。我跟色凱下了計程車，天堂之門轟轟轟地開一個小縫，子龍學弟從縫裡探出頭說：「我好——想你們這兩個畜牲噢——」

跟子龍打完嘴砲後，前往下一關安官桌。

「博宇——!!」色凱在門前拉長音。我走進安官桌，只看到小宇戴著小帽，左臂別著「安全士官」的藍色臂章。長官總是只給志願役特權，安全士官從來都是那些癡肥的學長。這是我第一次看到義務役站安全士官的哨。

「怎麼樣，厲害了吧。」小宇站在我們面前，驕傲地笑笑。

「是因為手的關係才站這個吧，少在那邊。」我說。

「這也是因禍得福？嗯——把包包東西翻出來吧。」小宇溫柔地拿起金屬探測匕首。自己人檢查起來就像玩角色扮演。如果他當警察的話，不知道多少人會主動要求被搜身。

小宇把探測劍煞有其事地在我們跟包包附近揮來揮去。

「很認真內——」色凱說。

「好！」探測劍的開關根本沒開，他只是應付一下攝影機。

「什麼？九點……值星是男士官長吧？」我看到雞掰的哨表，馬上要站哨。

「嗯——嗯——」

我換好衣服掃掃地，就全副武裝穿上外套來找小宇士官。我們情不自禁的面對面站在沒有攝影機的走廊。

「怎麼樣，看鴨鴨還開心嗎？」小宇幫我穿著防彈背心。

「不，超難受的，根本是虐待。」

「你的信也不差喔。」

「你真的去找立法委員？」我轉身，問出第一件想問的事。

小宇緩慢地點點頭。我們望著彼此，終於受不了地輕輕一吻。

既不是舌吻也沒有入侵、既快速的聞到臉頰上的香味又沒有多做停留。輕輕的嘴唇對嘴唇如抿一口柔軟的冰棒。

「加油加油！」小宇啪啪兩聲拍了我的防彈背心。我們走出攝影機死角。

肩並肩走向四十步遠的哨所，我想起新訓洗餐盤肩並肩的那時候，我連他的筷子都親不到。

「衛哨交接！」小宇一喊「衛哨交接！」我跟子龍齊聲立正。

小宇在簿冊上簽名，跟子龍離開了哨所。又到了獨自一人站哨的時光，我發現下單位之後，大概有四分之一的時間都在站哨。只是這次，小宇就在幾十公尺遠的地方坐著，跟我一起站（坐？）哨。

一個貓影在腳下甩著尾巴緩緩地匍匐前進，小虎盯著大門某處不動。然後突然一個激動飛撲、前撲！再前撲！小虎前腳達達拍打地上，好像抓到了老鼠。不知道牠會被吃掉，還是被玩死。

「嘟嚕嚕嚕嚕——」對講機響。

「喂，通聯測試嗎？我們的三拐不是拿去修了？」我開燈，用肩膀夾著話筒準備拿本子。

「沒有要做通聯測試，Over。」小宇雄厚的聲音。

「那報告親愛的安全士官，有什麼事嗎？Over。」我關上燈，跟著玩。

「沒事啊，安官想跟衛兵聊天，Over。」

我從哨所窗戶往遠方的安官室望，看見小宇拿著話筒，站在外面往這邊看。

「你幹嘛啊。」我有點緊張。

「哎又不用擔心，我問過了，對講機沒有錄音功能，安官室監視器也沒有收音。」他的語氣滿是把握。

「但是……」

「好久沒見到你了喔——」遠方那一身長袖迷彩完美比例的身影，倚靠著牆動也不動。

「笨蛋，才幾天而已。」

「那我可以等你到十一點嗎？」

「為什麼要等我？」我歪頭望著他。

「抱一下啊。」

我他媽真喜歡當兵。

「為了抱一下，你要晚一個小時睡？你笨喔。」

「如果我還沒睡的話啦。怎麼怎麼，ＯＫ嗎？」

「可以啦。」

「ＯＫ！通聯測試完畢。」

「好——完畢畢——嘛！」

「嘛！」

我看了看錶，還要一個多小時。還要等一個小時才有機會抱抱！你他媽的！這接近黑洞的時刻是如此痛苦，可惡！當什麼爛兵！我恨當兵！

小宇十點下哨後，慢慢地走過來。

「現在是邱媽，我不能跟你在這聊天，以免她又說我不好好休息。」

「沒關係啊，我有帶書。」我看著裡頭掛著的手電筒。

「你的水壺我看一下？」

「怎麼了？」我把不鏽鋼水壺遞給他。

「我去幫你換熱水喔？」

「喂，不用啦，又沒很涼。」我伸手想拿回來。

「不行——」小宇搶走水壺拿去換熱水後，才乖乖的走回寢室。

既然這麼堅持，那剛剛為什麼要問！

十一點。

「衛哨交接！」「衛哨交接！」

「哇靠，今天越晚越冷欸！」色凱一邊摸著熱水壺，一邊在哨上亂動。

「還好我要回溫暖的被窩了。」我囂張地下了哨。繞營區一圈巡簽時，想的都是小宇會不會睡著了。回到寢室，金正恩值星似乎突然硬起來，每個人都乖乖搭起了蚊帳。我回到我最靠牆的上鋪時，發現床上昏暗的光線中，小宇盤腿坐在蚊帳裡，笑笑地看著我。

「幹嘛不去浴室抱？」我用最極致的悄悄話，音量只能兩個人聽得到。

「我想看得到人嘛。」小宇抱著我的枕頭。

「你是怕黑吧？」

「No！才沒有。」

我發現，下鋪翔矢學長跟黑道學長都放假去，旁邊的色凱又剛去站哨。色凱那一坨毫無章法的棉被，更是良好的遮蔽物。天時，地利，人和！這真是一個可以跟小宇抱睡的好時機。老天爺我要讚嘆祢，祢表現好成這樣我要給祢一個讚，為了我的家庭幸福我一定乖乖吃鐵牛運功散！（任意置入有經過編輯同意嗎？）

我把腰帶、鋼盔、水壺、識別證、鞋子都放好後，順著小宇掀起的蚊帳，鑽進進了他暖好的被窩裡。他幫我蓋上棉被。整個窩窩好暖好暖，棉被裡頭都是小宇那接近麝香的誘惑。

「但是有人來怎麼辦？」我說。

「沒關係啦！就說我看了鬼片，來找你睡？」那英挺的輪廓，靠著我側著身，一手撐著頭。他幫我把棉被蓋好的同時，順勢抱住了我。我們睡在同一顆枕頭上。「太好了，終於抓到你了。」

「對啦，被你抓到了。」我就像那隻老鼠。

「你很冰喔。」他摸著我的手，腳背碰著我的腳底。人體暖暖包。

「你很熱喔——」

「Because you are so hot……」小宇笑著把手穿過我脖子下，我感覺到結實的肩膀跟二頭肌。我被抓到了，死了也甘願。

「我到家了……香香。」我親親他的臉頰，游移然後停靠到他的脖子上。

本來，我習慣的是手臂被壓著的角色，但是現在……都好。我吸食著小宇脖子上那股溫熱的男人味，用嘴唇撫著他光滑性感的耳後。聽到咕嚕吞口水的聲音。

不行，要克制。我要好好珍惜……才對。但是……舔一口……一口就好。

「我可以舔舔嗎？」我在他耳旁問。

「都可以……你喜歡都好……」小宇轉過臉輕輕說。

「笨蛋，我要你舒服……我才會舒服。」我輕輕伸出舌頭，舔了一口脖子。舌與唇間發出水嘖聲。

「哼……」小宇低沉地喘息，頭微微往後仰，把我抱得更緊。

兩口……三口……我像是吃著霜淇淋的吸血鬼，用舌尖對小宇頸部的肌膚又啄又吻。

「啊……啊……」小宇無法自拔地呻吟起來，我立刻用手摀住他的嘴。直到確認寢室仍是鼾聲大作，我才放手。

「寶貝……哼……對不起……我……沒辦法……控制……」小宇皺著眉，發出半抽搐般短淺急促的呼吸聲。似乎是敏感到不行的身體。

「沒關係……」我轉過身，壓在小宇身上輕輕撐著。「我喜歡你這樣……」

我把小宇的上衣慢慢往上掀，就算在昏暗中，也能看到那分明的塊狀腹肌。胸肌中間和下方的溝跟著他的喘氣起伏著，還有那兩顆微微豎立的小乳頭。換我當貓了。

雖然那聲音性感至極，但還是會吵到學長的。我手掌彎成弓狀捂住小宇的嘴。另一手跟他十指交扣著。

慢慢，我舌頭輕輕壓上那方形胸肌角落鼓起的顆粒，一舔，然後吸氣，讓口水蒸散的冰涼，突出整個顆粒。

「嗚嗚!!嗚！」小宇在我手掌裡掙扎叫著，卻被我硬生生壓回去。我感覺到堵住嘴的掌裡全是他喘息出的熱氣混合了呻吟的震動。

「嗚……哼……嗚……」胸前劇烈起伏，什麼東西頂著我的陰莖。

果然。小宇在滿是同袍的寢室又硬了起來。是喜歡刺激嗎？還是我們情不自禁？

我爬上他耳朵旁說：「博宇……你好性感……我快克制不住了……」

看到小宇額頭上映著汗光，眼神半張地喘著、幾乎說不出話，我居然有點於心不忍。

「曉飛……我……沒辦法了……嘶……fuck……」小宇一邊緊握我的手，整個人發燙著。

帥臉距離我只有十公分，這真的是我的男人嗎？我舌頭伸進他柔軟發燙的嘴裡，腫脹難耐的肉棒不自覺地隔著褲子按壓著小宇的下體。

好難受，我根本不知道要在哪裡停。每做一件事，我就想要更多。每走一步，我就想再往前跨一步。我這輩子第一次這麼積極。

雙唇分開，我故意不閉上，讓它牽著兩人口水的絲。我看著中間的氣泡，緩緩進入小宇粉嫩的口中。再一次的親吻，我摸著他的臉頰，繼續讓口水直流入他的嘴裡。小宇半張著好看的眼睛，閉上嘴，吞著我的口水。

「曉飛……你真的是……」

沒等他說完，我下體往小宇硬處一頂。

「啊……嗚嗚嗚！」還好我及時用嘴堵住，否則這聲音不知道會傳到幾個床位遠。我起身看了看附近，遠方的學弟沒有動靜，下鋪的學長也在打呼。好難受，這近乎窒息的性愛。

笨宇，你現在沒有辦法罵我了。因為你再也不是高高在上的天菜，我們現在都是毫無尊嚴的愛情奴隸，展示出我們這輩子最恥辱，卻最真實的一切。

我只想跟我的男人爽，能多爽就多爽，爽到有人起床為止。我撐著棉被，再次摀住小宇的嘴，舔起了他的乳頭。

「……嗚！」小宇全身僵硬地掙扎，身上毛細孔都綻放著費洛蒙。

我一手拉開他的衣服，把交扣的手壓在他耳後，讓他敞開那多毛而肌理分明的腋下。我舌頭從乳頭一路滑到腋下，那汗水分泌混雜、散發著強勁交配健康體味的地帶。我舌頭摩擦他腋毛，沙沙的聲音在我鼻前，讓我嚐盡那私處的滋味。肌肉凹陷的銜接處，像是致命的井。

「哼……嗚嗚嗚!!」小宇失控得更大聲，我只能更蠻力摀住他的嘴。

我吸收著那些香味精華，上面沾滿了我的口水。我深吸一口氣。

「我要嚐遍你的全身。」我在小宇的耳邊，說出我的渴望。

小宇回過神，水汪汪地看著我，摸摸我的臉頰：「媽的……為什麼我們會變成這樣……」

我第一次聽到小宇罵中文的髒話。

「因為愛太多了吧……」我笑笑，再度確認四周的打呼聲。「但是比鼻，你不可以再亂叫了……」

我輕輕搓揉他的乳頭，把棉被塞一角到小宇的嘴裡。小宇只能用鼻息喘著。

「對不起，忍耐一下。」我低下頭埋進棉被裡，親吻他那一被碰觸就緊縮的腹肌，我認不清這是那個部位，只知道越往下親，陰毛越是茂密，味道越是香濃。終於，我下巴頂到一根東西，濕濕的硬物。

黑暗之中，我把體育褲拉下一節。隔著內褲摸到小宇的龜頭，簡直是膠水的噴口。整根頂立著。

我舔了一口那濕熱的液體。

「嗚……」小宇雙腿想夾緊，卻被我大腿卡住只好張著。他的手輕輕的摸著我的頭，像是在關心寵物。

我慢慢地拉下內褲，在看不見的棉被裡，我受不了了。掏出手機，用螢幕的微弱光線照亮他的陰莖，像是健康檢查。

這根粉紅色的微彎粗大香蕉，龜頭表面光滑得發亮，那開口的縫不斷流出透明黏液，整根像是漏汁的加油槍。我突然了解秦天的心情，這看起來真的太好吃了。

我舔掉他陰毛上的液體，用舌頭頂進小宇的馬眼縫，任由那些熱熱的液體直接與我的舌頭交纏，最後一滴不剩的吞下。

我的手指之間，充滿他黏液織成的透明絲線。

「嗚……」小宇試圖把我推開。

「怎麼了？」我臉探出棉被。

「我一直……好像尿出……什麼……」小宇吐掉棉被，顫抖地說。

「那不是尿……」我微笑，用手刮過他的龜頭。

「是嗎……啊……」

我把手指移到小宇面前，用濕透光滑的大拇指和食指展示那液體牽絲的樣子。

「那是比鼻興奮流出來的東西……」我說完，在小宇面前把手伸進自己的褲襠，用中指滑過自己的龜頭，然後跟大拇指一碰，我的黏液也成為透明的絲線。「你看，我也太爽了……」

我把兩根手指放在我倆的唇之間，接吻。

兩片柔軟的舌頭加上兩根手指交纏著。我們閉上眼含著手指，吞食著彼此的前列腺液。

「Fuck……」小宇跟我一同喘著氣。

接著我亮著手機螢幕鑽進棉被裡，拉下他的褲子，把小宇整包肉色飽滿的陰囊露出來。他的下體性氣逼人，那乾淨的屌味噴發，令我不能自己。最奇怪的是，我發現這根陰莖居然對我來說不大不小。

好像跟我差不多大。如果說差不多的話，那就是……十七？

我張嘴，含住那多汁的龜頭，關上手機，在冠狀處吸吮著。在棉被裡吸著濃縮的交配的費洛蒙氣息，他大腿內側的汗水和我自己散發的蒸氣，讓我近乎缺氧。

我轉換跑道，舔起了他的乳頭。

「……不嗚嗚嗚!!」小宇不小心喊出，這是目前為止最大聲的一次。小宇掙扎著想把我推開。

一股熱燙的感覺，噴到我的下巴。

什麼？我摸了摸，聞到一股豆漿味。

我打開手機，用微弱的光線，看到小宇的龜頭縫，一陣又一陣噴射著濃稠的純白液體。他的胸腹肌跟我的上衣，都是精液。

「怎麼會？」我看著小宇的臉。他雙眼迷濛、整個人喘著氣，無法言語地低聲呻吟著。

居然舔乳頭就射了。

我再次進入被窩裡，大口親吻小宇的腹肌。其實是想嚐那味道。

幹，我還硬的很。

「不要……」小宇整個人癱軟無力，也無法阻止。

我貪婪地舔食著他的精液。

!!

太奇怪，怎麼會甜甜的？居然沒有半點預料中的腥味，反而是很熟悉的味道。

是半糖豆漿，香純濃的豆漿。

梳著包包頭的中國女孩們，跳著扇子舞。扇子打開，現出一個「好」字。

這也太好吃了吧？

我開始大口大口舔起來。

「不……」小宇推開我的頭，從他褲子口袋拿出衛生紙，開始擦自己的下胸口，然後把大部分都給擦了遍。

「吼！小氣欸……」我躺回原本的位子。

「你真的想吃？」

「嗯啊。」

小宇看了看衛生紙說：「剛剛應該才出來一半吧……」

「真的嗎？」

「那你要我幫你嗎？」小宇轉為撲在我身上。帥帥的臉滿頭是汗。

「可以啊，你會想吃嗎？」

「我都還好欸……」小宇的回答，真的不很熱情。

「那不用啦……」

「我試一次好了？」他笑笑。

「不要用牙齒喔……」

「沒問題。」他豎起大拇指，鑽進了溫暖潮濕的棉被裡。

我喘著氣，留意周遭的環境。感覺到褲子被慢慢拉下，整根被掏出來。

突然一件濕熱的暖物，從龜頭尖端，一路慢慢籠罩下來。

小宇真的在幫我口交。

我伸手摸摸他那有點鬍渣的下巴，跟光滑嫩嫩的臉頰。

真的是你啊。

「唰。」寢室紗門打開。

我瞬間清醒。但是小宇似乎沒聽到，他的口水正讓我的整根陰莖又濕又暖。

寢室中間走出一個人影，全副武裝。

是色凱，幹你媽睡我旁邊的色凱。兩小時過了嗎？不可能，他是來叫下一班安全士官的！我看了看發亮的手錶，我們居然搞了快一個小時。

好在色凱走向另外一個方向，在癡肥學長的床前站定說：

「學長，學長！下一班！」

下體酥麻的快感不斷傳來，小宇持續抿著我的肉棒。

他握著我的根部，頭上下起伏著，讓柔軟的嘴唇跟陰莖的皮膚大面積摩擦。貼心的人果然性愛也有天分，好爽……但……不是時候啊。我抓住床單，看著下鋪的學長起床。色凱往我的床這邊走來。

幹，來不及了。

面對不知情的小宇，我別無他法。我把他頭往下一壓，他只要一動，我就壓住。

當他整張臉埋在我的胯下，我可以感受到他立體的五官蹭著我多毛的下部。不管有多難為情，我現在的使命就是不能讓小宇被發現。

色凱走到我床前，蹲下不見人影。在上鋪的我知道，他正在拔插頭。他的手機電池在牆角充電。

會死的，拜託小宇：我們的心電感應快開啟，千萬不要說話或亂動。

!!

我感覺到胯下，有濕濕的東西滑動著。

小宇居然舔著我的會陰，他以為我喜歡這裡!!

「啊……」我脫口而出。

「曉飛？」色凱走到我臉旁邊，探出上半臉。

「嗯？啊……啊？」我盯著色凱。

「你做夢喔？」

「嗯做啊……噩夢……啊啊……」我連說一句話音都會抖，整句話的音都在飄。

小宇！不要舔了！會死的！棉被隔音有這麼好嗎？

我雙手壓得更用力，他呼出的熱氣就在我下體爆開，舌頭卻依然不斷攻擊著我最私密的地方，幾乎往我的後庭攻去。

小宇抓住我的手腕。表達幾乎快窒息的訊息，可是……再忍一下！

「蛤，你做什麼夢？」色凱居然還想多聊。

「嗚。」小宇在我的胯下悶哼，呼吸著我最隱私的氣息。

「陳！春！凱！你！下！哨！了！啊？」我突然大聲地說話。管不了這麼多了，小宇必須要聽到。

胯下舔拭著我的舌頭這才停止按摩，抓緊我手腕的手才跟著放鬆。

媽的，你終於聽到了。

我也鬆開壓著小宇的手，他乖乖地停在我的胯下一動也不動。我把棉被撥開一條縫透透氣，拯救快窒息的他，順便讓他可以聽到我跟色凱的對話。

附近有床搖動的聲響，似乎有人被我剛剛那句吵醒。

「你太大聲了啦！」色凱突然一縮：「我來叫哨的，你幹嘛那麼大聲？」

「我要睡了你不要吵我……呼……呼。」我的心跳砰砰震到自己快聾去。

「好啦，很兇內。」色凱默默離開我的床位。紗門打開、關起，他終於走出寢室。

小宇從棉被探出頭，滿頭大汗不斷喘氣。他頭髮都濕了，還有一點點瀏海貼在額頭上，像是剛跑完三千的樣子。

「Fuck……我快要……fuck……」小宇趴在我身上，一動也不動，除了喘還是喘。

「我知道……對不起嘛，我根本來不及講。」

「媽的……死春凱……」小宇閉著眼，濕濕香香的汗味就在我鼻前。

好愛好愛，我到底為什麼要這麼愛一個人？我抱緊他，覺得有點愧疚。

「好了啦，笨笨不是說抱抱而已？」我說。

小宇動也不動整個人壓在我身上，喘著的氣呼進我耳朵裡。他差點就在窒息式性愛中陣亡。

「好啦，讓你睡一下。」我摸摸他濕濕的頭髮，用衣服手肘處把他的帥臉擦乾。看了看手錶，今晚是一定睡眠不足的了。

偶爾，小宇的手或是腳會抽動一下。還真的睡著了。這個笨笨。

我就這樣被最愛的人壓著，卻怎麼也捨不得吵醒他。他為了我，即使快悶死，還是努力地取悅著我。

「啊？我睡著了？」小宇突然出聲。

「嗯……你睡了……」我按了按手錶的夜光鍵：「……十八分鐘又四十二秒。」

「喔……蛤？」

小宇撐起身，我趕緊穿起褲子。

「不行我好累……好舒服。」他又趴在我身上。

「乖乖，要回去床上睡囉……太危險了。」我嘴蹭著他的額頭。

小宇坐起上半身，頭頂著蚊帳。居高臨下，睡眼惺忪地看著我。

「好吧……」他抓抓頭，趴著倒退，掀起蚊帳下床。

可惡，我多希望可以抱著你睡覺。但是不行，只要隨便一個人發現小宇不在床上，後果就不堪設想。

小宇走到我床旁邊，掀起蚊帳探進一顆頭。一點點的汗香飄來。

「晚安。」

「晚安。」我側著看他。

「啾。」

這個晚上……胯下的感覺久久揮之不去，像是印上了小宇五官的印子。而且，這舌頭怎麼這麼厲害？到底是不是舔過女人啊？

算了，我不管了。

早上起床。我看到枕頭旁邊的衛生紙，居然有兩隻螞蟻興奮地爬來爬去。

「靠。」我拿起衛生紙，輕聞。

沒有味道啊，這螞蟻來幹嘛？果然我的味蕾沒有錯，小宇的液體是微甜的。

把衛生紙放到窗戶溝上，拆下蚊帳。想起了昨天那管半糖豆漿。

Fuck fuck !!

我才要Fuck咧，放走了秦天，結果自己變秦天嗎？「人饑己飢，人溺己溺」就是這個意思嗎？

「喔？起床啦？」小宇提著蚊帳走向我，整張臉容光煥發。「我們一起折蚊帳？」

「噢好。」我跳下床。

昨晚的事情是真的，證據就是小宇臉上的傻笑。

可是看了看窗溝上的衛生紙。

好甜。

「我會不會……讓你不舒服了？」我還是有點擔心。

「不會！拜託，Come on！」小宇苦笑折著蚊帳：「只是……你那時候說『比鼻』，是什麼？」

「哎喲，就北鼻的疊字版本而已。」我想起在床上脫口而出的稱謂。

「那我也要喔。」

「那會是什麼？」

「寶寶？」小宇瞪大眼笑著看我，等待我的反應。

「好蠢喔，有人在叫寶寶的嗎？」

小宇瞪著我，笑著點點頭。

「算了，你自己小心就好。這比東東還危險。」

「沒問題，寶包。」

啊啊啊！殺死我吧！哪有人在叫同梯寶包的！（比鼻沒有比較合理。）

我們折蚊帳，吃完早餐集合。每一天好像都一樣，卻每一天都有新的進展。不知道，離開軍隊後是否也是這樣？

32 男人放假就是把妹

「今天有主動運補，早餐都有吃飽吧？」金正恩輕蔑地說。

等一下，這個週期，來的很可能是秦天。我跟小宇互相看了看，他瞇起眼睛哼了一聲，我不由得吞了一口口水。他轉頭往前看，臭著的臉咬了咬咀嚼肌，我看到他的拳頭一握，想起那玻璃上的一拳。

我今天負責把生鏽的螺絲挑掉，小宇則是在其他地方忙著他經理裝備的業務。一到下課，我們立刻會面。

「將軍的兒子嘛，又怎樣？」小宇的臉，像是會拿刀狠狠砍人的瘋子。我第一次清楚地看到，帥哥憤怒起來依然可怕。

「你冷靜一點……他也不是故意的啦。」

「好啊，我也不是故意的。」小宇的關節喀喀作響。

「比逼！」

「放心，我不會惹事。」

「安全士官廣播，安全士廣播……」我倆望著彼此，時間暫停。

「所有——人員，速至三號庫前集合！」

一輛卡車從正門開進營區，八成會停在三號倉庫。小宇起身直直地往那邊快走。

「喂，你……」我跟在小宇身後，不知道該怎麼辦。情急之下，立刻拿起智障手機，一邊猛追小宇，一邊打給秦天。

嘟嚕嚕——嘟嚕嚕——

快接啊。

嘟嚕嚕——嘟嚕嚕——

十公尺。

嘟嚕嚕——嘟嚕嚕——

卡車倒車完畢，小宇跟我等在一旁。還有兩個學長在等著。

一個身影跳下車。

這宅男他媽誰？

一個白淨不高的男孩，戴著眼鏡。小宇往我這裡看一眼，我也皺起眉頭感到不解。

「不好意思，請問一下原本的駕駛呢？」小宇很有禮貌地問。

「你說孫秦天嗎？」那個宅男小兵。「他去受訓了欸。」

「你是代替他的人嗎？」小宇僵笑。

「對啊，他莫名奇妙說要換單位，就先去受訓了。」

「喔？這麼識相？」小宇看了看我，轉身對宅男說：「謝謝喔。」

「不會。」

趁大家還在脫衣服準備搬東西，小宇走到我身邊：「你跟他說了？」

我想起了十幾天前，我跟秦天的最後一次對話：

「幼稚鬼，你走啊！」

「我一定要走啊，以免遇到你我又會克制不住，我都不知道自己會做出什麼。」

「最好不要回來了！」

我這才恍然大悟：「只有最後一次見面，跟他說……最好不要再來了。」

「哼，算他識相。」小宇癟癟嘴，往倉庫裡走去。

真的走了嗎？我還是想確認。於是小宅男：「不好意思，他有沒有說他為什麼要換單位？」

「他喔，我想想。」小宅男雙手交叉在胸前：「他說什麼，當初來的理由沒有了，留下來也沒有什麼意思。我們問他理由是什麼，他又說沒什麼，想開車啊。」

媽的，明明就有女友，還給我來這套……但不知道為什麼，我居然有鬆一口氣的感覺。

「班長……」我得報告我腰傷，每次搬重物我都無法參與。

「曉飛，你繼續挑你的螺絲。」文樂班長知道便把我揮走。

手機這時候開始震動，是秦天回撥給我。

「耶，這是你第一次打給我欸。」秦天一樣開朗的語氣。

「對啊，欸你調走了？」

「對啊——還沒真的調走啦，受訓而已。」

「調去哪裡？」

「不告訴你——你現在才問，根本沒心！」

「幼稚欸，是因為你整天調來調去的吼。」

「我不是說過嗎？我靠爸啊哈哈，啊你跟你女友怎樣，有好一點嗎？」

「嗯，現在越來越好了。」

「那總可以讓我知道是哪個妹了吧？」

「就是那天，在倉庫跟你對看的那個人。」

「誰？」秦天的電話那頭傳來一陣雜訊：「等一下！你說……那個56號！」

「嗯。」

「男的？我跟他，你選他？」

「你有女朋友我選你幹嘛。」

「幹。那他當女的？」

「我們之間沒有女的吼。」

「靠北，你死定了！可惡!!」電話那頭的聲音好像即將進化成狼人：「啊啊啊！好啊好啊，很好！非常好！你給我記住！」

「謝啦。」我可以感覺到，要是秦天在我身邊，一定會把我揍一頓。

「好啦，祝你們幸福，基本上。」

「掰掰——」

明明這樣才能步入正軌，卻還是有一點點難受的感覺。軍中的緣分就是這樣，每個人有點熟悉又有點陌生。我們永遠不知道，眼前這個出公差的人是不是最後一面，又或者一個新訓的小兵，會不會成為男朋友。跟這比起來，我還有更重要的事情。它在我腦中久久揮之不去。

趁著沒有人的空檔立刻搜尋：**精液甜**。（到底是有多重要？）

網路上不乏說精液富含有益的化學物質，好用來欺騙女生吞食的文章。但精漿果然是有果糖的成分，用於提供精子代謝的營養，可間接反映雄激素水平。

咦？我在開心什麼？完全秦天的心情嗎？不！這樣會變成小宇的口天使的！（不好嗎？）

站哨時刻，看到女酋長走出來，把新假表往白板一貼。原來當月假表居然還可以異動。我無聊地看起這個月被改過的假表，發現一週後有一陣子非常多人放假，唯獨某一天全員到齊，就像摩西分開紅海一樣把假隔兩半。這天被用鉛筆特別標起來。

「學長，請問一下這天是什麼意思？」我問在一旁站安全的間杰學長。

「喔，那天連長說要加菜。所以大家的假不是往前移，就是往後移。」

「加菜是什麼意思？」

「就是叫外匯，一桌三四千的那種，大家好好吃頓飯。」

「原來是這樣啊……」我頂著鋼盔，手指在那張紙上不斷上下比畫著。等一下。八天後那幾天，一堆小兵放假，連我跟小宇都突然同時放假了？

終於同時放假了！雖然只有一次，但是這一次來得超級不易啊！而十一月後半段有個人一路退字退退退退到底，那是明翰學長的假，不，退伍已經不算是假了，是直接升天了。

我上哨沒多久，廣播果然從四處傳來：「安全士官廣播，看假表！」

遠遠看到幾個小兵從寢室衝出來，不知道的人還以為是龍山寺在搶頭香。過了五分鐘，他們緩緩的走出來，而明翰、小宇朝我走來。

「曉飛！我退伍趴決定要提早辦在下星期六！你要去嗎？」果然沒錯，大家一起放假就是現揪嗎？待退學長也要開始目無王法了。

「有誰要去？去夜店不會出事嗎？」我問。

「放假的義務役都去啊！夜店不要出事就好了咩！」明翰爽朗回答。雖然我聽不太懂，要不要出事不是自己可以決定的吧？

「那你要去嗎？」看完明翰學長那白肉小臉，再看看小宇。帥氣爆表英氣逼人的對比，讓我又是心一揪。**男友比別人帥太多**這件事永遠無法習慣。

「我看你，你去我就去。」小宇笑著叉腰，但是不知為何，我卻立刻想起那香純濃灑在身上的半糖豆漿。

「是也可以吧……」

「好，水！」明翰跟我擊掌，轉身走遠留下小宇。

「看來我們的輔導長，有三不政策喔？」小宇往後看一下辦公室。

「你說不准我們去夜店嗎？」

「沒有，他是不看、不聽、不管。」

「的確有點怪怪的，但這樣對我們是好事吧。我應該就是當觀光。你有去過嗎？」

「沒有去過，我其實沒有很喜歡去那種地方。」小宇臉上露出微妙的厭惡。

「那你幹嘛還要去。」

「哼，你說呢？」

「吼我會乖啦！」我突然懂了。「我是誠實乖寶寶。」

小宇卻搖搖頭：「我知道你會誠實，但是我怕別人不乖！」

「好啦……」我摸摸小宇的頭。

他瞄了一眼我褲襠的位置。

「又想什麼吼……」

「欸，我難得看你喔。我以為你喜歡。」小宇笑著吐舌頭。

「是你喜歡吧？」我看著他短短粉嫩的舌頭，這就是昨天猛烈攻擊我胯下的玩意兒？

「看你啊，你喜歡，我就喜歡。」

「我也是你喜歡，我就喜歡。」

我們兩雙眼睛對看著，眨也不眨。等等，我好像看到了什麼。

「現在不行。」我說。

「哎喲我知道啦，把我想成什麼！」不耐煩的笑臉。

「好啦，快回去午休吧——」

「好。」小宇轉身準備回去，突然回頭：「那……今天晚上一樣？」

「你吼……床上太危險了，不然廁所？」

「不行！不要廁所！」那厭惡的表情，果然是個貴公子。

「好啦……那再說吧……」

「ＯＫ！」小宇這才離開。

好像開啟了什麼開關。從來提不起性事的小宇，居然主動開口。

但是沒地真的很麻煩，想當年學生時期都在廁所跟男友射精，一邊擁吻舔乳頭，一邊忍受隔壁的水屁跟屎味簡直一大極刑。還好某個時候開始，身障廁所漸漸興起，才讓我們做愛品質稍微提升。（身障的朋友我跟你們道歉。）

在中山室吃晚餐看電視新聞。

「〈尚好的青春〉是孫燕姿繼〈天黑黑〉之後，相隔十三年再次挑戰台語，雖然對台語並不陌生，但追求完美的她，依然很小心翼翼的問過許多朋友，反覆確認自己的發音，希望大家能跟她一起進入時光隧道，探訪青春留下的印記。」主播流暢地報著。

「孫燕姿？她不是結婚了嗎？」癩蛤蟆學弟。

「對啊！孫燕姿被內射了！」待退的明翰學長在餐廳吼了一聲。他最近在路上都是橫著走、趴著走，躺著也可以走。

「怎麼這樣說……」

「的確是被內射了！」威育學弟附和。

「幹！被內射了啦！」大家跟著叫囂：「幹！被內射還出來混！」

我跟小宇互相對看，兩人眼睛一起有默契地微微上翻。

哈囉異性戀，被內射就不能出來混，那演藝圈就只剩下男生了喔。還有不少男人也不能出來混了喔！（亂寫什麼？）

女主播的新聞就是分成「這個我可以」跟「這個我不行」，女藝人就是分成已內射跟未內射。反正報導什麼都不是重點，就像在ＭＴＶ看電影一樣，從來不知道銀幕上在演什麼。

一轉眼來到放假這天。受邀去夜店的小兵已經大半被放走。明翰、司亮、子龍、威育、色凱、小宇、我。和尚團準備後天去夜店High一波。

「唉……我看透你們了。」憂鬱弘沒放假，就這樣被我們放生在營區。

當天下午我跟小宇提早約出來，就在桃園市區的麥當勞面對面坐著。這是我們第一次能夠悠哉地吃個東西。

「好久……好久沒有兩個人吃麥當勞了。」餐盒充滿薯條的畫面，一陣香味撲鼻而來。腦中閃過秦天一臉汗液銷魂插弄著自己的表情。

「怎麼？什麼意思？」小宇握著蛋捲冰淇淋。

「我之前常常會自己一個人來這間看書，寫東西。」

「哎又，以後我可以常常陪你來啊。」

「好啊，但是等等不是要去夜店，你帶那個是什麼？」我指著他身旁一只黃色的束口袋。

「喔，這個給你的。」小宇挪開餐盤，把袋子放在桌上。很像黑市交易。

「給我？」我摸摸袋子，裡頭的東西軟軟膨膨的。打開來，裡面黃色的發亮物體跟保齡球一樣大，有兩只黑色尖尖的耳朵。

「皮卡丘？」我讓牠的臉探出袋子。牠笑得很燦爛，只是眼睛有點ㄎㄧㄤ。「新竹看到的那隻？」

「厲害吧！我在中壢看到就買了。」小宇炯炯有神地笑著，用手戳戳牠的耳朵。

「為什麼？今天是什麼節日嗎？」

「沒有，就只是想而已。怎麼怎麼，不喜歡嗎？」

「拜託！怎麼可能不喜歡。」我學他用喉音說話，用中指刮掉他嘴唇冰淇淋，然後舔掉放進嘴裡。「比鼻下次不要亂買東西了，你跟倉鼠一樣，囤積癖。」

「什麼什麼倉鼠！哪有？」

「有。」

「不行！你幫牠取個名字吧！」我們好像新婚夫夫，看著自己的寶貝。

「讓我想一下，太臨時了啦！」

但最後還是想不到，就這樣前往台北。

火車上，牽手的時候，我發現小宇右手沒有貼任何東西。

「北鼻手好了啊？」我看了那右手掌只剩下一個小疤。粉紅色的疤。

「嗯。」小宇握緊我的手，笑笑：「You owe me.」

「好啦！」我把手拿起來，親了親那個疤。

信義區，比台北還要台北的地方，每個人像移動的要塞掛滿行頭。威秀影城附近，這滿是異性戀的夜店、酒吧之地，兩輛藍寶堅尼一黃一黑停在馬路上，根本是個炫富的地方。

「嘖嘖嘖，我好愛藍寶堅尼喔。」我看著它充滿稜角的設計。

「喜歡嗎？我買給你。」小宇下巴一揚，學廣告台詞。

「你在演哪一齣啦。」

集合地點，主揪明翰帽子反戴，就是個發福的街舞吉娃娃。混血子龍穿著一件深藍色長版大衣，紳士帽跟皮鞋，是活在東區，不，是活在倫敦的男人。威育穿黑色外套，純白緊身

T-shirt，那大胸肌讓外套拉鍊拉不起來，緊身褲也展示出他粗壯的大腿，活脫脫就是鮮肉籃球隊長，沒別的。色凱，穿著黑色圓領衫獰笑著，我想他就會這樣消失在黑暗中吧……癩蛤蟆司亮，又肥又醜。眼睛分那麼開，那麼旁邊，皮膚又很差。（不是在寫穿著嗎，這樣好嗎？）

而跟我從桃園出發的小宇，白色帽T，一件褐色皮外套，還有休閒褲。那件六個口袋，整條破破的休閒褲，一些縫線跟弄舊的巧思，我問過他，竟然要兩百五十美金！我真的不懂。

威育一看到我跟小宇一起來，就開始碎嘴。只有他知道我們在一起。「嘖嘖嘖！真的是……真的是！」

「怎麼樣？想尿尿嗎？」我用威脅的眼神。

「幹嘛？不能嘖一下是不是？」威育挺起大胸肌，互不相讓。到了營區外面，就沒有學長學弟制了，基本上。

在夜店外排著隊，雖然我們顏值比周遭高一個層次，但是在異性戀夜店，一個沒有妹的團就像是一群戰士沒有補師[7]一樣，士氣極度低迷。

「今天，好像另外一家妹比較多哎。」威育一直觀察著每一團妹的動向。

我們一個個被穿著黑衣的彪形大漢搜身。輪到我時，我打開袋子，門口大漢用手電筒往裡一照。皮卡丘的頭頂，兩隻黑色耳朵。

「很可愛，呱嘰呱嘰。」大漢笑了。

---

7 補師：遊戲裡負責補血的角色。

33 異性戀夜店沒有要跳舞的意思

拿著暢飲的酒券，進入地下室領了啤酒。舞廳放的英文歌，節拍並沒有很歡樂，但聲光效果比同志夜店還高一個層級，流光又綠又紅地掃過地板跟牆面，性感煽情。但是那些異性戀的歌我真的不懂，一點都不High。

周遭的人也跟同志夜店不一樣。男人盯著少數的女人虎視眈眈，更別提他們的長相、身材，讓我再次確定：異男平均最帥的時候就是學生時期，因為沒有打扮的問題。

我們湊在一張必須站著的小圓桌喝著酒。明翰、司亮、子龍都掏出了菸，他們點火的時候，小宇看著我。

「不行吼？」我問。

小宇帥氣的臉，在昏黃的光線下只是笑，我只好拿起酒杯喝一口：「好我知道不行。」

「我也沒有說不行啊。」

因為寄放物品要五十元，我就大膽地把皮卡丘放在圓桌上，女生都發出高頻的叫聲。

「要是有包廂就好了，噢呵呵呵。」色凱看著包廂裡的女人。

「沒有妹，訂什麼包廂！你不知道這裡包廂兩三千起跳嗎？」明翰隨著音樂律動，節奏感很強，看來每次運動時間自己拿著軟墊練習果然有差。

「來喝啦！」威育脫掉外套，露出純白緊身T-shirt和倒三角的身材，大家開始掐捏他大胸肌上凸起的乳頭，讓那兩粒更加分明。「幹不要碰吼！會興奮！」他大吼。

領酒的時候，我發現這裡的酒保活似工廠裡裝填飲料的機器。他們機械式動作著，一排十個男人，白襯衫，沒有任何身材，臉蛋也是乾淨而已。我講了我要什麼啤酒，這二十出頭的男人甚至看都沒看我一眼就開始動作。如果是Gay店的話，酒保會用性感的笑容多停留在我身上好幾秒，甚至對我說出「你那麼帥，我幫你裝大杯一點」之類的話。

可在這男人比〇號還多的世界，男人的價值是由亞當史密斯定義的。

「好啦喝！幹！我們今天不需要女人！」威育舉起杯子。

「乾！乾一半！」癩蛤蟆說。乾一半的文法不知道那來的。

女人的香水味從身後一陣陣呼嘯而過，我無奈的灌下啤酒。

「欸？曉飛，找你的。」威育用手肘戳戳我。

我一轉身，看到一個比我高一點的男人，左臉擠著酒窩，腮幫子有力地咬著。整張臉剛好在燈光下，陽光地發著亮——宥勝？不。

秦天？

「哇靠！也太巧！這不是我們的駕駛哥嗎？」子龍在一旁歡樂的敬酒。

「怎麼了，有什麼事嗎？」小宇擋在我跟秦天中間，瞪大眼假笑。

「你們果然也來啦，沒，我只是想問飛飛，你們要不要去我那邊坐，我那邊有包廂。」秦天指了指遠方，大包廂裡好幾個穿著露肩黑衣服的女人搔首弄姿。

「哇靠！猛男哥也太罩！」色凱淫穢地笑起，一手拳頭揍一手布：「要不要去？」

「不用了。」小宇很有禮貌地高舉酒杯。

「沒關係，你們要來隨時歡迎。」秦天也舉起酒杯，兩人在空中敬酒。

「匡啷!!」撞擊聲大聲到幾個路人都嚇一跳，往這裡看過來。

「喔？還好嗎？你的杯子。」小宇沒有表情。

秦天的玻璃杯口居然裂了一個倒Y字形。

「沒關係，那邊還有位子。考慮一下啊。」秦天看了看杯子的裂痕，苦笑離去。

「曉飛！他們那包廂至少有八個妹！不要任性！」威育看著遠方，瞳孔瞬間放大。

「真的！好像有幾個超正！」色凱握拳，不斷喘氣。

這不是任性，這已經不是靠妹就可以解決的問題了。

「怎麼可能這麼巧？有誰跟他講我們要來嗎？」我問明翰。

「沒有吧？我怎麼可能揪這種猛男！這樣豈不是顯得我很肥？」明翰無辜地說。

「可是他居然說『你們果然來了』？」

「我覺得是輔導長。」小宇晃動酒瓶裡的冰塊：「除了我們，是不是只有輔導長知道？」

「啊哈哈哈真的欸，他跟軍官都很好，也不知道為什麼？」色凱答。的確，八成是故意的。

「走啦，你跟他比較熟。」威育雖然知道我跟小宇在一起，但他完全不知道我跟秦天這一段。顯然大家都下體失控中，只想往有女人的地方移動。

「晚點再說啊，現在又不夠醉對吧？去也玩不太起來。」我說。

「飛哥說的有道理欸，等妹醉一點，到時候看到誰都覺得可以！就幹爆她們！」癩蛤蟆的臉淫笑著。

放心，人家就算喝到醉倒前一秒，也不會接受人獸交的，只有「真愛護家有信心希望什麼盟」的才會高喊人獸交。

「It's my life!——it's now or never!」音響傳來邦喬飛的歌，所有男人暫時思考癱瘓，全都跟著嘶吼。又來了，異性戀的歌。

我看著這很不一樣的世界。男生都穿長袖襯衫包得很緊，身材大都很平，甚至有許多宅男，跟同志夜店完全不同。好像在這裡，男人的外表都不重要，重點是看起來有錢。女人的外表也不重要，重點是要會化妝、要夠露。

大家逐漸進入微醺的狀態。

「幹有Fu了！好暖噢，我們去舞池晃晃。」威育激凸著乳頭，拉起衣服搧風。白T那兩點的布料已被他撐出兩個鬆點。

「Go！」色凱喊。

「你們可以去……」子龍蒼白著那西方貴族的臉。「媽的——我昨天太晚睡，現在好不舒服。」

「要帶他嗎？」我看著桌上的皮卡丘。

「怕被偷就帶吧。」小宇笑了。

於是我牽著小宇的手走進舞池。

好幾道綠色鐳光變化圖形切割著煙霧，天花板擺滿鏡盤，頭頂看上去也是密密麻麻的人群。但是，舞池裡的男人們卻像喪屍一般隨音樂微微晃動，只有副歌來的時候像吃了亢奮劑，其他時間都是呈現憂鬱症病發的狀態。沒有女人，就沒有活力。

這裡到底他媽是中了什麼邪？今天不是星期六嗎？

我要回去G star！媽媽！這裡的男人一點都不性感啊！舞池男女比例大概五比一。女人簡直比純Top哥還少。

砰！砰！砰！砰！音樂持續猛下。

我抱著皮卡丘在舞池裡。雖然很丟臉，但覺得很有趣，因為好幾個女孩圍著我。

「啊啊啊！皮卡丘!!」

「好可愛！」

「啊啊啊啊！可以借我嗎？」深乳溝女孩指著皮卡丘，用無辜的眼神看著我。但這對我一點用也沒有，因為我超Gay。

小宇聳聳肩。

「可以吧……要好好對他喔。」我說。

兩個女人就這樣貼著我跳舞，另外兩個濃妝妹抱著皮卡丘在一旁拍照。

「曉飛，我真是太小看你了。」威育挺著胸肌跟大奶，明明有黝黑的膚色和帥氣的濃眉，卻沒有女人貼。我背後卻有兩個胸部在蹭我。

「沒想到居然有這種把妹神器……」癩蛤蟆也冷眼看著我。

「喂，我沒有想好嗎？」我很無奈的被貼著。

女人！快把妳胸前的圓形哺乳器拿走！我要硬的！我要又方又硬的胸部！

「你怎麼會帶他來——」女生嬌嗔地說著，我卻只是數著她的眼睫毛到底貼了幾層。

「我朋友買給我的。」我比了比旁邊的小宇。

「啊——你有兩個把拔嗎？好幸福喔——」這有點茫的乳溝妹開始跟皮卡丘對話，還親了牠一下。

「欸欸！謝謝！可以了！」我沒收皮卡丘。牠臉上卻已經留下一個唇印，女孩們依依不捨的離去。

馬的死女人，一定都被這些異男寵壞了，鮑鮑換包包。

「曉飛……把妹神器借我們好不好？」癩蛤蟆跟威育突然苦苦哀求。

「那你們要好好保管喔？」

「真的，要好好保管。」小宇跟著說。

「我會用我的生命！」癩蛤蟆發誓。

你算了吧，我把皮卡丘塞給威育。大胸肌加上皮卡丘，果然開始有女生像鯉魚一般游近，說要抱皮卡丘。這些女人也太好操控。用皮卡丘打發走了學弟，他們在一旁跳舞，被女人簇擁。明翰也不知道在哪裡尬舞。

五光十色、電音欲聾、性味交雜。小宇跟我面對面，端正的五官，深邃的雙眼，輕輕一摟就可以感受到身上凹凸的曲線。我們胸肌貼著，身體跟著音樂震動著，不時額頭靠著額頭。

「果然……」我說。

「果然什麼？」小宇笑著。

「這麼多人，還是比鼻最好。」我在他耳朵旁說。

「笨寶包。」

音樂換了節奏。

小宇轉身點著頭，讓我從後面摟著腰。光是這樣，旁邊幾個露肩女孩就開始Wow哇喊叫，又湊上來問我皮卡丘的下落。深乳溝女人更煩，在旁邊一直蹭著我跟小宇。

「親一個！」「親一個！」「親一個！」不認識的正妹開始叫囂。

小宇搖搖頭。

我輕輕親了小宇的脖子。

「啊啊啊啊啊——」女孩們尖叫，異男們冷眼旁觀。

在這個充滿喪屍的地方，果然還是要靠Gay才玩得起來嗎？

我雙手扶著小宇的腰，吸吮著小宇脖子的空氣。

突然，我感覺屁股一支大棒子頂著我。

旁邊好幾個女人摀上嘴巴，瞪大雙眼，完全顯露興奮之情。

我一轉頭，是秦天陽光的臉蛋。我瞪著搖頭，他卻豎起食指在唇前，示意我不要出聲。

「啊啊啊……！」女人們在一旁發腐。有些男人在一旁也笑了，似乎這畫面太不常見。

我看著小宇對著ＤＪ枱，比出Rocker的手勢。

要怎麼樣才能避免爭執？現在小宇轉過身看到秦天，絕對要表演一拳超人的。附近的女人圍著我們三個，所有香水味混在一起，已經貼到我分不出來哪裡是胸部哪裡是屁股，只感覺到一根硬物直直頂在我屁股後。

走開！統統都走開啊！

我摟著小宇，秦天從後面用那根大屌頂著我的股縫，讓我下體被壓得相當難受。

就這樣頂著小宇的臀部，我居然硬了。在兩個男人的費洛蒙跟各種肌肉中間，感官的刺激簡直爆炸。

小宇抓著我的手，握得更緊。

「別鬧。」我轉頭對秦天悄聲說。

「那你等等要來找我喔。」秦天的臉帥氣發亮，這是超悠閒的軍官才能擁有的膚色。

「好啦。」

「ＯＫ。」秦天這才把那超大肉棒從我臀部挪開，最後還給我回眸一笑。

差點，差點要死掉了。

我說差不多了，離開這個肉慾縱橫震耳欲聾的舞池回到小圓桌。子龍依然在那邊一副要死的樣子，熬夜不喝酒，喝酒不熬夜。

「我去換酒？」小宇拿起兩只杯子。

「好。」我拍拍子龍的背。

癩蛤蟆、明翰、威育滿身微汗地回來說：「天啊真是太High了，女人都愛皮卡丘。」

「真的！把妹神器欸。」癩蛤蟆對我比起大拇指。

三個人手上空空如也。

「皮卡丘咧？」我臉色大變。

「剛剛有個妹說借一下，拍完照還你啊——她沒還？」癩蛤蟆的醜臉。

「幹。」我立刻往舞池走去，試著找剛剛的幾個女人。有病嗎？娃娃也要偷？

走進舞池，卻沒看到任何黃色的球狀物。我開始心急。對不起皮卡丘，我不該把你交給那些蠢學弟的。

我突然一陣懊悔：麻煩死了。男人不性感，女人又一堆，音樂又很難有共鳴，小字又容易吃醋。根本不該來的。

34 兩男再一杯

才走近秦天的包廂，就看見有團黃色物體，是個女人玩著他。沒出現過的女人。空靈的雙眼妝很淡、有點哀傷，長髮偶爾甩著。老實說，很漂亮。裡面大概有八個女人、六個男人。

「嘿。」我向秦天招手。

「喔喔！飛飛你來了！」秦天起身，跨過桌子上橫陳的各種大腿，搭上我的肩膀跟大家介紹：「這是我的同梯啦，可以叫他曉飛。很帥吼？」

空靈的正妹也笑著站起身，手撥了一下瀏海，把頭髮勾到耳後，手裡抱著皮卡丘：「你好！天天有說到你，你本人比照片好看欸。」

為什麼在她手上，皮卡丘會有一種「人質」的感覺。

「這是我女朋友。」秦天比了比那個空靈女孩。「哎喲妳自己介紹啦！我不知道要怎麼說。」

「叫我Angel就可以了。」女孩的笑容很療癒，氣質堪稱完美。她雙手把皮卡丘遞到我胸前：「這個還你。」

「你幹嘛拿人家東西?」秦天一愣。

「我哪知道，她們說借的吼。」女人說話起來一定要這麼嗲嗎?喲?那個不喜歡吃秦天屌，被幹到流血，照樣被內射，還吃避孕藥的女友，就是妳啊?Angel?看不出來噢。

我接過皮卡丘。

「坐一下咩，又不會怎樣。」秦天把我按到沙發上。

「不用啦，我只是來拿這隻的。」我笑笑，看到皮卡丘被弄得黑花花的，身上都是女人的妝，八成是用臉在上面蹭啊親的狂拍照。這些瘋婆子的臉上到底都塗了些什麼。

我不斷拒絕喝酒，秦天雙手搭在我身上，帶點酒氣，用非常緩慢的速度，把手掌靠在我的耳朵講悄悄話:「要不要，我把你調到我身邊?」

「什麼?不要鬧喔。」

「那就陪我一下咩!」秦天身子後仰，拍了拍沙發。

我確認一下秦天的表情，那一抹自信的微笑，酒窩。他沒有在騙人，他辨得到。

我看了看遠方，小宇似乎還在看不見的地方排隊換酒。

「來來來!你們同梯喝一杯。」旁邊一個男人嘴裡叼著菸，遞上兩小杯龍舌蘭。

我看到他們的桌上，兩盒排得滿滿的龍舌蘭，酒杯像是超市的水洗蛋擺得整整齊齊，陣仗嚇人。

「好啊，沒問題！」比酒量，我沒有很差。大不了等等偷偷跑去吐。

「不行！大家一起！這樣輪流就沒意思了！」我的社交功能開啟。男人女人們都笑得很開心，好像這是全世界最歡樂的一桌。自己還是被灌酒了，輪流敬酒真的擋不掉。

我渾身發熱，秦天摟著我的腰，手偷偷伸進衣服裡。

「你好燙。」秦天一手摸我的嘴唇，讓手指沾到我的口水，一手伸進衣服裡摸到我的腋下，搓啊搓的，然後放在鼻子前閉上眼吸了一口氣：「幹……飛飛……怎麼會這麼好聞？」

「你滿意了吧？我很有誠意噢。」我挪開他的手。

「我也要抱抱他——」秦天的女友Angel坐到另一邊，摸摸我的頭：「他好可愛喔——」

秦天吸吮著剛剛沾過我口水的手指，對我挑了眉。

秦天，不要這樣，我記得你不是這麼壞的人啊……

Angel的長髮靠在我肩膀上，女人的髮香味撒在我臉上，一股騷味。特難聞。

「你都不會好奇，怎麼會這麼巧嗎？」秦天摟住我。

「輔導長讓你知道的嗎？」

「喔？你也太厲害了吧？」秦天要跟我擊掌，我隨便拍了一下。

但我已經開始感覺不行了。輪流灌酒真的太下流。

「!!」我感覺到牛仔褲有物體按在上面，低頭一看是女人纖細白嫩的手，指甲是黑的。

「可以摸一下嗎？拜託——」Angel正在按摩我的褲襠。

妳不是已經在摸了？妳邏輯有問題嗎？我使勁用手擋住。

「不要亂動他喔！」秦天隔著我的衣服，搓揉起我的乳頭：「他有男……女……朋友了。」

「好啦，我要走了。」我客氣起身。再弄就要硬了。

「吼又！帥哥再一杯！我先乾喔！」男人女人把我擋住，但是我看得出他們不是說好的，這群男女純粹是愛看我被欺負的樣子。

「不行。」我試圖跨過腳，離開這個包廂。

「Fucking Cunt！」小宇的聲音。

包廂門口，瞪大雙眼的男人對著秦天罵了英文髒話，伸手一把將我拉出包廂。我一連踩了好幾隻腳連連道歉。上次在行李間，小宇罵完這個字後，就把玻璃揍爆。原來小宇罵的不是我嗎？

「你幹嘛跟他們喝？」小宇目光如炬。

「我……有原因……」我看著小宇悲憤的雙眼。

秦天說要把我調去他身邊，可是我不想被調走啊。我想跟你在同一個單位裡，比鼻跟寶包要在同一個單位裡啊……

「哼。」小宇好像看懂了一點點。

「怎麼，我跟他喝幾杯也不行是不是？」秦天站起身瞪著小宇，旁邊的女人紛紛上前要攔。

「欸欸欸怎麼了？」威育跟子龍明翰都走過來，堵在包廂門口。

「我們還以為你在舞池裡，一直找你欸。」色凱說。

「欸，不要鬧啦……我們的身分……走了走了。」威育拉著小宇講悄悄話，把酒杯遞給他。

「對啊我沒事啦。」我頭暈暈的，但還可以正常交談。

「碰。」小宇把酒杯用力往桌上一放。酒從杯裡濺出來灑得滿桌都是，女人們一陣尖叫，把腿縮在沙發上。

「喂喂喂！幹什麼？」

「好！不然這樣，一人喝一杯，一杯泯恩仇嘛！好了好了！」一個戴著項鍊的台客倒著酒，明顯也是職業軍人。大家都怕事。

「我們很有誠意的啦！」台客把龍舌蘭一杯一杯倒進兩只大杯子裡。

「耶！乾杯！乾杯！」有個女人興奮地叫。

秦天揚起一邊嘴角，小宇面無表情，秦天率先對嘴喝了起來。

「哼。」小宇也拿起那超大杯龍舌蘭。

咕嚕。

咕嚕。

咕嚕……

龍舌蘭當水在喝。看著兩人喉結滾動，我都快要吐了。

小宇把杯底秀給身旁的人看，一滴不剩。碰的一聲砸下。

秦天也放下酒杯。

小宇被子龍推著走，轉身之前還瞪了秦天一眼。

「不好意思——不好意思——」威育向他們點點頭，連忙跟上。

我們坐進另一個包廂。是靠子龍跟威育的美色獲得的，那裡的女人也很飢渴，好幾個都不是台灣女孩，卻很愛混血子龍跟威育。

「真的嚇死我了，我只是快退伍，但還沒真的退伍啊！真的是老兵八字輕欸！」明翰學長一直搖頭，嚇出一身冷汗：「你們剛剛在吵什麼啊？」

「我先去廁所吐⋯⋯。」我起身，小宇跟著我到廁所前排隊。

「你可以說了，你為什麼要過去？」小宇面露苦澀。

「他說⋯⋯我不跟他喝，他可以把我調走。」

「哼。」小宇用非常鄙視的眼神，看了旁邊一眼。「你怕什麼？他敢？那我們就一起驗退。我有認識的醫生。」

「什麼⋯⋯你可以驗退幹嘛不早退？」我現在整個肚子都反胃，只想吐。

「你說呢？」小宇的眼神，讓我覺得問了蠢問題。

「對不起。」我親了小宇一下，小宇也回吻我，軟軟嫩嫩，都是酒味。

就算在異性戀的夜店，也沒在怕。

門開了，我鎖上門跪在馬桶前，腹部用盡全力、喉嚨緊縮，嘔出那些酒。吐出像是酸辣湯的噁心畫面，看了更是作嘔，連鎖效應下，我把肚子裡的東西吐個精光。

「白癡。幹。」我在廁所大罵。

「臭女人！」我想起那個想吃我豆腐的Angel。「操。」

想到那做作的女人，就令我噁心。

「飛，你還好嗎？」小宇的聲音從門外傳來。「我本來以為，要擁有東西太容易，我反而可以與世無爭，無欲無求。」

「幹嘛在這裡……」我說。

「沒想到，我還是有無論如何，都放不下的東西。」

「你在那邊……講那什麼話……等一下再說吼。」我按下沖水鈕。

出來洗臉，看到小宇滿臉通紅，扶著洗手台搖搖欲墜。不認輸地喝了那一大杯龍舌蘭，應該有八杯的量。

「去吐掉！快點。」換我扶著小宇。

「不用……」

我整個人都醒了，扶著小宇回到位子上。我意興闌珊地應酬著那些外國女人，小宇則是靠在我身上，一動也不動的大聲呼吸著。我第一次這麼想保護一個人，這麼可愛、卻這麼逞強的人。

曲終人散，我架著小宇走出夜店。一陣新鮮沁涼的空氣襲來，大家紛紛穿起外套。有的人點起菸，有個人倒來倒去，一群一群的男女圍著聊天。

「喔——再見——」癩蛤蟆淫蕩地扒著一個高挑的時尚女人。

「親一個！親一個！」

那女人，還真的尷尬地跟色凱一吻。貪官也可以吃到天鵝肉！這一幕，是多麼的振奮人心，我簡直不敢相信。連色凱也用英文在跟外國女孩有說有笑地聊著。反而是威育跟子龍，死守紳士風度，跟她們維持著距離。大家依依不捨的持續在夜店門口打鬧，有的在拍照，有的在摟抱。

「媽的……早知道……就……Fuck。」小宇喘著氣，低著頭。

我知道他正在經歷什麼，那是一種天旋地轉有如坐雲霄飛車的感覺。我把水交給小宇，他拿了就去遠方的水溝吐，卻叫我不准跟。這個愛逞強的笨蛋。

「你……那隻呢？」秦天扶著他空靈的女友，搖搖晃晃地出現。Angel看到我，不好意思地點點頭。

「他還好，沒倒。」我冷冷地說。

「對不起，我就是想看一看，你們是不是真的……」

「真的。」我堅定地看著秦天。「那你也是真的會把人隨便調來調去嗎？」

「怎麼可能這樣對你嘛，哈哈。」秦天乾笑兩聲。

「哈哈……真的吼。」

「那我先走了。」秦天把手掌打直，對我個敬禮，轉身離去。

小宇回到我身邊，幾乎快跌倒。

「欸，你們兩個住桃園的，怎麼回去？」明翰無力地坐在一旁。

「等捷運吧？我不知道。」

人們陸續招計程車離去。同伴說要找地方吃東西。

「飛……呼……計程車……」小宇發燙的臉靠在我身上，都是酒味。

「好。」

「他這樣可以嗎？」

「放心啦，曉飛一定會好好照顧博宇的。」威育露出一股邪惡的笑容：「對不對？」

「少囉唆，你們路上小心啊。」我舉起手招了輛計程車，架著小宇上車。

「好的。」

35 破處之夜

「你吼，要去哪裡？」我戳戳他的臉。小宇沒有回應，帥氣性感的臉蛋仰躺在後座，神智不清地發熱、喘氣著。

「算了，送你等火車回家好了。」我搖搖頭轉向前方：「司機大哥，台北車站。」辛苦你了，在未來的日子裡，我也要陪著你。越久越好。

「J飯店……麻煩一下。」小宇摸著額頭。

「什麼？幹嘛要去那……」聽到名稱有點傻眼，那不是五星級飯店？

「我跟家人……去過……還可以……」小宇靠著我的胸膛，喘著氣，表情相當痛苦。

到了地點，我付過計程車錢，架著小宇，在富麗堂皇的大門前下車。一位戴著白手套的優雅男孩幫我們開門。發亮的地板，好幾層的水晶燈，整個大廳相當氣派，旁邊還有好幾條繩子串著各國國旗。

「您好，請問有預約嗎？」「請問姓名是？」櫃台梳包頭的女人笑容可掬地迎上來。

「莊博宇……草頭莊……」

「您預約的是保留席，麻煩您一下，信用卡？」

小宇慢慢從皮夾拿出一張深色的卡片。那張卡一點都不像一般的信用卡光滑亮麗，就只是一張黑漆漆的卡。說實在有點醜。

「J客房特大床嗎？」

「麻煩您簽個名。」

「這邊請。」女人指揮了一下，有人幫我們按了電梯。

我取了房卡，把皮卡丘的袋子掛在脖子上，直接把小宇背起來走。

「保留席是什麼意思？」

「就是……呼……」

「你幹嘛訂飯店？」

「……噗喜歡熬夜……」小宇聽起來真的快死了，不斷喘氣，連發音都不標準。那發燙嫩嫩的臉頰，靠在我的額頭旁。現在已是凌晨三點半。

走向一三一六房，灑滿黃光的走廊，織著華麗標識的地毯、深色木門跟一堆不必要的裝飾。

「嗶。」喀的一聲，我打開門。

爸媽，我對不起你們。

我居然想到家庭旅行都沒住過這麼高級的房間。

簡單俐落的設計。一方小沙發、象牙色發亮的書桌、一圈圈不懂為何要如此設計的燈，牆上掛著幾幅畫。整體光線相當柔和，空氣比室外還舒爽，廁所是大理石磚、馬桶有好多按鈕。迷你吧枱放了六種小巧可愛的酒。我只認得出透明的是伏特加，藍色、黃色的是威士忌。

我讓小宇輕輕地坐到床上。

「你幹嘛浪費錢……」

「我要上廁所……呼……」小宇起身扶著牆，拿起兩瓶礦泉水關上廁所門。「Fuck……」

「欸！博宇哥，我可以看皮夾嗎？」我不自覺叫得生分。突然發現自己其實並不那麼認識小宇。

「可以。嘔……」

這不是第一次打開小宇的錢包，但是發現夾層多了一張黑色的卡。

沉甸甸的霧面卡片。

American Express

不要鬧了，怎麼可能跟網路文章看到的一樣？

這不會是黑卡吧？

下計程車、來到這個房間，我瞬間變成被包養的小白臉。他不是說他家做水電的嗎？為什麼會有這個？

「欸我問你喔，你這是黑卡嗎？」我在浴門外。

「嗯……」

「我說，是那個黑卡嗎？」

「嗯……」嘩啦啦啦。沖馬桶的聲音。

我起身從卷式窗簾中的縫看出去，是一〇一大樓。

一切都像做夢一樣。

可是皮卡丘的袋子躺在沙發上。實實在在地。

這種財力居然可以瞞大家這麼久？到底幹嘛來當兵？

我想起當時在營區大家分享錢包的時候，小宇令人髮指的習慣。

「你幹嘛帶這麼多現金？」

「錢包裡面沒有五千塊，我會很沒安全感。」小宇說。

「幹！你有沒有缺乾兒子？」色凱問。

「沒有啦！」

我又想起上次，他難以理解的金錢觀。

「這個牌子！這不是超貴的？」體育男威育指著小宇的登山包。

「沒有啦！這在香港買的，還好。」

「你買多少錢？」

「我不知道欸……」小宇不好意思地說。

「你還好嗎？」我每隔幾分鐘就敲敲廁所門。

「有好一點了……讓我蹲一下……」雄厚的聲音在廁所裡迴盪。

十五分鐘過去，小宇依然在廁所，但是聽聲音，似乎稍微清醒了。

「早知道就不來了……可是那個Fucking cunt……」

「不，他女友反而比較煩。」我回想起那個畫面。

「媽的輔導長也是……居然背叛我們……」小宇根本不理我。

「他可能只是閒聊聊到吧，幹嘛一直想。」

「Bastard……」有氣無力的髒話。

喝了酒，小宇就是髒話講個沒完。內心的怒氣毫不隱藏，可是好可愛，好有趣。我滑著手機等待。等聽見水龍頭沖水的聲音，我才確認小宇至少已經可以自己洗澡了。我躺在床上，手機一攤，覺得這床跟空氣，好舒服。

好舒服……

吹風機的聲音停止。

「東東。」

「嗯？」我看到眼前親著我的帥哥，白色浴袍上繡著飯店小小的標識。

那對稱深邃的雙眼、濃濃的劍眉、嫩嫩的臉頰沒有毛孔，浴袍中間脖子下，有胸肌的溝。

我剛剛居然睡著了？

不對，這真的是我的男人嗎？

「懷疑喔？」小宇操著低沉性感的聲音撲上我。

「不要鬧，我很臭。」我被洗完澡香香又清醒的小宇抱住。

小宇硬是拉開我的拉鏈，脫下褲子，聞了聞我不知不覺勃起的肉棒。

「不會啊。」他瞪大眼笑著。看看錶，才不到一小時，居然又生龍活虎。

「那我要刷牙……姆。」我掙扎想起身，小宇卻用唇堵上我的嘴。

我們舌頭交纏著。溫柔軟嫩的小宇，慢慢離開我的唇。

「不會啊，只有酒味而已。」他居然不讓我走。

「你怎麼突然變這樣……」

「寶貝睡著的樣子……好可愛。」小宇笑著搖搖頭。他寬鬆的白色浴袍開著口，從胸肌到腹肌，一路展露無疑。

「你這個北鼻……」什麼時候這麼性慾高漲了？這到底是誰？

小宇脫下我的褲子，那帥臉在我的屌上不熟練地舔著。

「等一下，你還沒有說……你為什麼會有那個卡……啊啊……」

那舌尖，又這樣插進我濕潤的馬眼。

「附卡而已。」小宇離口。那完美的臉龐，靠在我的屌下含住我的懶蛋，我在這最美的風景下，卻還是得踩煞車。

我兩手捧著小宇的臉頰，不准他繼續吃。

「可是你爸不是水電公司老闆？」

「是啊。」

我看著小宇的眼睛。

「你真的想問？」他說。

「嗯。」

小宇爬去床頭櫃的皮夾那，從某張卡片後抽出一張連鎖水電傢俱的橘色名片，職稱是ＸＸ助理。

「我爸是老闆。」

「怎麼可能！這不止水電啊！」我看到名片，立刻失去性慾。

「哎又，沒差啦。」

怎麼會沒差？這跟我知道的都不一樣。太扯了。

我慌張地把屌塞回褲子拉上拉鏈，還差點夾到。

「怎麼怎麼了？」小宇用他漂亮的雙眼關心著我。

「你到底隱瞞了多少事？」我看著那稜角分明的臉型，健康的膚色。

「就這一件事啊。」小宇跟著我盤腿坐。

「那你還要開什麼便利商店？」

「那不一樣，那是一種隨時可以看到食物的感覺。」他搖搖頭，很認真。

什麼意思？原來只是想要一個冰箱嗎？超大的冰箱嗎？

「我本來以為，要擁有東西太容易，我反而可以與世無爭，無欲無求。」

「幹嘛在這裡……」我說。

「沒想到，我還是有無論如何，都放不下的東西。」

我抽起那張沉甸甸的黑卡，前後翻轉。原來「擁有東西」是這個意思。

難怪，你這麼容易就調來基隆。

難怪，聽到秦天他爸是將軍，你眉頭都不皺一下。

難怪當時我看著《有錢人跟你想的不一樣》這本書的時候，你翻幾下就冷笑起來。我當時看起來一定蠢斃了。

但是，那種被騙的滋味，卻是實實在在的。

「莊博宇。」我板起臉孔。

「有？」小宇舉手。

「你真的是北鼻嗎？」

他點點頭。

「我有點不敢相信。」我努力擠出一個笑容。

小宇無助地看了看自己的身上只有浴袍，那開口露出的雖然是我熟悉的胸肌跟腹肌，但是不夠。

我覺得眼前這個人離我好遠，跟我不是同一個世界的人。

小宇攤開右手手掌，下半部一條兩三公分，粉紅色的疤。

可惡。這笨蛋！

我撲上小宇，用盡全力，抱得好緊好緊。

「抱緊緊喔？」小宇說了我最愛在訊息裡用的字眼。

「好，抱緊緊。」

我們親吻，我無法抑止的舔拭他的脖子，又乾又香的肌肉，還可以看到一點疙瘩。

來了，那充滿性刺激的味道，從小宇的幾個私處傳來，胸口、腋下、陰部……

我狼狽地走到窗戶旁，拉下窗簾。把有一〇一的東區夜景蓋成米色的布幕，然後脫掉衣服、褲子跟內褲撲上小宇，舌頭輕輕地舔著那顆粒分明的乳頭。

「嗯啊……」低沉的鼻腔共鳴。

我解開他浴袍的腰帶，像是拆開天使的禮物。床頭前的燈光打在他身上。所有白色布料都化成光暈。

精瘦的救生員肉體，毫不保留地在我面前，帥氣的臉笑著。那刻畫成條狀的肌肉，是我永遠看不膩的性感畫面。有點厚的裝甲肌群一塊塊均匀分布在身上，一使力就會變得明顯。

倒三角的陰毛，散發著熱與性的氣息。如肉色香蕉的陰莖火箭般矗立著，是渾然天成的粉紅流線型。龜頭光滑地充血、馬眼承載著透明的露珠，因為陰莖的抖動跟著搖搖欲滴。小宇的胸肌起伏著，腹部一用力就是六塊各自呈梯形分布的腹肌。

「……好好看……」我眼光停留在兩顆卵蛋的根部，有些恥毛的會陰處。

我跪著欣賞著我的男人。

看過這風景，死而無憾。

「不知道，誰現在比較好看喔……」小宇雙手枕在後腦勺，笑著欣賞我。

我發現自己正喘著氣，挺胸擠著胸肌，一手不自覺地搓著乳頭。我的下腰不由自主地擺動，龜頭上像有一條線，牽著小宇的大腿晃著。

「可是，我好捨不得。」我說。再進展下去，就無法回頭了。

「我也捨不得，但是我沒得選。」他笑笑。

我用手擠出小宇龜頭上的汁液，低下頭吸著。

「啊……」小宇皺著眉，不時腹肌用力，看起來就像射精。我握著、舔著他的肉棒，餘光看見小宇仰著頭的下巴，呻吟隨著喉結滑動著。

「我可以舔嗎……」我舌頭來到胯下，望著小宇。

小宇點點頭。

居然……

我臉一口氣埋進他的會陰，大口吸著新鮮男人特有的費洛蒙，舌頭一路來到光滑、粉嫩的小凹處，輕輕一舔。

「啊……」小宇雙腿情不自禁地一夾。

「會不舒服嗎？」

小宇皺著眉，搖搖頭，雙手緊抓著床單，全身肌肉緊繃著。

「……曉飛……」

我雙手往前，放開交扣著的手，把小宇下半身扳起來，雙腿自然張開。

我的臉埋在兩股間。

「好喜歡。」說完，舌頭在最嫩的附近繞著。我的舌頭往那粉嫩的小穴輕輕一頂。「我也……啊!!!」

舌尖在小宇溫暖的小穴，進去了一點點。

我本來只想在外淺嚐，可我根本控制不住。

沒想到小宇居然也放鬆了身體，讓我舌頭進去？

我抬起頭，大吃一驚地問：「你不會有洗吧？」

小宇只是傻笑著。

「你怎麼會？」我跪著俯瞰小宇。驚訝的心情覆蓋了部分性慾，但是我依然用手指在他被唾液沾滿的小穴四周愛撫著。

小宇使勁回過神：「Google……啊。」

「這樣啊……」

我愛Google，不愧一直是全球最有價值的品牌前三名啊。

洗後面，對不熟練的人來說是多麼麻煩。我看著眼前的小宇，一個原本毫無性慾的男人，願意做到這裡，我沒有理由堅持要當一號，如果小宇想要，我拚了命也要滿足他。

「那……那我要去洗嗎？」

「……都可以，你會想給我嗎？」小宇把另一顆純白枕頭墊在頭後面，笑笑看著我。那溫柔的表情，沒有一絲壓力。

我看著小宇硬著的屌，在他延伸人魚線的底部。

怎麼會？

我居然，有點期待被小宇上？

「不然下次再還我？」小宇摸摸我的臉。

「好……下次，再給北鼻……」我趴上前，跟小宇舌吻著，汁液橫流地交纏。

「哼……啊……！」小宇看似痛苦地吸一口氣，只因為我的手指仍在輕輕按摩著那嫩穴。

親吻完，小宇點點頭說：「好，下次。」

此時我多麼想跟面前這個人融合，完完全全地。界限都模糊了。

等一下。

潤滑怎麼辦？

我往架上一看，只有保險套。

想啊，快想。

天無絕人之路，一定有辦法的！人類的智慧絕對可以殺出一條生路。

我腦中掃過浴室應該會有的沐浴用品。

不行，都不能用。

我看了看茶几，還有冰箱上面的茶包、咖啡、小酒瓶。

不行，不行。

我看著我脫掉的牛仔褲，突然叫了一聲。

「等一下。」我起身從褲子裡拿出皮夾，從某個夾層裡面拿出一只像是保險套的東西。那是前男友小俊塞進我皮夾的攜帶式潤滑液，說以備不時之需，我順手拿了架上的保險套，回到小宇面前。

關鍵時刻，居然是前男友助我一臂之力，真是太諷刺了。

但是只有一小包，根本不知道夠不夠用。

我抬起小宇精實的腿，結實分明直到小穴周遭有一點點的毛。中間那道粉色光滑細嫩的縫，像是等著我進入，緊張得伸縮兩下。

「飛……不要……一直看吧？」小宇有點掙扎，臉上泛紅。

「幹……好好看噢。」

就像是水蜜桃的底部，毫無瑕疵。不仔細看連縫都看不到。

我伸出舌頭，伸進他結實肌肉下水蜜桃的縫，任由舌尖向果肉裡最溫暖柔軟處攪弄。小宇的喘氣聲傳來。我雙手抓著兩股，輕輕掰開他的屁眼，直奔更粉嫩光滑的內裡。一直線的縫變得更加誘人，我近距離讚嘆著，這處男的一切。

「不要看……啊。」小宇撇過頭，一手推著我的額頭。

「對不起，好，不看。」我伸直舌頭，調整頭部角度讓舌頭剛好滿足那直線的縫，插進去、抽出。

「啊啊啊?!」小宇本能敏感地夾緊腿，卻被我掰開。我貪心的玩弄那嫩穴。插進去、抽出。好滑，好嫩。

「曉飛……你喜歡……這樣？」小宇用手肘遮住臉，害羞到不行。

「博宇……不喜歡嗎？」我再舔了一口那緊實的屁眼。

「我……我都可以。」

撕開潤滑液的小包裝，濃稠透明液體有草莓香味。我抬起頭，正要幫他含的同時，看到整根陰莖的頭已經濕得一塌糊塗。像是擠在鬆餅上的糖漿。我用手指刮起，朝小宇的屁眼抹去。抬起他的屁股，用兩隻腿撐穩他的下半身，小穴自然微微朝上。我又刮起他腹肌上的液體，抹在他自己的小穴口。

「不要浪費噢……我怕潤滑液不夠用。」

「真的嗎……還是要去買？」

「不用……」我擠出小包裝裡的液體，朝著嫩穴中央倒下，一邊用手指按壓，把液體塞進那粉紅色的穴，一邊擠一邊塞，確認手指極度濕潤，才慢慢的將一根手指按進小宇的身體。

「Fuck……」小宇頭往後一仰，蜜桃小縫一縮。

「北鼻，放鬆。」我的手指幾乎拔不出來。

我再把一大灘口水吐在手指上，讓兩根手指進去。已經有點吃力。

「會痛嗎？」

小宇皺著眉搖搖頭：「可能是酒的關係，我覺得全身都好麻……」

「放到最鬆……讓我插你好嗎？」在他耳邊，我終於講出了我的慾望。第三根手指已等在洞口。

小宇濃眉壓著雙眼，上排整齊的牙齒咬著下唇，任由我如戰艦般的三根手指，緩緩進入。

「Fuck……我快被撐爆了……」小宇不斷喘氣，他的陰莖沒有原本那樣硬了。

我笑著搖搖頭。

笨蛋，我的比三根手指還粗啊，你自己不也是嗎……

我緩慢抽出，被撐開的穴縮成原本蜜桃的小縫。我撕開白色包裝的保險套，戴上套子。

「很乖喔。」小宇笑著。

「當然……你是我的北鼻欸。」

我拿個枕頭墊在小宇屁股下，兩手推著他大腿底部，讓陰莖直接對準肉縫。

我壓住他的大腿，讓他輕抓我的手腕。我眼睜睜地，看著我超硬的龜頭，和前端那截短短的透明套子，抵著小宇的屁眼。

慢慢的，慢慢的，半顆頭推進了縫裡。

「嘶……」小宇皺著眉，陰莖只剩半勃。

還是太緊。

我雙手往前撐開他的腿，手肘壓床、雙手抱住他，舌頭輕輕舔起了他粉嫩的小乳頭。

「啊！嗯！」他又是一陣顫抖。性感的體味讓我無法自拔。

「博宇……我好愛你……放到最鬆，讓我插進去……好不好？」我下腹壓著小宇的下體，他陰莖如吹氣一般再度硬起。

我感覺到龜頭前端終於有鬆開的反應，立刻往前推進了一點，最粗的龜頭外環這才進去。小宇身體內溫暖密閉。我的龜頭，像是被好幾圈橡皮筋緊緊箍住，這穴夾得我龜頭硬慘。

抬起頭，看著一頭汗水的小宇，然後起身看著我的龜頭進入了小宇的身體裡。陰莖脹得發痛，不斷感覺到尿意。我知道那是前列腺液不斷流出，都擋在套子裡。

「博宇，我們真的連在一起了。」

「媽的……好脹……好緊……」小宇的陰莖，居然流出一些不透明的精液，似乎是因為我舔了乳頭。他的乳頭太敏感。

這全身發汗油光、扎實的胸腹肌救生員，正湯水水地被我插著，這畫面簡直像做夢。我真希望我可以永遠記住這一幕。小宇手試探性的往自己的屁眼一摸，果然只能握到我粗大的陰莖。

屁眼什麼的，現在都不存在，通通被我填滿。此刻我的屌就是貫通彼此的橋樑。

「曉飛……真的插進來了。」小宇頭往後一仰。

「對啊……」

我用手指把小宇的精液從陰莖上刮下來，塗抹在我還沒進去的屌上當作潤滑。潤滑液不夠，任何液體都不能浪費。我再吐了些口水，繼續緩緩推進。

小宇每放鬆一下，我就進去一點，像是下坡的車子，一步一步踩著剎車。

慢慢地，連套子都消失在水蜜桃裡。我還有半截在外面。

經過了某個關卡，我的陰莖突然整根進了去，那橡皮筋緊縮的觸感，終於來到陰莖根部，簡直像是有人握緊著我。

「啊啊啊！」小宇猛力抓住我的手腕。

我看著我的陰毛正搔弄著小宇的陰囊。只要微微往後，就能看到我粗大的陰莖。

「我真的在幹你……」我緩緩前後抽動，兩手勾著大腿，抱緊小宇。

「不行……太大了！頂到……頂到底了！」小宇頻頻咬牙。

我只好微微退後，看到半根陰莖從穴裡抽出來，像出鞘的劍。

小宇的屌不斷擠出半透明汁液。我低下頭含著他，下體持續前後緩緩擺動。一邊吃著他的屌，一邊幹著。唯獨套子擋住了我們液體的循環。

小宇微甜的豆漿，不斷被我擠出來。

好好吃，我知道這是精液。

可是下面有點乾了。

用手把小宇的體液從陰莖推進我嘴裡，再混合大量的口水，吐到了手上，抹在抽出來的屌上，然後再度進入。

「啊啊啊啊啊！」

「被自己的精液插，會太色嗎……」

「我……我……我不知道……」小宇整個頭後仰，根本不知道我做了什麼：「我快不行了！啊！」

我身體往前，把臉深深埋進他浴衣下的腋下，大口吸著費洛蒙。

聽著這男人的聲音，我居然快射了。

平常要幹超久的我，所有感官都被刺激，加上這超緊的穴。

「我……也不行了。」快感一層層隨著進出襲來，尿意卻在我下體爆漲。

我低頭把舌頭伸進他的唇，兩手大拇指撥弄那早就敏感到不行的乳頭，兩人的腹肌夾擠著他的陰莖。

我用盡全力，憋住射精的感覺，卻只是越憋越脹。

「我要射了，莊博宇！」我已經憋不住，只能快速抽插，迷茫中望向小宇的身體。

「黃曉飛！快射進來！Fuck！」

我後庭一縮、腹肌抽搐，直頂到底。一大團蓄勢待發的精液射出，一團，又一團。在套內灼熱包覆著我的陰莖。

我繼續抽搐著，腰部肌肉不由自主收縮著，任由燙熱精液溢滿我的龜頭。

我緩緩拔出陰莖。套內前端有一袋白色精液。

我拔下套子，陰莖只有前段有精液。

「Fuck！好空。」小宇閉眼尻著槍，依然性感爆表。我根本無法降溫。

「好性感……」我接手幫他尻，小宇搓揉起自己的乳頭。

「不行……放回來……」

小宇的小穴收縮，似乎期待著我插回去。

「真的嗎？」

「快點……」

我把沾滿精液的龜頭再度插回小宇的身體裡。

「啊啊啊！」雄性低沉的嘶吼，小宇的精液噴出，我立刻低頭用嘴接上他的性器。

那強勁噴發的液體，直接射進我口腔，我一口接一口地吞著。甚至可以聽見精液在他陰莖裡嘩嘩奔流的聲音。

我的精液，進入了你身體。

你的精液，進入了我身體。

好多好濃好甜。

直到小宇不再使力，我才吞下最後一口。緩緩從他體內抽出陰莖。

彷彿尿道裡剩餘的精液都進了他的體內。

但我覺得，似乎做錯事了。

小宇坐起身，本來要跟我親吻，卻看到我的陰莖仍然翹著。

「你套子拿掉了？」瞪大的雙眼，瞬間一臉呆滯。

我第一次看到小宇如此震驚。

「對不起……我以為……」

「你……是Gay吧？」小宇一愣。

幸福的氛圍，瞬間蓋上尷尬的懷疑。

就這一句問題，我知道小宇八成是擔心傳染病。因為我們還沒說好可以無套。

「嗯。」我說。

「我本來一直以為你跟我一樣，沒有被分類，但是你……太熟練了。」小宇搖搖頭起身：

「我先廁所一下。」走進浴室關上門。然後是蓮蓬頭的聲音，我知道，他正在沖掉我的體液。

這是小宇第一次問都沒問就走掉。我可以感覺到他的驚慌。蓮蓬頭的水聲此刻聽來如此刺耳。我敲敲浴室門：「我有驗過，我是陰性。」

「我知道，我只是沒有這樣過……突然頭好痛……」水聲停止，小宇坐在馬桶上：「……〇號中鏢機率，似乎比較高？」

「放心，我敢保證。」

「那你的前女……前男友呢？」小宇改口。

「我們一起驗的。」

沒有回應。

小宇走出浴室，浴袍已經穿好，腰間的帶子也綁死。我打開電視轉著台。他躺回床上，沒有表情地看著。

「怎麼樣？還是會擔心嗎？」

「不知道……」

我轉身抱著他，一樣香香暖暖的他。他卻沒有回抱我。他只是愣著。

我這算是內射了他，卻沒讓他知道。面對可能的疾病，再多的愛也會有限制。異性戀中鏢的意思跟同性戀中鏢的意思永遠不一樣。

我們的愛，永遠不可能有同樣的地位。

「放心，相信我……真的。」我只能摸摸他的頭：「乖乖好不好？」

電視上，HBO正演著《阿凡達》。

「You should not be here……」藍色的女人，揮了揮手。

為什麼？為什麼我總是被當成不同物種？身為同性戀，這輩子的液體就好像天生帶毒一樣。明明我都已經這麼努力了。

我這輩子，只跟交往一年多的小俊無套。在那之前，我根本不喜歡做愛，又覺得○號很辛苦，又要洗又可能受傷。我曾經覺得就算我感染機率跟飛機失事一樣低，我也寧願看片打槍，或者互打了事。除了你那笨笨的處男之身，讓我這麼快就陷下去，沒有人可以這樣迅速突破我的心防。

但是，你還是擔心了。我心疼你擔心著我不安全。

我也心疼自己不被信任，因為你就是沒過問我過去的感情。

我點開手機跟前任的對話紀錄，查到我跟小俊分手砲的時間。

「如果你擔心我前男友的話，」我坐起身。「那我跟你說吧，我跟他最後一次做是八月二十日，然後今天……十一月十一，還有一個多星期就到三個月的空窗期。」

「我不是那個意思……」小宇沒看我的眼睛。

「再等一個星期，我去驗，你就能相信我了吧？」我穿起外套。

「等等，我跟你分開到不同單位，你還有跟前……前男友做？」

「對，那時候我跟你沒有在一起，也是跟他的最後一面。」我起身。要攤牌大家來。「孫秦天其實也找過我，但我們沒有做。」

小宇沒有說話。

近五十吋的電視螢幕上，出現的是《阿凡達》的藍色男主角，身上沾滿一種叫做「伊娃」的白色水母。可惜真實世界裡沒有奇蹟，沒有巧合，一切都是註定。

「你性經驗還真多喔。」小宇哼了一聲，用大拇指跟食指按著額頭。第一次聽他酸人。

「對，跟你比，你是聖人，你都是配合我，你自己沒有想。」一股無名火熊熊燒起。我想走人。面對這樣的情況，我習慣先離開。生物的本能遇到危急狀況都是先逃跑，停下來冷靜想想，然後才是戰鬥。

我們的愛情，沒有能感天動地、生兒育女的偉大功能，我們沒有必要。我從皮夾抽出親手畫的卡片，上面是我跟小宇的Q版畫像。我蓋著城堡，他蓋著城牆，還有各自的英文名字。

「在一起一個月紀念日，紀念日快樂。」我把卡片放到床上，打開門。小宇動也不動的坐在床上，看著我。

「放心，我去散步。」我關上門。

電梯到一樓，走出華麗的大廳，到附近的便利商店買了菸跟打火機。

為什麼在一起這麼累？只想要平平淡淡的日子，為什麼就這麼難？

我點開手機國軍倒數ＡＰＰ，顯示著一百八十四天。

我坐在飯店對面的小公園裡。噴泉被燈光照映得絕美。

住在這裡的人類，不是商務人士就是有錢人。回想剛才小宇的反應，明明就是他要我放進去的。

果然有錢人都怕死。

我把菸點燃，把菸灰抖了抖，看著Line上面小宇的大頭照，已換成了跟小鴨的合照。笑得燦爛的笨蛋。

但是，誰叫我們愛上了。

不成熟的態度，也該有個限制。

我對著手機打字，傳出。

飛：對不起。

瞬間已讀。

你盯著Line的螢幕，正在傳什麼訊息嗎？

我坐起身，拍拍屁股，把整包雲絲頓跟打火機放在原地，菸根本沒抽。不知道哪個幸運的人會撿到它。

亮堂的大門前佇立著一個男孩，兩手插口袋左右張望，在寒冷的天氣中尋找著我。在樹叢後看著有點慌張的他，縮著脖子用帽T套住頭的白色身影，我好不忍心。我站起身，讓他看見我。天空灰黃濛濛，可以是清晨，也可以是黃昏。

我走到他面前，開門的服務生看著我們。

小宇低頭看著我的卡片，又看看我：「每次看到你，我的頭就不痛了。」

「笨笨，幹嘛頭痛啊？」我摸摸他的額頭。

「因為曉飛壞壞。」

「對噗起。」我說。

小宇自信地搭上我的肩：「我想過了，就算有，就一起面對吧？該怎麼做就怎麼做。」

「就說沒有了！你再講！」我往小宇嫩嫩的臉上一親。

前方的服務員別過頭去，不時往這偷看。

「人家會誤會啦。」他說。

「我就是要讓你丟臉啊。」

「No，我是說這樣人家會誤會，以為只有你喜歡我。」

小宇慢慢親上我的唇。耳中都是噴水池的水聲。直到我們離開彼此的唇。

「這樣就不會誤會了。」小宇賊賊地笑著。

他身後的服務員，整個轉身面向金碧輝煌的大廳。

彷彿是在說，千千萬萬炫爛奪目的水晶燈，都不及我們耀眼。

G⁺系列　編號B034

G兵日記 II——下部隊

皮卡忠 ◎著

責任編輯　郭正偉、邵祺邁
封面設計　ok.。

企劃製作　基本書坊
社　　長　邵祺邁
編輯顧問　喀　飛
法律顧問　維虹法律事務所　鄧傑律師
業務副理　蔡立哲
首席智庫　游格雷

行銷宣傳　基本制作 GB Studio
媒體統籌　巫緒樑
藝術總監　張家偉

2016年9月3日　初版一刷
2016年10月10日　初版二刷
定價　新台幣350元

ISBN　978-986-6474-73-6

社　　址　100台北市中正區南昌路二段112號6樓
電　　話　02-23684670
傳　　真　02-23684654
官　　網　gbookstaiwan.blogspot.com
E-mail　pr@gbookstw.com
劃撥帳號　50142942　戶名：基本書坊

總 經 銷　紅螞蟻圖書有限公司
地　　址　114台北市內湖區舊宗路二段121巷19號
電　　話　02-27953656
傳　　真　02-27954100

特別感謝　酷時代 Age of Queer　www.ageofqueer.com

國家圖書館出版品預行編目(CIP)資料

G兵日記. 2, 下部隊 / 皮卡忠著. -- 初版. -- 臺北市 :
基本書坊, 2016.09
408面 ; 21*14.8公分. -- (G+系列 ; B034)

ISBN 978-986-6474-73-6(平裝)

857.7 105013397